Best Time

白 马 时 光

时光深处的巡礼

Waiting for
You at the Heart
of Time

与北寺

著

百花洲文艺出版社
BAIHUAZHOU LITERATURE AND ART PRESS

图书在版编目（CIP）数据

时光深处的巡礼 / 与北寺著 . — 南昌：百花洲文
艺出版社 , 2019.10
ISBN 978-7-5500-3343-6

Ⅰ . ①时… Ⅱ . ①与… Ⅲ . ①言情小说－中国－当代
Ⅳ . ① I247.5

中国版本图书馆 CIP 数据核字（2019）第 160370 号

时光深处的巡礼
SHIGUANG SHENCHU DE XUNLI

与北寺　著

出 品 人	李国靖
特约监制	王　瑜
责任编辑	游灵通
特约策划	王　婷
特约编辑	酒　酒
封面设计	80图·小贾
版式设计	赵梦菲
封面绘图	三　乖
赠品插图	麻　团
出版发行	百花洲文艺出版社
社　　址	南昌市红谷滩世贸路 898 号博能中心 Ⅰ 期 A 座 20 楼
邮　　编	330038
经　　销	全国新华书店
印　　刷	河北鹏润印刷有限公司
开　　本	880mm×1230mm　1/32
印　　张	8.5
字　　数	210 千字
版　　次	2019 年 10 月第 1 版第 1 次印刷
书　　号	ISBN 978-7-5500-3343-6
定　　价	39.80 元

赣版权登字：05-2019-188
版权所有，侵权必究
发行电话　0791-86895108
网　　址　http://www.bhzwy.com
图书若有印装错误，影响阅读，可向承印厂联系调换。

目　录

contents

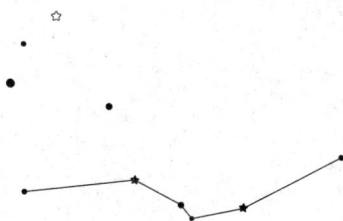

目 录
c o n t e n t s

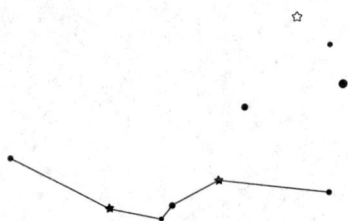

楔子

夜里三点，电波表准确地在水族箱里点起白色的荧光屏，几尾小丑鱼好奇地从前方游过，只有七秒记忆的它们，也已经习惯了这只总是在午夜伸进来和它们玩捉迷藏的手。

又失眠了，已经是这周的第三次。尽管陈医生每次都开了安定，方淳都只是将它锁在抽屉里。他不喜欢自己的身体对任何外来的药物产生依赖。更重要的是，吃药这个行为本身，很大程度上，就意味着开始承认自己是需要被医治的，而他拒绝承认这个简单的事实。

确认过时间后，方淳终于决定把戴着手表的手从水族箱里收回来。

电脑屏幕上弹出新的对话框，是合作多年的新旅行杂志的编辑子文。

"别嫌我烦。排版的同事催着要你的图，截稿日快到了，有了吗？"

"有了。"

"真有了？传我看看。"常年催稿的子文已经自带测谎雷达。

"等一下。"

方淳赤脚走进暗房。

猩红色的灯光下，刚从定影液里捞出的相纸林林总总地夹在晾衣绳上。方淳咬着嘴唇歪着脑袋，死死地盯着眼前的照片。青灰色的原野上，三两匹野马从拂晓中呼啸而出，金色的阳光洒在飘逸的鬃毛上。细节处理得固然精致而缜密，但在他看来，仍旧缺少某种画面与人的沟通感。写意的形象，虚掷的背景，粗粝的影调，可除此之外，似乎也并无他物。

"离截稿日还有多久来着？"

"还有一周。喂，你不会是还想拖吧？求你别再像上次那样让我为难了。"

"嗯，这次我会给你点提前量的。"

"那现在这张呢？"子文依旧不死心。

"光圈比我想要的还是小，感光度也有点高。"

问题远非罗列的这堆数值这般简单。但面对子文，方淳还是下意识地换用易于厘清的说法。

"唉，淳子，你对自己太挑剔了。你心里也知道吧，才华这种东西是有限度的，势头猛的时候悠着点用。留点压箱底的东西，老的时候才好全身而退吧？"

短暂的沉默。

全身而退？方淳自嘲似的干笑两声。

"子文，好意和用心我都明白。可明天我就暴毙荒野，活着的时候滥竽充数，留一堆压箱底的东西带进棺材，那样是不是也挺没劲的？"

"那署名呢？主编这边叮我好几次要做你专访。你是不是还打算隐姓埋名，弄个莫名其妙的字母糊弄事？"

方淳笑了笑。

"嗯，照旧就好。"

"得，也不知道我上辈子做了什么善事，遇见你这尊活菩萨。方淳，事情过去这么久了，该放下了啊。"

"早放下了。"

"放下了？我看你还是那样，嘴犟。行吧，你爱折腾我也拦不住，反正还有七天。"

"知道了。"

淡蓝色的 LED 灯光，携带着波动的水纹，投射在空无一物的客厅墙上，中间留下方淳精壮身体的投影。

夏季无风的夜晚总是显得漫长。方淳赤脚站在地板上，脱下被汗水湿透的纯白色 T 恤，擦过额头的汗水，转身投在墙角的脏衣篓里。

方淳在客厅的照片墙前驻足。大大小小的事故现场，毫无章法可言的影像更多的只是撷取一个个时空，冷漠的构图当然不是出自他手，也许是谁家不知轻重的记者，也许是爱凑热闹的围观群众，又或许某个早已习以为常的见习警察。事实上，他一点都不想知道照片的作者是谁，作为当事人，他亲历过每张影像中的现场。

睡不着。

方淳索性从冰箱里掏出一瓶镇得透凉的矿泉水，扶着梯子上了阁楼。阁楼不大，既不富丽也不堂皇，能叫得上来的陈设也都是他从旧货市场拉来的。居中的是一块被漆成宝蓝色的松木茶几，边上歪斜着一把红白相间的遮阳伞，几把锈迹斑斑的靠背椅错落放着，角落里再落寞地暗藏上几盆仙人掌，这几乎就是陈设的全部。

但简陋与潦草对他毫无影响。他喜欢阁楼这一概念本身，喜欢阁楼的私密与开放。私密到没有多余的功能属性，以至更像是为了某份心情而生。开放到紧邻着天空，只要你仰头，它总是给你一份包容万象的错觉。

天刚入伏，远处的知了叫得正是兴起。夜幕深沉，目力所及，早已不见白日的喧闹，零星的灯火隐隐地勾勒出城市的轮廓，穿堂的热风带着湿气迎面而来，方淳抓着瓶子大口吞咽着，冷凝水顺着瓶身挂在他起伏的喉头。

医生说人终归是活在明天的，要从记忆中走出来。医生的话当然是伟大光明且正确的。可从一个记忆里走出来，再滑向另一个，结果就是发现自己醒在一个无法睡去的迷宫里。

身后一阵低鸣的呜咽声，一团温热的毛球悄无声息地蜷缩在他脚边，方淳缓身蹲下。

"威力"是只黑色的拉布拉多。遇见它是在三年前。他带着相机扫街，暴雨不期而至，躲在报刊亭的他，看见小巷深处某个黑影一晃而过，几乎是下意识的一个快门，黑影也注意到他，迅捷地躲进楼道。即使方淳拿着火腿肠放在地上，它也只是机警地伏在自行车后。

然而等方淳到家，门外却传来不住的吠叫。

浑身湿透的它贴在墙边瑟瑟发抖，红色的项圈紧紧地嵌在脖子里。他取下项圈，将呜咽着的它抱进浴室。莲蓬头的水柱轻柔地流经它羸弱的身体，带着些许暗红色的血痂，小家伙吐着舌头，毫无芥蒂地袒露肚皮，逐渐变得乖顺。次日，方淳给精神焕发的小家伙拍了张证件照，贴在遇到它的小区里。不多日，一位自称是主人的中年男士打来电话，眯着笑眼站在门口召唤它，它却躲在方淳身后狂叫不止。因此他明白了大半，从此接管过来。

威力今年十岁了。步入中年的它，如今肌肉已经略显松垮。失眠的夜里，方淳总是会对着它说话。话题很宽泛，小到上周阳台上新开的茉莉，大到家里的存款，睿智的威力像个洞穿世事的长者，沉静地不予作答。

此刻，熟睡的威力将尾巴死死藏在身下。方淳挠了挠它的脖子，半睡半醒的威力心有灵犀地往他手里拱了拱。

待到他抱着威力回到屋内，书架最上层的手机冷不丁地亮起屏幕，接着传来沉闷的振动声。方淳怔怔地望向书架。这是和队里单线联系的手机，响了，就是救援队的集结命令来了。

"在……我二十分钟后到。"

方淳迅速地披上皮夹克，提起挂在门后的背包就要出门，却在关门时又折回屋里。

"嘿，要省着点吃啊。"

方淳蹲下身，在黑暗中与威力四目相接。一直以来，他都想买一个更大的喂食器。每次走，他都不知道回来是什么时候，或者能不能活着回来。

午夜的城市还在沉睡。环卫车放着安眠曲一般的鸣笛声在空旷的街道上进行着喷洒作业。

绿野救援队在市中心的五层办公楼罕见地全都亮着灯，方淳加紧脚步直上五楼的指挥室。屋里队员们济济一堂，方淳领了杯速溶咖啡，在角落处坐下。

讲台上的队长陈慷见到方淳，会心地用眼神打了个招呼，嘴上并未停顿，看着投影仪继续说道："刚接到的消息：凌晨 3 点 37 分，四川石棉县锦屏水电站（东经 109.18，北纬 26.70）施工区内，因局部强降雨引起群发、多点山地自然灾害。群众被困，食物和饮水情况都比较紧张。现场情况不稳定，后续次生灾害的发生依旧是大概率事件。现阶段我们的主要任务，一是核实灾情，二是寻找和搜救失踪人员。"

陈慷回过身看着台下，语气缓和几分："再就是，保护好自己。二十分钟后，一楼大厅集合，队伍向灾区机动，A 队跟着我，B 队的人跟着方淳。有问题的现在说。"

队员们从座位上肃然站起，报告厅里齐刷刷的一声，再无别的声响。

队长陈慷向台下扫视一圈，短促而有力地道了句"解散"。

更衣室里，方淳将脖子上的银色姓名牌扔进 T 恤领口里，随后将冲锋衣的拉链拉到头，在更衣柜前站定。

"配给标准外，大家各自再多配重三天量的食物饮水。"

胖子费劲地把腰带扣插进扣里："方队，不用这么悲观吧？啥情况还不知道，多带三天配给，那边又是山区，到时候机动不了，不活脱脱成了负重山地越野啦！"

站在胖子身边的唐毅，半开玩笑地将手指伸进胖子的皮带扣里，比画着之间的旷量。

"就是因为里面情况不明啊，到时候困在山区里，再没配给，你这号身板受得了？"

胖子依旧不依不饶："方队，这事儿是不是可以再想想，东西带得多，能量消耗得就多，能量消耗得多，饿得自然也比较快，这样来看的话，一来二去并没有落着什么好啊，搞不好还做了无用功。"

负责队里电子通信器材和救援装备的木头，径自埋头检查各种救生设备的运行情况，并不理会队里的闲杂议论。

"你俩的那份我带着。"

方淳拍了拍木头的肩膀，喝完最后一口咖啡，把杯子反着扣在桌面上。

"装备检查两遍，给家里留个短讯，外面等你们。"

队长陈慷全副武装地站在队列前方，神情肃穆。

"现在对时，北京时间 4 点 43 分 57 秒。A 队 B 队都有，即刻出发。"

一声尖锐的哨音，车队大灯依次亮起，橙红色的紧急信号划破夜幕，接着沉入道路尽头。

Chapter 1

青瓷茉莉

　　城市的另一边，时间刚过六点。投影闹钟将光柱投射在天花板时，宋安已经醒了。她定神地望着数字时钟里的冒号在黑暗中有节律地来回浮动，试图驱逐脑袋里残存的醉意。

　　枕头上还残留着自己玫红色的唇印，大概没卸妆就睡了。黑色高跟鞋歪倒在床边，这也不稀奇，从新闻发布会到行业交流酒会再赶回报社发完稿，还有力气摸回家已经要谢天谢地了。两声短促的振动，宋安微微叹了口气，不情愿地从枕头底下摸出手机。

　　"安安，昨天拜托给你的申报材料看了吗？"

　　电话那头态度和缓，说得不急不躁。

　　"抱歉郑总，昨天弄得太晚了，我今天晚点看完回复你。"

　　"这样啊，能冒昧麻烦你现在就看吗？"

　　宋安略一吃惊，手边已经下意识地抓过文件夹。

　　"出了什么变故吗？我记得材料距离上市申报还有两个月。"

对方略一沉吟，语焉不详。

"噢，不完全是工作上的事情，也有部分是我个人的诉求。"

见对方有意隐去不说，宋安也就不再追问下去。其实大可不必，所谓合理避税也好，股权稀释也好，无非是利益相关的思考，放在台面上说，反而会少点不堪。

"明白，那我这就先看一下。"

宋安左手按着太阳穴，右手捏着文件的边角，瞪着眼睛，迅速地确认页码，突然一个淡蓝色的信封从厚厚一沓的审计材料里掉落出来。

宋安一愣，颇有分量的信封里面是一枚精致素雅的钻戒，价签已经被提前取下，但即使只看净度也知道不是便宜货。

"哈哈，郑总，您这是什么意思？"

"没别的意思，这是我的心愿。"

电话那头酝酿半天，似乎全然等待着这一刻。

"郑总，这方面的事，我们之前有沟通过，这个阶段我不会考虑类似的问题。"

宋安答得简单利落，一副事务性的腔调。

"安安，我不知道究竟是什么事情困扰着你。我欣赏你，和你做事也很默契。一直以来，我都想给你一个家，现在我工作上的事告一段落，所以我想……你不用现在就回答我，我只希望你能考虑考虑。"

"不用了。郑总，申报材料我下午看完就给你寄回去。"

"安安，你是不是担心公私兼顾的影响不好？这些我都会处理好的，不用你担心。"

宋安微微一笑："和那些都没关系。"

说完，宋安顺手在今天的待办事项上加了件待发快递，就把手机扔在一边。

　　说起来，大概昨晚睡得不够安稳，即使彻底醒了，心脏依然不安地突突跳着，宋安伸手探进胸口，两峰间蒙着一层细细的汗水，脑袋也似乎有些隐隐作痛。她一个骨碌从床上翻身起来，先是淋浴，接着利落地从衣柜里取出早已搭配好的套装，扔在雪白的床单上。指间在内衣的款式上稍做犹豫，最终选定一件黑色真丝的胸衣。

　　简约精致的家具陈设，空间虽不大，黑、白、灰的主色调下却是条理分明。吹干头发的同时，宋安惯常地打开电视，有一搭没一搭地听着电视里的早间资讯。

　　"据美国财政部周三发布的月度报告显示，11 月中国持有的美国国债出现连续六个月下降，市场普遍猜测这个世界第二大经济体目前在利用其外汇储备来支持人民币（6.8561，0.0202，0.30%）的汇率。同时日本的美债持有量也呈下降趋势，但仍保持美国最大海外债权人的地位。"

　　面包机"叮"的一声提示音，宋安嘴里叼着新鲜出炉的面包片，腾出的两只手急切地将雪白的衬衣扣子扣好，一边吃着简易早餐一边摊开自己的笔记本迅速地草列出几个待定标题。

　　"插播一条本地消息：凌晨 3 点 37 分，四川石棉县锦屏水电站（东经 109.18，北纬 26.70）施工区内，因局部强降雨引起群发、多点山地自然灾害。"

　　一滴水珠顺着发丝滑落在手边的笔记本上，不偏不斜地印在刚写的字迹上，将天青色的墨色晕染开。宋安怔了怔，不待电视里的播音员再多说一句，就关了电视，安之若素地继续享用自己的早餐。

　　面包有点焦了，应该是机器里的加热片受热不均，有空还是要把机器好好洗洗。培根的脂肪比例也不对，分明只煎了那么一小下，盘子底下就浮着一小层油花，周末去超市的时候还是换个牌子试试好了。

　　正想着，一阵凉风穿堂而过，吹得阳台上的晾衣架窸窣作响。宋安起身关上偌大的落地窗。回身看见金灿灿的晨光不偏不斜地照在枕边的毛绒兔子上。宋安怔了怔，将兔子拿在手里仔细端详。说起来，要是听到有人说它不过是只毛绒兔子。采采大概还是会噘着嘴，抓着对方强行理论一番吧。

"喂喂，劳驾你看仔细好不好，这分明是一只猫咪男爵啊。你看人家可是穿着立体剪裁的意式西服，戴着金属袖扣，丝巾上绣着家族徽章的好吧。"

彼时的采采这般神情嗔怪道。

"哎哟，这么高贵的血统我可高攀不起。您还是带着它另觅佳人吧。"

"我说你这人怎么这么会给自己脸上贴金呢？我没说过要给你啊！我只是寄存在你那儿，派它去监视你。"采采说着，一脸坏笑地看着宋安。

"监视我？"

宋安一脸严肃地接过兔子，仔细地查看里面是不是藏了小型摄像头之类的机关。

"嗯哼，当然是派它去监视你！直到它告诉我，你找到幸福。"

采采说得认真却又十足孩子气。

宋安怅然地想起工作中认识的那些面目模糊的男人。所谓幸福，大概已经距离自己很远了吧。凡此种种，不知道这位永远摆着一副扑克脸的猫咪男爵又会和采采说些什么呢。

宋安苦笑地斜了一眼手表。电视里的早间播报正好结束，她深呼吸一口气，重新将猫咪男爵的西服给整了整，恭恭敬敬地端放在书桌的架子上，随后拿起手包，火急火燎地向报社赶去。

到了报社，时间还算早。宋安来到空无一人的会议室里，靠在转椅上，等着分管各新闻口的同事来参加早间例会。

"早呀，安安姐。"

台里新来的实习生咬着嘴唇，谨小慎微地拿捏着语音语调，生怕哪里不周全冒犯到台里这位以严苛著称的业务骨干。

宋安咬着铅笔，低着头不断刷新手机上的新闻，听到有人和自己打招呼，只是稍微点了点头以示回应。

"你也早。"

"安安姐，吃早饭了吗？我给您买了早点。"

"谢了，我刚在家吃过了。"

"啊，那咖啡我给您搁在桌子上？"

"好，费心了。"

宋安见实习小姑娘依旧双手拘谨地垂立在身前，转身说道："你忙你的去吧，我这儿没事。"

"光知道给你安安姐献殷勤，就是不疼你薇薇姐是吧？"

薇薇从宋安的桌子上抢过咖啡，哈欠连天地坐在安安身边。实习生见状，一脸尴尬地吐着舌头速速退去。

"又赶了个大夜？"

宋安下意识地问着，这几乎成了两人日常见面的开场白。

"我也是良辰美景奈何天啊。几个屁也不是的三线小明星蹭个红毯的事儿，又是要 title 又是要位置。实习生手脚又没一个利索的，活活折腾我一晚上。"

"遇人不淑。"宋安依旧盯着屏幕，简洁地评论道。

"简直生不逢时。你眼霜呢？借我使使。"说完薇薇自顾自地打开宋安的手包翻找起来。

"哟！安安，这又是哪位呢，出手这么阔绰？"

见四下无人，薇薇不由分说地把戒指套在自己手上比画着。

"净度克数都挺可以的呀。"见宋安没反应，薇薇将宋安从手机前拉出来。

"喂喂，我说你对自己的事情也稍微上上心好吧。送到眼前的还一副吊儿郎当的样子，成心急死我们待嫁的？"

"想多了，没有的事。"

薇薇见安安不接话茬，面色暧昧道："好好，我不逼你，给你空间给你自由。到日子了提前知会一下，我呢，也好和何编请年假。"

"都说不是了，朋友来玩东西落在我这儿了。"

"戒指也能丢？你这朋友心得有多大啊。"

正在将信将疑间，台里各部门负责的同事各自落座。两人这才收了声，办公室一片寂静，唯有纸页翻动的声音。大家各自低头看着手里的材料，等待总编何宽的到来。

"都来了，那就开始吧。"

何宽扶着专属的藤条椅慢慢落座，不急不慢地从口袋里掏出乌木烟斗，身边眼明手快的同事早已递上纸巾。

"谁先来？"何宽环顾一圈，见办公室里的人个个谨小慎微的样子，何宽用烟斗嘴指着戴着金丝眼镜的男子。

"那就你们评论部先吧，大伙儿轮着说下去。"

金丝眼镜男合上笔记本，手里攥着笔："我们初步准备了几个方向，第一个是想借着网络上安徽桐城交警开出的'空白罚单'的热点讨论一下现在的人性化执法。评论方向初步拟定的是人性化执法应一视同仁，不分本地外地。第二个是……"

"隔靴搔痒，这没有力度嘛。"

何宽拿着烟嘴将烟斗里的灰烬磕在纸巾里，头也不抬地说着，手里的烟斗却也不停，一下两环敲得尚未发言的编辑心里直发毛。心理学的分析总是认为，人们惯常不经意的小动作是为了掩盖焦虑而存在的，遗憾这样的观点在何宽这里完全找不到佐证。直到大家的发言差不多接近尾声，转到宋安这儿，何宽这才悠然地划过一根火柴，点起嘴里的烟斗。

"最近国内政策层面比较稳定，资本市场也没有太多大动作，我觉得与其现阶段没话找话，不如干脆结合这次美国汇率变动，做一期展望性质的央行金融改革的专题。"

"嗯，你的调研报告我看了，方向挺好，但要精简一下，降低大众的阅读门槛。"

说完，何宽不急不慢地吸上一口。

"好的，明白。"

宋安这边说着，指间的铅笔已然划过纸面，在安静的会议室发出沙沙的细响。与别的喜欢带着 iPad 开会的编辑不同，宋安更倾向于原始的纸笔。除了简单可靠之外，宋安喜欢六边形的铅笔握在手心里的那种持握感，坚韧而充盈，用总编何宽的话说，有力度。

薇薇见何编难得没有发表反对意见，赶紧报上自己的选题："我们文娱组跟踪峰峰婚变已经有了初步成果，现在手里拿着视频。您要是同意的话，我想让新媒体的同事配合着一起推一下，效果应该会很喜人。"

薇薇精致的妆容难掩倦意，一脸自信地认为实实在在的物料总会得到何宽的赞许。

"这种事情你们文娱组自己看着弄弄就行。"

不待薇薇说完，何宽已经起身离座，走到门口像是想起什么似的，回身说道："对了，今天凌晨，石棉那边出了个泥石流的本地新闻，谁来跟？"

编辑们面面相觑，言下之意谁都不想再往自己身上揽活儿。

"怎么个意思？是要我点名了？"

"何编，我们组今天三个选题要定，下午还要和当事人约见。泥石流这种小新闻，不会有什么料的，等官方的准确数据出了之后，我们跟着别家媒体提供的情况报一下也就差不多了。"单手托着下巴的社会新闻负责人耸耸肩，说得坦然。

"活该传统媒体要亡了啊。生死也是小新闻了？那你给我举几个大的？"何宽背着手，不动声色间突然提高调门儿。

社会新闻的负责人被堵得接不上话，又显然不想在这种命题作文的琐事上浪费时间，索性带着情绪转起了笔。

"没空我理解，咱们大家再想办法，年轻人想憋个大新闻也无可厚非。名声傍身，光环加持，多份责任也不总是坏事。但说老百姓死生事小，抱歉我没办法苟同。这么说吧，就这么个命题作文谁来弄？"

角落里的几个编辑蠢蠢欲动，只等着何编说明白这第一个吃螃蟹的人能捞着什么好处。

"何编，既然大家都忙，就我们文娱没个正经事，那就我来跟这事吧。"薇薇捂着茶杯，一脸倦容却毫不犹豫地在冷清的会议室举起手。

"哦？你们文娱不是要和新媒体弄视频吗？流量也很重要，你好好搞吧。"

说完，何宽鹰一样的眼睛环视着会议室里的众人，依旧没有人举手。

"薇薇，我替你。"宋安向角落里的几个男性投过一个白眼，伸手将薇薇悬在半空中的手按下。总编何宽看着宋安，欲言又止，话到嘴边却也只是丢下一句："散会！宋安你来我办公室一趟。"

在众人注视下，宋安缓步走向总编辑的办公室。办公室的大门敞开，何宽背对着门，拿着剪刀正给办公室的黑松盆栽修剪枝杈，听见宋安的敲门声，这才缓缓转过身来。

"何编，您找我？"

"把门关上。"

总编何宽的办公室素来不进外人。台里中层以上的员工也少有被何宽单独约见的，故而椅子也出奇地少，只有一把红木的官帽椅孤零零地端放在何宽办公桌正对面。

"随便坐。"

说是随便，但宋安看不出除了官帽椅自己还能坐在哪里。

"你平时忙，不常来，咱俩也一直没机会坐着说说话。怎么样，最近工作还顺利？"

"谢谢何编关心，一切顺利。"

"啊，这就好。"

"何编，找我具体什么事？"

"哦，就是顺便聊聊。"

何宽背着手来回踱步，像是在酝酿下面的话题。

初坐坚硬的官帽椅，由于体温，变得越发温润，仿佛一个洞明练达的老者，只要来人足够耐心，它便毫无保留地分享它的智慧。

"这么说，你是自愿去石棉跟泥石流的报道？"犹豫片刻之后，何宽还是选择直入主题。

"是，"宋安一笑，接着说道，"作为台里的一员，我有责任为团队内的同事分担工作。"

"台里这么多编辑，也不缺你一个吧！"

何宽语气少见地带些愠怒，随即又转归沉静。

"安安，我不相信你不明白我的意思。"

何宽颤巍巍地在自己的椅子上落座，阳光透过落地窗洒在如镜一般的桌面上，角落里苗壮的黑松在阳光下留下一小片阴影。何宽咬着自己的嘴唇，眼神苍老而无力。

"安安，你和采采都是我亲手带出来的。你没有必要质疑我的立场。发生在采采身上的事一直是我心里的一块伤疤，但我不愿意过去的事情同样折磨着你。"

"何编，我去石棉县和以前的事没关系。"

"是吗？从成都去石棉要多少公里？"

"不到四百的样子。"

"石棉到江源呢？"

听到江源两个字，宋安颈根一僵。

"五十二点四公里。"宋安说得沉静。

"所以，安安，这不是我期待的答案。"何宽起身背对着宋安。

"既然说到这里，何编，你其实一直可以告诉我那个人现在在哪里，对吗？但您没有，所以叫我对过去释怀，我感受不到你的诚意。"

宋安死死地盯着何宽的后脑勺，笃定他不敢直视自己的眼睛。何宽果然没有转身，只是留下背影对着宋安，语气却是静若止水："安安，我明白你的意思。我也知道你心里没有原谅我。但我有自己的借口。人在年轻的时候，总是会觉得凭借自己的力量什么都可以做到，再加上春风得意，你想去推那堵墙，何叔叔理解你。也许在你看来是何叔叔年纪大了，怕了、厌了。"

何宽说着突然顿了一下，颓然坐下。

"可安安，你何叔叔都这把年纪了，最多身败名裂，但那就早点退下来好了。我厌我怕，是因为你。你是唯一一个我带出来的学生了，我不想你重蹈采采的覆辙，我受不起。好好留在台里完成'金改'选题，石棉的报道我让别人跟进行不行？"

何宽手扶着电话，无助的眼神近乎恳求。

宋安凝神向何宽看去，衰老、懦弱，以及沉溺于某种记忆。岁月不留情面地在他的脸上留下道道印记。

"何编，我去石棉是配合社里工作，但既然您提出来要我完成'金改'的报道，我听您的，没问题。"

宋安话音刚落，何宽随即拿起桌上的电话，冲着话筒三言两语地布置完采访任务，长长地舒了一口气。

"安安，谢谢你愿意理解我的苦衷。你年轻，愿意钻研业务是好的，但也要抽空学学台里的经营管理。还有，平时和同事们相处要谦虚一些，和同事们要打成一片。我的位置，总有一天会轮到你的，明白吗？太特立独行影响团结，不可取。"

宋安不接话，脑海里不自觉地想起那时只是实习生的采采，天天中午坐在公司楼道里陪自己吃泡面，却信誓旦旦地说什么"安安没事的，现在是苦了点，但等我当上了总编，我就聘请你当我的特别助理"。那年的采采和宋安同岁。同样执着于理想，同样年少轻狂。也许采采早早就看明白生命是一场虚妄了吧。

"还有就是，叔叔希望你能早点有个安定的依靠。女孩子家举棋不定最后受伤的只能是自己，如果你愿意，叔叔可以给你介绍很多优秀的小伙子。"

"何叔叔，您费心了，我自己很好的。"

从何宽的办公室出来，回自己办公室的路上，宋安听见身后几个同事聚在一块儿窃窃私语，回身看去，又一副无事人似的作鸟兽散。

"亲爱的，又聊我什么呢？"

"安安，你想多了，我们聊工作的呀，我们不如你腰板硬气，有总编给你把握选题，我们呀，光标题就得三人聚在一块儿才能想出来啊。"

"噢，三个人够吗？别太勉强自己了，有空来我办公室，我教你。"

回到办公室，宋安心口突突地跳着，睡眠不好加上连着的小别扭撞在一块，简直要命。她从办公桌最下面的抽屉里取出一只明净素雅的青瓷杯，将几颗蜷曲成一团的茶叶粒放在杯底，酌上滚烫的开水。起起伏伏间，叶面逐渐舒展，沁出些翠意，果真如采采所说，只有青瓷杯配茉莉的茶色才是最妥帖的。茉莉，就是那种最"廉价"的茉莉。

坐定，打开电脑，没码上几行字，薇薇的短信就到了："我刚听说你又和楼下的杠上了？这何必呢？"

"爱谁谁，不过谁让给我撞上了。"

"你说你一个坐独立办公室的和楼下的编辑斗啥气呢？再说……"

"再说什么？"

"消息传得很快。说你两面派，会上主动请缨，会后去总编办公室，何宽就另安排别人去了。"

"薇薇，你听到的，是何宽让我去的。"

"对楼下的编辑来说，有什么区别呢？总之你去了何宽的办公室没错吧？"

"……"

"安安，你听我一句，我知道你从国外回来看不惯这个，但办公室政治哪里都会有，这都很正常的，没必要针尖对麦芒，搞得满城风雨，对你没好处。"

"你怎么越来越像何宽了？说话调调都一样。"

"哦？何编也这么说了？"薇薇语气一顿，神情似乎有些落寞。

"嗯。"

"那何编还说你什么了？"

"说要和同事打成一片，太特立独行对以后发展不好。"

"是吗？没想到何编看着糊涂，对社里的风向还是挺明白的。怎么着？要不我做个庄，把你和楼下编辑都请上，有什么问题是一顿火锅解决不了的吗！"

"还真有。"

"那两顿？"

"……"

"再说吧，等我把'金改'的稿子弄完。"

"行行，那你忙着，火锅钱到时候我找你报销哈。"

宋安在偌大的落地窗前站定，高处俯瞰这座车水马龙的城市并没有使她更好地找到自己的位置。不，就这个年纪来说，能当上财经版主编她应该心存感激吧？一切顺利的话，总编的位置也只是时间问题。呵呵，名不副实吗？大半面墙的证书和奖项应该能堵住绝大多数人的嘴。

宋安看着玻璃中自己的影子。出挑的身材，裁剪得体的成衣，利落的发饰，精致的妆容，以及一副随时准备着、无懈可击的表情。

宋安定定地审视自己的妆容，白皙的肌肤，平直的眉眼看不出丝毫情绪，或许多亏那唇间的一抹亮色，才不至于让眼角的那颗泪痣成为视觉的中心。在国外念了七年新闻，回国满心以为正是施展的机会，谁料得，一次再普通不过的田间采访、好友的罹难却彻底将她摧毁。何宽从没有问起那天的经过，只是不动声色地为她办理了职位平移。金融、汇率、期货、上市公司的 IPO、沪深股市起起伏伏、宏观经济走走停停……终于，得着她一直想要的宁静空间，不再有那种伤痛、自责的回忆。天知道，一场无来由的地震偏偏将这一切唤醒。

硕大的白色机器预热过后，带着些低频的噪声，匀速喷吐出一张张图表和汇总分析。

青瓷杯里的茶叶渐渐沉底。宋安静静地等候在打印机前，心意已定。

她仔细将文件的边角对齐，敲上一颗书钉，取出一支钢笔。

页眉处恭恭敬敬地落上"诸位斧正，记者宋安"的签名。

诸位斧正，
记者宋安

Chapter 2

东经北纬

东方隐隐泛起鱼肚白，薄雾渐去。

老队长陈慷摇下车窗，借着依稀的晨光粗略地判断当地的受灾情况——不乐观。山路两旁的老树根系翻露，细碎的石子不断地滚落在公路上。虽然看不见火光，但空气中飘浮着某处燃烧过后的灰烬，估计周边有部分瓦斯管道的本体受到了冲击。比起泥石流，陈慷更担心的是各式始料未及的次生灾害。

正担心着，车队缓缓地在成雅高速上停下。

"怎么回事？前面怎么停了？"陈慷焦急地抓过电台询问前车。

"陈队，山体滑坡，路被堵了。道路维修和工兵部队正在修。"

"多久能走？"

"不好说，据说堵了已经有小半天了。"

老队长陈慷咬着嘴唇："咱们下来帮着给搭把手，别的车队也都往这儿赶，都堵在这里肯定不是办法。"

"收到。"

队员们纷纷从后备厢里取出工兵铲，加入前方的队伍中。

陈慷下车，背着手不住地在人群中打量，一把抓过在路边挥动铲子的唐毅："你们方队人呢？"

"方队？他带人去山上探路了。"

"探路？什么时候的事儿？"

"有一阵子了吧。方队的意思是都堵在这儿不是办法，哪怕能有条小路迂回到高速上，疏散一点交通压力也是好的。"

"那也不打声招呼！"

"谁能劝住他嘛，再说胖子和木头和他一起去的。放心吧，方队多大人了，啥场面他没见过。"

"瞎胡闹这是，光场面见得多有什么用？等到了驻地让他过来找我！"

成雅高速西侧山体上。

方淳正蹙着眉头，背着一身装备在山体上走走停停。自从进山之后，地质状况的变化一直让他觉得焦虑。他抓过一把泥土，在指尖一番搓揉，又不放心地放在鼻子前闻了闻。

"胖子，木头，你们那边情况怎么样？"

"我这里是一塌糊涂，不知道哪里地下渗水，这一脚一个陷啊。"电台那头的胖子说得气喘吁吁。

"方队，我建议还是回国道上和大部队会合吧。就现在这种路况来看，车队肯定是不用想了，即使徒步通过，时间和体力的消耗，加上可能的风险，也不划算。"木头最为理智，无论何时都能平衡各方面的损益综合思考。

"收到，我这边再看看，不行咱们就撤。"

方淳抓着地图，比较着不远处的地貌特征，左脚随意踏上一块裸露的岩石，不想岩石翻滚着朝着山下落去，方淳失去重心，身体后仰，幸而手臂范围内长着一棵柏树，整个人才不至于从山上摔下。

方淳盯着滚落的石块扬起的一路烟尘，果断对着电台下达命令。

"胖子，木头，立刻按原路回进山点。"

"收到。"

"收到。"

即使没有更多的语言，多年的默契使得两人一下察觉出情况的严峻。

扬尘逐渐散去，方淳探着身子寻着岩石滚落的地方向山下张望。目力所及，树丛间，似乎有一个女子被树枝缠绕着倒挂在树上，一只黑色高跟鞋孤零零地遗落在地面。方淳顾不得脚下，快步以"之"字形向出事地点跑去。

树下没有脚印，高跟鞋的鞋底却满是泥渍。应该是从更高处的山上，失足滚下来后被挂了树上。方淳冲着树上喊了几声，没反应。

方淳正要掏出电台呼叫队员抬副担架上来，树上突然传来细微的咳嗽声。方淳朝树上看去，女子蹙着眉头，双目紧闭，脸色乌青。树枝缠绕在女子的颈部和胸口，使得她喘不过气。

等不及担架了，束缚性缺氧往往比伤口感染或失血更加凶险。方淳脱下自己的外衣，将衣服拧成麻花状，绕过树干绑在自己的双手上，脚下发力，三两下爬上树。

女子脸色暗青，方淳把手搭在女子白皙的胳膊上，还有温度。接着又用手试探女子的鼻息。微弱且时断时续。方淳来不及细想，立刻开始清理缠绕在女子身上的枝条，小心翼翼地厘清每根树枝的相对关系。可扯断一根枝条，就破坏了树冠上的平衡，女子倒挂在树上摇摇欲坠。

方淳果断将手伸进女子的衣服下摆，一把将文胸整个拉扯出来。女子被勒住的呼吸道一下松开，如梦初醒般大口喘着气，蒙眬间却看见一个穿着纯白色背心、全身紧绷着小麦色的肌肉、脸上挂满汗水、不苟言笑的男人，她蹙着眉头，看着他手上拿着自己的黑色胸衣，一时间有点搞不清状况。

"别说话，闭上眼，试着把手伸出来。重心慢慢往我靠。"

当意识到自己倒挂在四米高的树上时，女子像溺水一样在空中手舞足蹈，加重了整个枝干的倾覆。方淳隐约听到树干传来开裂的声音，眼见女子整个人就要坠落下去。

"我……"

"让你别动啊。"

间不容发，方淳将衣服一端绑在身上，另一端拴着树干，飞身将女子一把抱过，转身用后背对着地面。绳缠绕在枝头，抵消掉一些两人下落时产生的冲击力，而后再也支撑不住，两人结结实实地摔落在地。

树木本身并不太高，但地面本身并不平整，过了一阵子，方淳挣扎着想要起身，却被女子紧紧地压在身下。女子双唇微启，无意识地吐露着呼吸，黑而直的过肩长发，夹杂着甜腻的汗水贴在细弱的脖颈上，像一只娇弱的小兽，刚从惊吓中缓过神来，贪婪地趴在宽阔结实的怀抱中酣睡。方淳不敢打扰，只是静静听着女子一声声短促有力的心跳声逐渐变得平缓，血色一点点在清瘦的脸蛋上回缓开来。

微风和暖，云缝中的阳光穿过树梢，若有若无地照射在女子的侧脸上，将小巧的耳垂照得粉嫩。远处却是一阵急促的脚步声。

"方队？方队！"胖子急得满头大汗，提着嗓子正准备接着叫唤，却被木头从身后一把摁住。

胖子脚下一个趔趄："你拉我干啥！"

木头不接话，只是拧着眉头，神情夸张地努着嘴巴比画着前方。胖子循着木头比画的方向看去，刚明白过来眼前的是什么场面，正想着转过头去，就和方淳四目相接。

"方队，这位姑娘是……"

"愣着干吗！先过来给我搭把手！"

"啊？方队你说的是我吗？"胖子看着木头一脸尴尬。

"……这儿还有别人吗？你们俩都给我过来。"

"哦。"

胖子和木头两人盯着脚下的地面，略显尴尬地挪动过去。

"帮我把姑娘翻过来，动作轻点，她可能有骨折。"

"明白。"

胖子和木头听说骨折，刚才还大开大合的动作一瞬间变得细腻起来，一人一边小心翼翼地避开身体的关节处，两人对视一眼，心有灵犀地一把将女子从方淳的身上移开。

方淳如释重负，身上轻快了不少，大口地呼着气，拍拍身上的尘土正要起身，这才发现自己救援服的纽扣上挂着一个黑色的文胸。他背过身去，用手比画着树冠，对着身后的胖子和木头语气坦然地道出一句"是这位受伤的姑娘掉出来的"。

手里笨拙地试图将文胸对叠起来放在工装口袋里。

"木头，东西带了吗？"

方淳看着躺在地上的女子，将自己的外衣脱下来垫着姑娘的脑袋。

"都有的。"木头边说着，边手脚麻利地从硕大的藏蓝色帆布背包里取出医用绷带和固定板。

"要注意右腿关节脱位，搞不好可能还有撕裂。"

说完方淳转过身，望着山下崎岖的地表上裸露在外的岩石，不发一言，只是用鞋底一下两下地夯实脚边的泥土。

"方队，别想了，就这地质条件根本机动不了，我们还是原路和大部队会合靠谱。"

"嗯，我知道。过来借一步说话。"

三人迎着阳光站在东面的山坡上，山间清风徐来，吹在被汗水打湿的胸口，一阵舒爽。

"胖子，我负责你的装备，你能在前面开路吗？"方淳冷不丁地说道。

"这有啥不能？谁尿谁是软蛋啊。"胖子莫名其妙地看着两人，觉得氛围古怪。

"方队的意思是这山不牢靠，搞不好还会滑坡塌方。"

"不仅这样，我的意思是我们要带着她一起下山。"

方淳头也不回，定定地望着山下。几百米的纵深高度，不断有碎石滚下。

"啊，这样的话……"

胖子这才缓过神来，意识到事态的严重性。

"方队，您看要不这样吧。你让我一个人下去，等我和部队会合了，带着人家伙一起上来给搭把手。"木头主动请缨。

"不，人越少越好，多了更不安全。"

木头心里知道方淳说得在理，默然片刻只得点了点头。

"胖子你呢？对行动有意见的话，现在就得说了。"

这是队里不成文的规矩，意见只能在行动开始前提，一旦行动确认就必须坚决执行。

方淳抿着嘴唇，等着胖子的话音。

"哎，你们都两票通过了，再来问我？以后有点诚意行吗？"

"那好，去看看她的情况，然后准备出发。"

方淳焦虑地望着山下，突然缓过神来。日头偏西，距离自己上山已经过去了四个小时，如果山脚下的道路开通，今晚大部队就能进驻现场工作了。时间不等人，要快。

"姑娘，你现在感觉怎么样？"

方淳不敢贸然移动宋安，只是俯身在她耳边轻声询问。

"我……好像……站不起来了。"

宋安喘着粗气，精致而细白的锁骨上蒙着一粒粒豆大的汗珠。

"没事，先别动。"

方淳蹲在宋安身边，宽厚有力的手掌像抓小鸡一般按住宋安的小腿，双手顺着宋安裸露的脚踝自下而上地寻去，很慢，不焦不急，手法老练。

"痛了告诉我。"方淳目光如炬地看着宋安。

"说话啊，哪里疼告诉我，不然我没法确定位置。"方淳厉声喝道。

"方队，你温柔点啊，像你这么吼，不把人吓着才怪呢。"

胖子在身边看不下去，怜香惜玉地叮嘱道。

方淳不为所动，照着女子的面颊就是一巴掌。

"说话！回答我的问题！快给我说话！"

宋安咬着唇，眼前一片晕眩。她觉出脸上火辣辣的疼痛，拼命地想回应上几句，但喉咙嘶哑只能含混着勉强应声，任由男人的手在自己白皙的小腿上游移。男人的手很大，却不尽然是粗粝的。细滑指肚上的温润更像是常年从事某种案头工作摩挲出的痕迹。男人的眉眼也是极普通的。粗略地看过去，甚至像是街面上常有的路人面相。本就不甚舒展的眉目，外加一脸严酷，俨然一个不懂幽默的士兵。然而修长挺立的鼻翼却将一脸的愁云就此分隔，生愣地捏拿出几分青春期特有的怅惘，坦然且热烈。

"给我说话！别不吭声！"

宋安咧着嘴情不自禁地咻咻地笑，她看见男人捧着谁的脸，在大声呵斥着什么，几记耳光结结实实地打在谁的脸上，但男人没有得到他想要的回答，看起来又气又恼。宋安倒是想安慰男人几句，却只觉得身体软绵绵的，周身的知觉如同退潮般逝去，迟到的疼痛又毫无预兆地集中抵临。

方淳瞧着宋安白嫩的脸蛋已经显出几道掌纹印，却还是说不出连贯的句子，转身对身后的胖子交代道："不能拖了，胖子你现在就去开路。我和木头跟在你后面。"

"是。"

"木头，准备好了？"

"嗯。"

两人会心地点过头，突然一齐发力，提着简易担架的两头，循着胖子的身影就往山下走去。

山林之间，树影斑驳。几个男人除了彼此粗重的呼吸声之外，一路无话。

"方队，我方向没错吧？"

胖子捡了根木棍，在林间左右拨弄，天色越来越暗，走错一个路口都要耽误不少时间。

"没事，我在后面给你看着呢。"

方淳压着声音，虚着腰，快速用余光瞄了一眼夕阳，尽量不惊扰后背上的女子。方淳徒然地担心着女子的受伤情况，然而在送医前，一切都只能是猜测。

暑热退去，山间的晚凉多少使人得到些喘息。残存的太阳光芒从鱼鳞一般错落的云层中挣扎而出，美丽却不祥。

"一鼓作气，下山之前都别停。"

路上，数不清的枝叶从宋安白嫩的皮肤掠过，划出一道道浅浅的血印。隐约的痛感将宋安唤醒。四下寂静，宋安听见男人粗重的鼻息声。

"谢谢。"

宋安周身乏力，只在方淳耳边软糯地道了句谢，也不知道男人有没有听见。

方淳怔了怔。

"还有些路，要再坚持一下。"

"嗯。"

宋安还想再问一句自己在哪儿，但也只是在喉咙里含糊了一声。

"放心，在去医院的路上。"

男人像是知道宋安的心思一般补充道。

宋安看不见男人的脸，一路上只能听着他的说话声，一阵阵地飘到宋安耳边，低沉却有力。他似乎是可以信赖的人。

一行人走到山脚下，天幕透着幽暗的蓝色。国道上的路障已经清除，大部队也不见踪影。

"方队，咱们来晚了，陈队那边应该是先赶去事故现场了。咱们下面怎么办？"

胖子一口气跑到国道中央，脸色惨白地叉着腰，费力地吞咽着口水。

"别停下，赶紧先上车。和队里联系一下，说咱们这边有个伤员，让队里准备一个简单的医疗环境。要快。"

方淳拉开车门，三人帮忙搭着手将宋安平放在后座里。待把宋安安置好，方淳脱下自己的外衣，对折几番，勉强填进宋安的脖颈，又折回身，帮胖子和木头将器材和装备塞进后备厢里。

救援队用的车是老旧的丰田陆巡 LC80。昏黄的卤素大灯和泥泞的轮拱彰显着它的光荣履历。坐进车，发动机和差速器挥发而来的汽油味呛得刺鼻。驾驶室里凌乱地堆放着各式地图和手台。"咱们给姑娘挪出点地儿，大家挤一挤。"

方淳神色疲惫，又舍不得喘息。

众人坐定，发动机传来一阵突突的粗重噪声，方淳一脚油门，催着老旧的陆巡铆足全身的力气向前方的大本营赶去。

太阳早已落山，国道两侧碎石散落，方淳不敢大意，就着车灯照出的前路，谨慎地避让，然而遇上了山路，车身还是控制不住地上下起伏，颠簸个不停。

方淳焦虑地望着后视镜里的宋安。

"队里有消息了吗？"

木头抿着嘴，爱莫能助地摇摇头。

"接着催。"

"方队，说起来这个事儿怕是也有点奇怪吧？"

胖子下巴被挤在车窗上，勉强说道。

"什么意思？"

"我是说这个姑娘看着文文静静白白嫩嫩的，也不像是生活在山里的农家姑娘啊，就算她是城里的背包客吧，可咱们找到她的地方也不是啥旅游景点啊，想不明白这姑娘是干吗的。"

方淳透过后视镜，瞟了眼后座里的女子。的确，胖子的问题刚开始他也有想过，后来忙着救人反而给忘了。白皙的肤色、深色西装、淡蓝色裙裤，配上一双高跟鞋。这样的搭配别说是附近的农家女孩，就是一般的背包客，也不会有人无知到穿着高跟鞋进山吧？最要命的是，那种看上去就很高级货的胸衣？方淳苦笑着摇了摇头，在他的经验范围里，尚且找不到合适的词来描述那样的女士衣物，他只记得拿在手上软软的，可能还带着点香味。

"你怎么想的？说说嘛。"

胖子用手指顶了顶坐在身边闭目养神的木头。

"我不知道，瞎猜的话，应该是官员之类的吧。否则怎么会穿得那么正式跑到山里来。"

"是了是了。发生泥石流的事故也上新闻了，这位青年女官员肯定是看见新闻之后，想第一时间赶往灾区了解群众受伤情况，结果天有不测风云，被方队发现了。"

胖子一个鲤鱼打挺，神情严肃地对着玻璃整理起自己的发型和衣领。

"喂，你倒是把话说完好吧，被我发现为什么是天有不测了？"

"差不多吧。方队你也不想想，能被咱们这些干救援的发现，基本上也能和天有不测风云画上等号了。不容易啊，年纪轻轻一个姑娘家，还这样胸怀天下，咱们可得对人家上点心啊。木头，队里有信了吗？咱们现在可是身负重担啊！"

木头摇了摇头，脸色一沉，缓缓说道："方队，队里到现在还没回信，事故现场情况咱们还都不知道。把两方面信息结合在一起看，很可能队里人现在都在事故现场救人。按最坏的情况估计，如果驻地没人手，那即使我们到了，可能也没办法第一时间给这个姑娘处理伤情吧。"

方淳稍做沉吟，扔给木头一张地图："查一下距离队伍驻地最近的县在哪里。"

"最近的在江源，五十来公里。"

不等木头说完，方淳猛地一转方向，轮胎瞬间发出一阵啸叫，车向岔路口的一条小路驶去。

江源县医院，作为一家区县级的卫生医疗单位，主要服务于本地百姓。然而方淳等人赶到，却看见候诊大厅中央七七八八地坐着一众愁容满面的工人兄弟，楼道两边也停满了临时病床。医护人员小跑着往来其间，氛围紧张。

胖子心急，径自穿过候诊的人群，踮着脚，向身后的方淳摆手招呼。

"淳哥，这边。"

方淳眉头紧锁，点了点头，嘴上并不回应，和木头两人合力把宋安放在医院的移动病床上之后，瞥见走廊上独自坐着一个穿着短衣睡裤、脚上尽是泥点、趿拉着一双人字拖的中年男人，两只手颤颤巍巍地发抖，不住地交叉握着，两眼空洞地直视脚下，嘴里正不住地呢喃自语："老婆，你可要等俺回来啊。"

中年男人说完低下头，紧紧咬着唇再不出一声。

方淳在中年男子的身边坐下，用手按着男人的手腕。

"能联系上吗？"方淳平静地问。

中年男人松开双手，露出抓在手里的手机，哽咽说："我打了，打了好多遍，都是没有人接，只怕是……"

"这种时候，不要自己吓自己，情况有很多，未见得就是你现在想象的那种。"

"别人家都联系上了，就俺家没联系到，我家那屋子盖的时候就有人说风水不好，我家那口子年初的时候，还跟我说想重新盖，我没答应，这次只怕是……"

"怎么称呼你？"

"何勇。"

"把家里地址和联系方式写上，有消息了我第一时间联系你。"

方淳递过一本便笺和一张纸巾。

中年男人下意识地写完，这才回过神来看见方淳制服上的救援字样。

"你是救援队的？"

"嗯。"

"那你能救我老婆和孩子？"

方淳接过便笺本放回胸前的口袋："也许能，也许不能。我不能骗你，只能尽力，有消息我会联系你。"

入夜，候诊大厅病患进进出出。儿童的啼哭，家属的呼喊，像一把尖刀直抵着方淳的脑袋。这是方淳过分熟悉的场景。从被推入医院开始，接下来的时间，有些要承受皮肉之苦，有些得失去肢体，有些则会丢掉性命。他怅然若失地望着头顶的日光灯，仿佛空中的某处有一只预知结局的秃鹰盘旋不停。

方淳把胖子和木头叫到身边，把中年男子的便笺纸递给两人：

"叫何勇，家里人都在石棉，根据他们工友说还有不少人联系不上，情况不乐观。我刚问了这边不少人，都是从石棉那边分流过来的，咱们得尽快回去。"

便笺纸上的字迹写得歪歪扭扭，但石棉两个字赫然在目。

"淳哥，那姑娘怎么办？医生还没有叫咱号呢，这个时候丢下人家，不仗义。"

方淳回过身，瞧着停在候诊大厅里的宋安。汗水打湿了她胸前的衣襟，白皙的脖颈上全无半点血色。

"分拨行动吧，你们先去和队里会合，也说明一下路上的情况，别让陈队跟着担心。我这边把手续办完就来找你们。"

胖子还伸着脑袋看向宋安那边的时候，方淳一把将何勇留下的字条塞在胖子手心，又拍了拍木头的肩膀："动作要快，路上别耽误了。这边有我。"

送走胖子和木头，方淳向导医台要了轮椅，避开候诊大厅里的嘈杂，推着宋安走到开水间旁的楼道讨份清静。四下无声，唯有三两只夏虫聚集在虚妄的光热前不肯离去，徒劳地扑棱翅膀。

蜀地夏季多酷热，再加上湿度大，使得汗水总黏在皮肤上。方淳脱了外衣系在腰间，只穿着纯白色的棉背心，靠窗站着。吸烟区空气中浓重的消毒水和桶装泡面味混合着烟草味让人作呕。他颓然地点起一支烟，只是用嘴咬着，并不去吸。青色的烟气在昏黄的灯光下逐渐化为乌有。直到远处传来病人的咳嗽声，方淳这才回过神来，赶忙将烟头踩在脚下，又狠劲儿踩了踩。

"这边的家属人呢？"

门外的护士不耐烦地朗声叫道。

"来了。"

方淳说着推着宋安的病床走进医生的大门。

老旧的办公桌后面坐着个干瘪的老先生。花白的头发，配上一副细长的银色眼镜倒也显得格外精神。

"你是这姑娘的什么人？"老先生翻开病历，头也不抬地问道。

方淳瞄了眼昏睡的宋安，琢磨着合适的措辞："我是路过的时候遇见她的。"

"哦，这么说你是来见义勇为的？"

老先生依旧头也不抬地在病历上沙沙写着，方淳听不出老先生语句中是否暗夹嘲讽，只得硬着头皮继续说道："谈不上，我是绿野救援队的志愿队员。去石棉执行任务的路上遇见这姑娘，时间比较紧，只能就近送到江源这边的医院来了。"

老先生探头看了看方淳，确认过方淳救援队的队服之后，点了点头，便不再说什么。

"那这个姑娘叫什么？哪个单位的？"

方淳想起来的路上胖子和木头两人的猜想，但在确认前也不好说，只得再次摇了摇头："不清楚。"

"随身衣物呢？看看钱包什么的，连姓名都没有的话，医院也很为难啊。"

方淳这才想起宋安身边的手包。包很小，装不下很多东西，更多的像是某种配饰。方淳当着老先生的面，将里面的东西一一取出，摆在桌上。一支钢笔，一本手账，一支口红，一只祖母绿的钱夹，一部手机，一张工作证。

老先生老练地用手里的钢笔挑开工作证："《新日报》记者宋安，这不就行了吗？"

老先生冲着方淳摆摆手："行了，你也别立在这儿了，去交钱，拿着缴费单过来就行了。"

"呃。"

方淳摸了摸全身上下的口袋，一阵发窘。全身上下也只有几张钞票，而这显然不够。

老先生用眼角的余光瞄了一眼方淳，不置可否地哼了一声，顶了顶鼻梁上的老花镜，扬着眉毛说道："没钱，或者是没带钱，再或者是没带够钱。对吧？"

"出任务的时候，没想到会这样……"

"唉，你们这些人最麻烦了，嫌医院还不够忙是吗？按说你们也是做好事吧，可又偏偏不按着医院的程序来，乱成一锅粥。那你现在打算怎么办？！"

老先生语有不快，停下手里的笔，套上笔帽，撂在桌上。

"要不您看这样行吗？"方淳从自己手腕上取下手表，放在桌上，"这块手表，应该能抵一些钱的。"

"我不懂表，也不知道你这表能值几个钱，再说，你当医院是什么了？典当行？"

"那我现在确实是没办法了……"

"行了行了，你是救援队的吧，这次就算了。这姑娘要是真出了什么事儿，想来你也跑不掉。就这样吧。"

"那这个姑娘现在的情况？"

"轻度脑震荡，加上几处运动挫伤。静养一下问题不大，后面的事儿我会让护士联系她单位的，这儿没你什么事儿了。忙你自个儿的事去吧。"

"谢谢医生，她如果有什么情况的话，您打绿野救援队的电话可以找到我。"

老先生用手指在嘴唇边比了个安静的手势，随后冲着方淳不耐烦地摆摆手。方淳望了一眼侧着脸熟睡中的宋安，只得轻声关上门，径自离去。

意识尚且混沌，没有光。灰而沉重的眼帘将人锁在余梦里。

触感所及，床单有别往常，有种浆洗过后特有的硬朗。气味也不一样，没有宋安惯常使用的薄荷洗发露的味道，更像是经过无数次的洗涤，陷入了某种没有维度的真空领域。在没有尽头的黑暗中，一双宽厚的手牵着自己，不断小声低语些什么。那声音低沉、细软，像父亲。宋安伸手想要攥住那个身影，那身影却是敏捷地躲过，头也不回地阔步离去。

"醒了吗？是不是我吵到你了？"

薇薇将落地窗帘的缝隙重新盖住。

"闻到味了。"

宋安莞尔一笑却难掩倦容地指着薇薇手里的挂耳咖啡。

"就是给你冲的，小心烫，我给你搁在床头，慢慢喝。"

薇薇放下咖啡杯，双臂环绕放在胸前，欲言又止状："你出这么大的事，不能指望我一句话都不问吧。"

宋安瞧着咖啡杯里升腾起的水汽，小口吹着。脑海里想到的却是男人鼻梁下线条分明的唇。

"你怎么知道我在这儿的？"

宋安小口嘬着咖啡，这才反应过来。

"你真是抬举我了，我就是知道也没空来啊。是咱们的何编大人、你何叔叔夜里打电话给我，就差耳提面命让我直接来江源县人民医院接你回去。"

宋安一惊："我在江源？"

"是啊，想不到现在的二甲医院弄得挺像样子的。"

宋安着急起身，左腿关节一阵撕裂般的疼痛袭来。

薇薇赶忙起身把宋安按在床上："我说你可悠着点。医生说你送医还算及时，但也要养上半个月才能下地。"

宋安却像是听不见似的："帮我把窗帘拉开。"

薇薇端详着宋安阴阴的表情，猜不透发生了什么事情，却也不敢多问，拉开窗帘之后，索性把窗户也一齐推开。

虽然依旧是个阴天，但云破处已然透着些光亮，纯白的云朵间，偶尔射出几许灿灿的斜阳，照在愁云惨淡的病房里，倒也甚是舒坦。

"这天变得也真快，来的路上还想着别再下雨了，结果这会儿眼看着就要晴了。"

宋安挺着身子从窗外看去。

清风徐来，小而规整的大院里，三两个阿嬷在树下结伴闲聊。医院外的街道虽不及城市里的宽敞，但往来行人穿梭有序，一幅祥和的景象。

"我看这地方倒是挺适合养老。"

薇薇见屋里没外人，脱了脚上的高跟鞋，盘腿坐在病床边的沙发上，从包裹里掏出一包瓜子，倒在桌子上，自顾自地吃起来。

"江源看起来还好吧，感觉没受多少影响。"宋安咬着嘴唇，落寞地一笑。

"喂，我说宋记者，你这看热闹不嫌事大可不合适啊，再说你财经编辑瞎凑什么社会新闻的热闹嘛。"

"是吗，大概是我职业病吧。"宋安这边敷衍过去，瞧了眼手机，黑着屏。

"借我个充电器。"

薇薇扬着眉毛给宋安递过去："这么着急准备进入工作状态？我看你倒不如就着这个机会好好休息休息。等你到了我这个岁数就知道了，女人呀，有一点事业是加分项，有太多就得倒扣分了。"

宋安干笑："我还是算了。真要是休息了，怕是又要有人说何编照顾我的闲话吧。"

薇薇激动地把瓜子壳吐在一边："你这是工伤！谁还能说你什么！"

"主要还是我自己不小心。"

宋安心意已定，径自打开电视，一连换了几个台，都是给老年人准备的健康讲座。

两个油头粉面的年轻人，一唱一和，将一个听得五迷三道的老头围在中间，对着手里的保健品一顿夸赞。虽然搞不明白他们在说什么，但语气却是十足笃定。

"小地方就是小地方，根本没什么有新闻价值的节目，除了忽悠还是忽悠，这么搞也能活得下去。"薇薇一边吃着瓜子一边说，嘲讽的语气里颇有几分傲气。

"怎么着，我是今天就带你回去，还是陪你在这儿过几天隐居于世的日子？"

宋安嘴上不接话，心里却多少有些落寞。一方面，出师不利，回报社大概免不了成为一些人的笑谈；另一方面，一路上送自己来的男人，此刻不见踪影。不仅是不见踪影，宋安甚至连对方叫什么都不知道。想到这里，或许有点意犹未尽的残缺感。宋安不喜欢残缺，她已经习惯可以用小数点来表达的精确感。

"我怎么都行，听你安排。"

"听我安排？"薇薇吐出嘴里的瓜子皮，一脸吃惊地站起身。

"怎么？"

"你还真让我有点受宠若惊啊。这第一呢，何编给我下了死命令，交代我绑也要把你绑回去的。第二呢，为了来接你，何编把我一直跟的婚变消息交给别人，我也有点小不开心，带你回去正好能把工作给接回来，倒不耽误什么。但我一直觉得既然你特意跑过来跟石棉泥石流的消息，肯定有你的打算，本来还想过来帮你扛扛压力。你确定让我来做决定？"

"嗯哼，你做决定。"

宋安瞧着薇薇，心里觉得宽慰。大概这就是经年累月才能换来的交情吧。想来薇薇大概对自己这次的唐突之举早有疑问，但依旧选择不点破，即使上面有何宽的压力，却还是愿意帮忙挡在面前。

薇薇把手举在嘴边做投降状："那行，我也不和你绕圈子。既然你说了让我决定，那咱们消消停停感受一把特级病房的伙食，下午我就先帮你办转院手续，然后我回报社找何编复命？"

薇薇观察着宋安的表情，见宋安不反对，满心欢喜地抓起包，向门外走去："那你等我一下啊，我和食堂要个两份特餐，再去把费用结了就回来。"

宋安捧着咖啡有一搭没一搭地看着电视里的节目从健康讲座又换到了电视购物，倒也分不清主持人的装疯卖傻算是大愚若智还是大智若愚。

"嘿，我说，救你那人怎么样？感觉有点意思呀。"

薇薇推着餐车，进门就是一副八卦腔调，见宋安一个人在床上傻愣着盯着电视，便把手表往床上一扔。

"沛纳海，表选得还挺有品。"

"谁的？"

宋安扬着脸，想着电视里刚才推销手表的主持人，一时间有点状况外。

"还能是谁？自然是救你的那个小哥哥的呀。你不晓得哦，人家为了救你，身上钱不够付你住院费，把自己的手表都押给医院啦。"

薇薇挑着眉毛，有意说得阴阳怪气，想看看宋安的表情。

"怎么样？长相是不是你的菜？啧啧，这小哥是百花丛中过，片叶不沾身啊！算个人物了。"

宋安淡然地取过手表收在枕头底下："所以，我欠他多少钱？"

"别谈钱嘛，说说你的内心活动，是不是虽然不沾身，芳馨已入心？哈哈哈。"

"问你多少钱！"

"没多少，也就五百块钱。哎呀，你别当真，我也就说着玩玩的，我知道你现在不想谈感情。"

"不相干。来吃饭。"

宋安将桌上的荤菜推到薇薇那边，自己只是夹了点西芹百合和丝瓜鸡蛋卧在绵软剔透的白米饭上，却将电视机的声音调得大了些。薇薇看着，却不说话，作为宋安的首席闺密，她当然知道宋安并没有在看电视机里的地方新闻，却也想不明白宋安的心事。

"安安，你的事情都可以和我说的，如果你不信任我，我会觉得我做的这些都没有意义。"

薇薇放下筷子，说得低沉落寞。

宋安见薇薇放下筷子，反过来拣了块粉蒸肉放在她饭里：

"薇薇，你是我最好的朋友，你对我的感情是我最珍惜的。有些事情，是我自己还没有想明白。"

"好。"

薇薇点了点头，不再多说什么，就着粉蒸肉，夹起一大块米饭。肉做得欠火候，薇薇重重地咬了几口才得以下咽。

"插播一条石棉泥石流的最新进展。因为昨夜受灾地区继续强降雨，使得周边地区次生灾害的发生风险提高，已知有多处小范围山体滑坡。目前当地消防部门和救灾部队已经展开积极有序的营救工作，伤亡数据有待进一步统计。"

两人同时向电视看去。

"你说，伤亡数字会是多少？"

宋安怅然看着窗外。

"你可饶了我吧，我又不是搞社会新闻的，你让我估估这条消息的评论转发值还差不多。"

"会有多少？"宋安纯粹出于好奇。

"热搜暂时不用想。真要我说，按着现在这个势头发展下去，也就五六千的转评值。"

"这么少？"

"呵，已经很多了，这还得必须是一个有影响力的渠道发才能有这个数字。"

"不至于吧。"宋安干瘪地一笑。

"怎么不至于，这种新闻消费的不过是一种灾难过后的应激情绪。而情绪是很难持久的，说到底，你认识灾难里的任何人吗？他们和你没关系，你的生活和他们也没有交集。"

见宋安不说话，薇薇又补了句："你别怪我说得刻薄。人不会对远在天边的事物产生同情，那不过是种表演。没办法，可这就是人性。"

薇薇把碗筷归置进一旁的小推车里，重新盘着腿坐回沙发上闭目养神："吃完你也靠着休息下，午后能睡一下简直就是奢侈的事。"

"有人和我有关系。"

长时间驱车的疲劳，让薇薇打了个大大的哈欠，没留意到宋安的喃喃自语。

宋安落寞地一笑，将男人的手表攥在手里。黑色的表面，淡绿色的数显，钢制的表身难免有一些日常的磨损，但总的来说，处处是被悉心打理过的痕迹。

宋安将男人的手表套在自己的手腕上，想象着男人的手臂。

太阳重回大地，云层中的水汽四散在空气中，风从远方吹来，有些草露的清新。

薇薇靠着窗户，在阳光中微微起伏，不久便传来了均匀的鼾声。宋安
关了电视。微风卷着纯白的窗帘，一阵阵的，或阴或明。

"啊，又睡多了。你也不喊我！"

薇薇擦了下嘴角，一脸迷糊地长舒口气，却见宋安神情肃穆。

"怎么？没睡着？"

"睡醒了。"

"嗯，睡着就好。"薇薇看了眼手上的表。

"咱们差不多也该收拾准备出发了，一会儿我先给你办转院手续啊。"

"嗯。"

宋安不接话，只是静静看着薇薇帮着自己收拾行李。

等到薇薇陪宋安办理完转院手续，再马不停蹄地赶回报社已经是晚上
十点。报社大门虽然还亮着灯，但人烟稀少，偶有一些易拉罐被风吹着，
在暗处的角落里窸窣作响。

"火锅、串串还是涮肉，三选一随你挑噢。"

电梯间里，不知哪层楼下来的男同事，背对着门，围着个姑娘，语
气暧昧。

"才不要和你吃这些东西呢，吃完身上全是味。"年轻女孩用手捂着
嘴，掩过嘴角的笑意。

"那你想吃什么你说嘛。"男同事凑得更近了，趁机揩油的同时多少
有点忘乎所以。

"上还是下？"

薇薇低垂着眼眉，冷冷说道。一整天的奔波，多说一个字她都嫌累。

男同事突然听见身后有人，这才意识到电梯已经到了。

"薇姐，辛苦了，这个点才忙完呀？"

身后的女生眼神机灵，赶忙招呼道。男同事略有扫兴地挪开身子，昂

着脑袋，没事人一样步出门去。

薇薇一眼认出女孩便是成天给宋安买早点、献殷勤的实习生。

薇薇摆摆手，调笑着说道："谈不上，再辛苦也没见你早上给我带过一次咖啡啊。"

实习生女孩一脸尴尬，手里拽着身边男同事的衣角，小赶着步从电梯间里离去："薇姐，我们还没吃饭，这就先去吃点东西。"

"刚才那是谁啊，几楼的？"

"小声点，她就那样，平时说话也满嘴刺，不用理她。"

"这种人该去看病啊，这点为人处世都不会，搞不懂何编留着她干吗？"

"她吧，没男人没家庭，老大不小，何编菩萨心肠舍不得断人家养老金吧。"

"行了。这种话在我面前说完就算结束了。让你们办公室的人听见了，惹上麻烦，你转正资格我可保证不了，听见没有！"

"知道啦，这么凶干吗。"

两人说话的尾音像一阵风一般飘入薇薇耳朵里，她没听真切，但不消想就知道自己应该是被嫌恶了。她忽然意识到刚才自己的话里似有讥讽，第一时间没反应过来就这么口无遮拦地说出去了。以后还是要小心，尤其是牵涉到别的同事，毕竟人言可畏。这回就算了，说就说了。一来，宋安且有 阵子要待在医院里，听不见这些无心之语。二来，自己说的就是事实嘛！宋安又不是不了解情况，自己瞎操心什么啊。

薇薇苦笑着摇摇头，刷完门卡，办公室早已空无一人，除了几个咸鱼同事挂机下美剧的电脑还亮着点淡蓝色幽光，自己靠边的工位则是黑黢黢的一片。暗点也好，长期暴露在日光灯里头，衰老速度估计都快赶上楼下成天在外头跑业务卖广告的了。

说起来，自己也是周一例会俱乐部成员，但撇开那些有的没的，这个报社里，自己也就比楼下跑业务的强上那么一点吧。日常加班、日常看脸、日常被训、日常背锅，哪样她少了？可即使如此，还是要保持微笑，再这么下去，怕是再厚的粉底都藏不住抬头纹了。

想到这儿，她轻车熟路地坐进工位，两脚交替蹬了高跟鞋，一边做着眼保健操，一边快速地整理思绪。

何宽是不是糊涂了？自己手里拿着个这么有料的婚变八卦，居然让自己去打点受伤住院的宋安？倒不是她不愿意去，但是哪头轻哪头重，何宽这样的新闻老油条怎么也分不清了？最佳的发稿时间耽误了快一天，新闻时效性早就无从谈起，还能做什么补救啊！

薇薇轻叹一口气，环顾四周，走廊尽头茶歇室的灯还亮着，隐约间肚子又咕咕叫了起来，便打开抽屉取出一袋代餐麦片，拿着杯子去茶水间接热水。

薇薇是这家麦片牌子的忠实粉丝。严格意义上说，还是在她的强烈呼吁下，报社行政才决定统一采购的。先前报社里倒是也有发饼干之类的小零食，但薇薇选的这个牌子，无论从哪个配方指标上看都健康多了，无糖低碳水，蛋白质也是同类翘楚。无非价格贵点，但好在不需要自己掏腰包，所以问题不大。

饮水机的开关没开，一定是保洁阿姨见人都走了，索性关了电源。薇薇扶着墙，弯下腰好歹捡着插头重新塞进插座里，一回身才发现身后坐着一个人。薇薇心里一惊，但来人似乎无意和她搭话，只是一个人气定神闲地坐着，报纸挡在身前，看不见脸，从面前的烟灰缸里的烟头看，坐了怕是有两三个小时了。

"何编，是您啊。我以为没人了。"

"吓到你了？"

何宽缓缓放下挡在面前的报纸。

"有点，主要没怎么见过您来楼下，所以有一点吃惊。"

何宽只是笑笑，转了转手里的酒杯："楼上坐久了也是会憋屈的嘛。想到之前过生日，你们送的酒还收在这儿，就想着趁你们都不在，一个人过来喝一点。"

不知道是不是酒精上头的缘故，何宽看起来心情颇佳。薇薇想到她负责的婚变八卦依旧悬而未决，这次碰见何宽，正好可以探探他的态度。

"哈哈，何编以后不用一个人啊，大伙儿可以陪您一起热闹热闹啊。"

"你手里拿的什么？"

若非何宽发问，薇薇早就忘记自己来茶水间是要干吗的。

"啊，行政发的麦片。外卖太麻烦又不健康，对付一顿也就过去了。"

薇薇暗自庆幸，不动声色地秀了一波加班，不知道何宽能不能听出来。

何宽伸出酒杯："那要不要换个杯子，和我喝一点？"

"好啊好啊。"

薇薇忙不迭地坐下。

何宽抓着酒杯的杯沿，浅浅地呷了一口在喉头："接宋安回这边的医院的手续都办好了吧？"

"都办妥了，没问题的。"

"这中间来回的开销，你找财务就行了，我已经跟他们说过了。"

"啊，我自己开车去的，没花多少的。"

何宽伸出手，挡在薇薇面前，强行结束话题："倒是你们关系好，她怎么和你说的啊？"

何宽话锋一转，把薇薇问得一愣。

"我很期待宋安的'金改'选题，谁知道她跑去跟石棉的突发去了。我是挺意外的，不知道她在想什么，我一个糟老头不方便问，你们关系不错，不知道她有没有和你说什么啊。"

"安安她犹犹豫豫的，没和我怎么说啊。可能和您一样在办公室待闷了，想出去跑跑吧。"

"这样啊，呵呵。"

何宽不置可否地干笑两声，勉强算是回应。

倒是薇薇心里打鼓，她既不知道何宽期待什么样的答案，也不晓得宋安心里的想法。

"何编，那您看要不要我帮您打听打听？"

"打听什么？"

何宽故作不解。

"呃，就是您刚才问的，安安为什么突然想去做石棉的选题。"

"啊，特意打听就不用了，我们也要尊重当事人的意愿嘛。不过她要是主动和你说了，你可以来我楼上办公室找我聊聊。"

何宽转过脑袋，脸上带着浅笑，直直地望着薇薇。

"好嘞。"

"今天和你说到这儿就算结束了，不要影响同事们之间的团结。"

"哎，何编放心，我明白的。"

"那你忙吧，弄完早点回去休息。辛苦了。"

说完，何宽仰头将杯里的酒一饮而尽，缓缓起身向门外走去。

"啊，何编我现在手里的那个新闻……"

薇薇见何宽要走，下意识地想探听一下他的态度，但临时又没想好怎么组织措辞。

"什么新闻？"

何宽微笑着转过身。

"就是例会的时候我提的那个婚变的消息，现在我看已经有媒体发出来了，我们虽然晚了一点，但内容是比较翔实的，我想还是用原来的一类位置发，新媒体同事那边，我也希望能有所支持，您看？"

"啊，都行，你决定吧。"

何宽错愕的表情略做停顿，又缓缓舒展开，似乎用了点时间才想起来薇薇所指的事情，最后嘴里轻描淡写地应了一句，又背着手慢慢踱出门去。

"啊，那太谢谢何编了，我会全程盯着的，有情况及时和您反馈。"

薇薇压不住心里的激动，何宽居然对自己说了"你决定"。妈呀，给的资源是一回事，下放决策权才是对一个编辑最大的褒奖和信任啊。这可是报社那些楼上的元老编辑才有的待遇好吧。这么说，自己也要换办公室了？薇薇喜不自禁。也差不多了嘛，自己这几年加了多少班嘛，好歹今天算是给何宽看见了。搞不好今天何宽来茶水间只是为了最后再确认一下自己的判断，要说何宽也真的是老谋深算呢，想得也的确是滴水不漏了。

薇薇端着何宽递给自己的酒杯，放在日光灯底下端详。二十年陈的百龄坛，还是先前编辑们众筹给何宽买的，薇薇自然也出了钱，今天喝到嘴里，多少算是回本了。

薇薇抿着酒，舍不得一口喝完。酒劲儿很强，冲到脑门迟迟不退，烧得喉头生疼，片刻之间却又在舌床上升腾起麦芽味的回甘。

薇薇闭着眼，歪坐在何宽坐过的位置上，带着点醉意，仿佛看见阵阵麦浪伴着沙沙声从远方向自己涌来。酒精也是有三六九等的，贵总是有贵的道理。是啊，这世界上有什么没有三六九等呢。

口袋里的电话急促地响起。

薇薇猛地睁开眼，是新媒体的同事。

"薇姐，你那边什么情况啊，给你发消息半天也不回，你手里那消息，何编给不给上位置啊，别的同事可都一直盯着这位置呢。"

"上。"

薇薇短促有力地应着，不做更多的解释。

"呃，何编同意了？"

"不然你以为我半天不回你信息是干吗呢。"

薇薇下意识地呛了一句，但又觉得还不过瘾，又对着电话补了一句：

"还有，我和你说一下，以后我这边的稿件要的位置，我决定就行了，何编刚和我说了。"

虽然不想太明显，但即使对方是木鱼脑袋也该听出来了吧。

"哎呀，那可真好。薇姐，真替你高兴，说明你的辛苦何编都看在眼里的。"

电话那头忙不迭地变身妇女之友，虽然晚了一点，但薇薇还是很受用的。

"辛苦什么的谈不上，何编主要也是出于改善工作流程的考量嘛，我这边位置需求比较多，每次都这么沟通协商的话，时间成本也的确是比较大。"

"嗯嗯。"

电话那头一反常态，连用两个嗯，殷勤地应道。

薇薇这边倒是没了兴致，一下处在说什么都是对的立场，少了据理力争的必要，还是有点乏味的。

"行了，我这边没事了，你也忙完歇着吧。"

"嗯嗯，薇姐也早点休息。"

挂了电话，薇薇伸了个长长的懒腰。因祸得福，送宋安回来的路上，原本一直忐忑的工作竟然这么轻松地就解决了。现在回家，动作快点还能赶在十二点之前睡觉呢。

薇薇迅速地涮了杯子，将椅子复归原位。正要关灯时，看见桌上烟灰缸里的烟头装得满满当当。何编烟瘾可真不小啊，短短的工夫抽了这么多！下次给他买一个电子烟应该很合适了。薇薇踩开垃圾桶，将烟头倒尽，拧开水龙头稍做冲洗。可这烟头也太多了吧。不对，刚才何编没有抽到这么多啊，应该是在自己回来之前抽的。回来之前？对噢，何编在自己前面到的，来喝酒顺便观察自己的嘛。薇薇心里这么想着，却愈发没底，总觉得不像是何宽能用电话解决的事，便绝不面谈的做派。那他来干吗？

关了灯，直到走在报社大门口的路上，薇薇依旧没有想明白。何宽难不成是等着被自己撞见，好假装无意地从自己这儿套安安的话？薇薇咬着嘴唇下意识地摇了摇头。不应该，说破天，安安也和自己一样，一个编辑而已，就算是业务上能力比较突出吧，何宽犯不着这么上心啊。算了，不猜了。按何宽的话说，缺少论据的解读永远是水中捞月吧。

出租车在灯火通明的街面上开得飞快，可刚一离开市区，车外便瞬间暗去一些。薇薇摇下车窗，任凭晚风就这么涌入车内。

此刻的薇薇，一身疲乏，她瘫坐在后座里，直勾勾地望着后视镜里的自己。镜子中的自己，鼻翼边闪着油光，厚重的粉底也显露出些许皱纹。岁月留下的痕迹忽然展现在自己眼前，看得薇薇忽而心里生出几分惭愧。这么些年过去了，自己都在瞎忙些什么。好像终日忙忙碌碌，却又碌碌无为的样子。

"喂，到了。你看看是这个小区吧。"

出租车师傅拉上手刹，拧开茶壶盖子象征性地喝上一口，等着后座的答话。

薇薇缓过神："这里就可以了，谢了。"

付完钱，薇薇强拖着身子慢慢走回家。楼梯间里的感应灯大概是坏了，任凭她怎么跺脚依旧黑黢黢的一片。行吧，坚持一下，五楼也近在眼前了。好在今天回来得早，一下可以睡个踏实觉了，至于该感谢宋安也好，还是何编也罢，无所谓了，只要每天都可以这个点回来，感谢谁都行。

Chapter 3

失散

　　宋安在户外采访挂了彩，没几天就成了报社众人皆知的事儿。每天宋安起床，按下手机上的闹钟，屏幕上都是一堆报社同事的未读信息。宋安先是象征性地回了几天，后来便索性不管，既然都是病号了，那就理解万岁吧。

　　早上比平日多睡两个小时，起来消消停停地做点早饭，一边吃，一边开着电视，有一搭没一搭地听着电视里的新闻，心无旁骛地看上半天书。接着午睡，下午茶。比起平日的朝九晚五，在家养伤的日子倒也真的不赖。一天依旧是二十四小时，但每一秒每一刻似乎都真切多了。

　　宋安看书，除了必要的业务书籍和钟爱的外国小说，其余时间，宋安更情愿看美术画册和当代影集。在她看来，文字和数字都不够诚实，一不留神往往就成了某种谎言的工具。而观看是先于言语的，正是观看确立了我们在周遭世界的位置。即使影像某种程度上是重造和复制的景观，那也是一种表象或是一整套表象嘛，而太多文字恐怕连表象都算不上。

叮咚一声。

"快递！在家吗？"门外小哥爽朗的一声询问。

宋安一身黑色的丝质睡衣，从椅背上顺手取过一个米色小坎肩，披在肩上就开了门。

"哟，还在家里养着呢！伤好点没？东西多，要不我帮你搁进来？"

来人是常跑附近片区的快递员小耿，宋安不在家的时候，送来的快递报刊就都放在他那里保管，一来二去见面多了，也问候两句。

"不用，这次没多少，应该没问题的。"

宋安左手扶着门框，右手提着包装袋，虽然左腿跟腱处还是有点撕裂的痛感，但好歹算是将快递拖进了门里。

"宋姑娘，你说现在不都无纸化办公了嘛，怎么你还每周买这么多书啊杂志的，在手机电脑跟前看看，也很方便的呀。"

"嗯，算是癖好吧。总觉得拿在手里的东西要踏实一些。"

宋安回屋，举着剪子，沿着中缝划开外包装的透明胶带。快递里面是最新几期的《中国摄影》《紫禁城》和《新旅行》。除了《新旅行》是最近赋闲在家，翻翻解闷的书之外，其余两本可都是宋安的心头好，从参加工作开始就一期期地跟着买下来，家里已经足足存了大半个书橱。大开本的纸幅，厚实的铜版纸，精致的印刷，自看收藏两相宜。

这边刚签收，她便迫不及待地捧着《中国摄影》翻了起来。她跳过广告页，直奔目录页上的作者栏，埋着脑袋，用食指一边比画一边确认，扫过两遍，还是没有找到期待中田添的名字。

宋安在心里默默算了一下，距离田添从杂志上消失已经一年半了。

关于田添，最著名的新闻事件莫过于他在一年前拍摄的那组川内旧电站的纪实摄影。其中最有争议的一张照片，用俯拍的视点记录了一位生产工人从年久失修的脚手架上不慎摔落的影像。而田添作为摄影师的名字，在那位生产工人送医不治之后，变得"家喻户晓"。批评、非议、谩骂接踵而至，批评家斥责他为了追求艺术的纪实性，忽视甚至蔑视了现实中的人伦。和他有过合作的杂志见风向变了，也都先后发布了不了解其具体创作经过的声明。坊间有说他不堪压力自杀的，也有说他换了笔名改拍静物的，还有说他回老家做生意去的。

总之各种说法都有，但是真相是什么谁也不知道。虽然宋安心里知道田添的名字重新出现在杂志上的可能性越来越小，但每次收到杂志，第一时间翻开目录栏寻觅一番也已经成了习惯。

宋安把《中国摄影》搁在一边，信手翻起最新一期的《新旅行》。

这次从灾区负伤归来，如果说有什么收获，那便是见识了川内的好风光。以前看杂志，做攻略，攒着年假去国外旅行，行程多时间短，累死累活不说，一路走马观花，事后回忆起来不过是一番浮光掠影。

而搁在以前想都没想过的石棉，这次倒留给她不错的印象。距离市区车程不算远，当天往返也行，在当地农家借宿一夜也行。吃食有风味，空气也好，生机盎然的草木看在眼里也是心旷神怡。即使再遇不上模样俊俏的救援小哥，也值得抽空再去一趟，一个人过上几天世外桃源的逍遥日子。

说到那个救援小哥，宋安也是一肚子气！倒不是气他，而是气自己。擅长面容记忆的她，回来没有多久，居然记不清那个男子准确的样貌了，剩下的只是一些东拼西凑的局部印象。笔挺的鼻子，浓黑的眉毛，不苟言笑的面容，低沉有力的声线，还有就是暖暖的掌心。只有这最后一点，是她的身体直接确认过之外，其余的也都未见得准确，搞不好是她在脑袋里附会出来的优点强加于人罢了。

除了手里握着的这一块手表之外，关于那天救自己的男人，她便是一无所知了。茫茫人海，连个名字都不知道，她又能去哪里找呢？大概缘分就要这么结束了吧。

她有点惨淡地笑了笑，手里却突然停了下来。

信手翻开的《新旅行》内页中的一张图，惊得她半天说不出话，准确说整颗心被一种陌生的熟悉感紧紧攥住。青灰色的原野，一匹嶙峋的老马，远远张望着从拂晓呼啸而出的三两匹野马。金色的朝阳流泻其间，而尚未被阳光驱散的雾霭则将那匹老马困在当下。

宋安下意识地扫了眼图片作者的名字。SR？

没听说过。没头没脑的代号，看起来，连笔名都没用心想过，应该是个刚在行业里起步的新人吧。但怎么看都像田添的手笔，割裂的明暗对比，用光线本身来凸显影像中的戏剧空间，看似自然主义的影像风格里，又悄然夹杂着创作者的主观视点。

有点意思，值得关注一下，甚至可以让报社的图片记者接触看看。算是个有才华的年轻人了。能提携就提携着看看吧。

薇薇来电："在家不？"

街面上熙熙攘攘的车流声从电话那头传来。

"嗯，有何贵干呀？"

"我能有啥贵干，想你了呗，家里没别人？"

薇薇说完，嘿嘿地坏笑两声。

宋安一乐，都是姐妹花，自然明白话里藏着什么梗，于是顺着薇薇的调侃说道："啧啧，有人啊，忙得不可开交，床都下不了，要不你别来？"

"哎哟，那我更得来观摩学习一下谁这么大魅力，能把咱安安弄得五迷三道的呀。一小时后见，已经在路上了。"

宋安瞧了眼表："故意的吧，专门赶着饭点来？"

"关心一下你的饮食健康嘛，怕你天天吃外卖。"

"你怎么这么自信你来就不是外卖级别待遇呢？"

"赌你舍不得。不说了，车来了。"

挂了电话，宋安从书橱里摸出买来就没看过的菜谱，想着煲一次汤试试。左翻右看决定试试冬瓜排骨汤。一来简单，一小时也不够准备别的了，二来听薇薇说过，这是她最爱的夏季单品。等汤做好了，再配着菜色从外头叫上几个菜，混在一起，看她能不能尝得出来哪个是自己的手艺。

宋安给自己围上件藏青色的围裙，伴着新闻播音员字正腔圆的播音放松，麻利地将粉嫩的猪腔骨用热水煮过，再用冷水洗去浮沫，将冬瓜切成橡皮大小的方块，配上老姜嫩葱随着佐料一起投在专门的砂锅里，点上小火便折回客厅。

一阵急促的敲门声。宋安拉开门，是淋了一身雨的薇薇。

"怎么了这是，外头下雨了？"宋安一脸惊讶。

薇薇站在门外跺了跺脚，用手抖去衣面上的水珠，又拨弄开打湿的发帘，这才哭笑不得地一步跨进门内。

"我说仙女啊，劳驾你也关注一下人间疾苦好吗？这外头暴雨下那么大你不知道？"

宋安起身从卧室衣柜里取出一条干净的浴巾和自己的换洗衣物递给薇薇："之前一直在做饭的嘛，你先洗个澡，出来就开饭。"

薇薇接过浴巾，调笑着在宋安额头上轻吻一下："看吧，就知道你不会让我吃外卖的，这个吻就当是补偿你，哈哈。"

宋安一脸嫌弃地用手背擦干额头上的水印，将薇薇推进卫生间："快去快去，出来和你说个事儿。"

"好的，等我。"

宋安折回客厅，趁着薇薇洗澡的工夫，将几个外卖送来的菜装盘放好，摆上碗筷，又趁着空切了点姜片，煮了一锅红糖水，水刚开始冒着点烟气，把姜片滑入锅中，等汤汁收得差不多，关了火，倒在茶壶里，回到饭桌前一心等着薇薇洗好了出来。

"妈呀，这么丰盛呢！"

薇薇用浴巾包着头发，趿拉着湿漉漉的拖鞋，迫不及待地冲向饭桌。

"赶紧动筷子吧，一下锅气就没了。"说着宋安给薇薇递去筷子。

薇薇一手接过，筷头刚要碰上盘子沿，突然就停下来，转头一脸狐疑地端详着宋安："不对。"

"咋啦？不合您胃口？"

"是也不是。"

"什么鬼……你到底要说什么呀？"

宋安已经一脸僵硬，努力地管理着自己的表情。

"我怎么感觉空气中弥漫着一种欺骗的味道。"

"啥？"

薇薇托着下巴，神色肃穆地摇摇头："你看看这一桌的饭菜，完全就是为了我的味蕾而生的吧。口蘑西蓝花、软兜长鱼、鲫鱼蛋羹、蟹粉狮子头，功课做得很足嘛。"

"哈哈，一起战斗这么多年了，你什么口味我还不知道？"

宋安咧着嘴，干笑了几声，打开电视，抱着饭碗就开吃。

"可我给你打电话就是一小时之前，你不可能有这么多时间准备的呀，光是鲫鱼蛋羹，去掉鱼刺就要花不少时间的啊。"

"这个嘛，我现在不是赋闲在家嘛，你没来的时候也有在自己做饭啊。"

毕竟是老同事了，知己知彼，宋安知道薇薇要拿时间问题开刀，故而早有准备。

"哦，这样啊。"

薇薇又探出鼻子，端着宋安的手，闻了闻："你这个护手霜挺香的呢，什么牌子的呀，也推荐给我用用呗。"

宋安一愣，下意识地说道："我没涂啊。"说完便一下明白这话里有坑。

"嘿嘿，中计了哦。你就不该点鱼的嘛，手上又一点鱼腥味没有，肯定不是自己做的啊！不过，都是我喜欢吃的，所以下不为例。"

"哈哈，好。那你先尝尝这个好了。"

宋安兴致勃勃地揭开砂锅盖子，用汤勺盛出来一碗，又伸着脑袋用筷子挑出葱花和枸杞，齐齐整整地摆在冬瓜块上。

"哟，汤都准备啦？还是我喜欢的冬瓜排骨呢。"

"嗯，你先尝尝，都快冷了。"

薇薇接过安安递来的调羹，又主动夹了块冬瓜和排骨。

"怎样？"宋安一脸期待地看着薇薇。

"什么怎样？"

"味道啊！"

"还行啊，哪家买的？"

宋安不接话，只是伸出大拇指，瞪着大眼睛，气鼓鼓地用手比画着自己。

"这个，你给我做的？"

"不然呢，全部都叫外卖也太没有诚意了啊。"

薇薇心头一热，举着碗仰头而尽："话不多说，都在汤里了。"

待到汤过三巡，杯盘狼藉之后，两人都吃饱喝足，薇薇像是缓过来似的，看着在厨房里忙碌的宋安突然问道："安安，刚才在我进去洗澡之前，你要和我说什么来着？"

"我那个啊，等一下和你说。倒是你，今天找我什么事？"

宋安忙着手里的活儿，顾不上说话。

"我？我没事的啊。"

宋安转身，取过挂在冰箱上的抹布擦干手上的水珠："不像你啊，你哪里是没事会跑过来找我的人嘛，说吧，是不是社里发生什么事儿了？"

"没有，怎么着？没事我就不能来啦？"薇薇手里举着一片西瓜，故意转过身去，躲开安安的眼睛。

宋安见薇薇转身，便更是坚信自己的判断，应该是自己不在的这几天社里出事儿了。

"你随时都能来我这儿啊。"

"那干吗非说我有事哪。我是真没事儿，就是几天没在报社见你了，有点想你。"

宋安拉着薇薇在沙发上落座："可薇薇你是那种下雨天非在家待着不行的人吧，从来没见你下雨天还非要见谁的。还记得吗？我刚去报社那会儿，你带着我去做外采，结果外头下雨了，采完之后，你可是说什么都不愿意回报社了，还非说什么下雨天在家喝红茶做瑜伽才是正经事来着。"

"哈哈，瞧给你说的，都是什么年头的老皇历了，那就算我来是有点事吧。"

"嗯，说吧。"

宋安抓过一个抱枕揽在自己怀里，进入聆听模式。

薇薇这边端起宋安煮好的姜汤，猛喝一口，这才缓缓说道："话说，你这些天都在家干吗呢？"

"哈哈，喂马，劈柴，周游世界，这些做不到，总还可以关心粮食和蔬菜吧。"

宋安自嘲地笑了笑，但薇薇却没有接茬儿，反而是一脸肃穆地接着问道："那你就不好奇，你不在的这些天，报社里都发生了什么事儿？"

"日光之下，并无新事。我又不是主编，我操那份心做什么。"

一句调笑的话，此时此景，在薇薇听来却多少有点刺耳。

"喂喂，我说何编对你可算非常上心了。"

"这我知道。"

宋安脸色一转，并无太多感情地应道。

"你那天可是答应何编，放弃跟石棉泥石流消息的呀。后来自顾自就去了，没和何编说一声吧？"

"嗯，没说。"

"为啥呀，你和何编闹啥不愉快了？我感觉何编对你不薄的啊。但凡是你要报社里的部门支持，何编哪次没满足你？搞得我都嫉妒呢。"

"我和何编辑没什么不愉快的。可能在财经岗位做得有点乏了吧。总觉得财经口的那些账面数字和自己的关联度越来越低了，算是很难保持一份长久的热情吧。所以想回街面上转一转，接接地气，再说石棉那新闻不是没人愿意做嘛，我会上应下来了，回头再不去，楼下的还不知道会怎么编派我呢。怎么，何编问你了？"

"也不算是特别问吧，就是见面说到了。"

"哦。他批评我什么了？"

"何编可是什么都没说，但我能感觉出来，他肯定还是在乎原因的。"

"是吗？"宋安不置可否地笑笑。

"哇，你知道你这一手有多任性吗？一言不发就走了，第二天谁都不知道你的行踪，最后还是医院通知何编去取人。也就是你了，换作别人何宽不得把人脑袋给骂个洞出来。你也知道他控制欲有多强的。"

宋安依旧不置可否地笑笑，这一笑把薇薇弄急了，她立马放下手里的姜汤，两手握着宋安的肩膀，一把将宋安转过来，心事重重地说道："安安，你和我说实话，你和何编是不是有什么我不知道的事啊？我想象力匮乏，实在看不懂你们之间是什么情况，哪怕是不伦恋你也可以告诉我啊！一来，我可以给你出出点子；二来，我自己也好早做打算，我和你一样，现在这个职位坐着也有点乏了。"

话说到这个程度上，薇薇不知道安安能不能听明白，但宋安来不及细琢磨，她刚一听到不伦恋，整个人一愣，伸手探了探薇薇的额头："薇薇，你想什么呢？不伦恋？你看是我疯了，还是何编疯了，还是我和何编都疯了？"

"哈哈，没有就好，可能是我疯了吧。那你倒是和我说说为啥何编要对你这么上心呢，是不是有把柄给你捏在手里了？"

宋安哭笑不得地摇摇头，从沙发上起身，给自己倒了杯水："你记得和我一起进报社的采采吗？"

"记得啊，那个假小子吧，也是你大学同学。那时候你俩关系真好啊，天天午休都黏在一起。刚进报社就吵着闹着要分到社会新闻口的就是她吧？后来的事情真是可惜了，刚毕业心气高，再历练历练肯定是一把社评好手。"

"采采的事儿，是我和何编这么多年一直避而不谈的话题。"

"哦？这话怎么讲？"

薇薇故作镇静。和宋安相处这么多年，一直以为自己和宋安早已是无话不谈的关系，她没想到宋安心里这么能藏事儿，更关键的是听起来还和何宽有关系？

"其实我明白，采采的选择属于采采。我也从来没想过要把采采的离开怪罪到任何别的事物上。我只是觉得我有责任把采采当年烂尾的新闻给做下去。当年事故的安全生产责任人是谁，到今天还不明不白，我觉得我欠采采一个交代，但何编一直不同意，我明白何编快退休了，现在想着安全降落也是人之常情，这个时候万一报社摊上什么事儿就不值得了。"

"这就完了？没别的了？"

"嗯，所以只要不提采采的事故报道，选题什么的，何编都比较由着我吧。"

"嘻，何编这么考虑很正常的，但除了快退了之外，也有别的考虑吧。"

"怎么讲？"

"这种陈年的事故报道，做起来很难的，物证人证都不容易找，何编也是怕你陷在里面走不出来，何编什么资历了，肯定见得多了。我说你呀，也别和他老人家对着干嘛。没必要的啊，现在传统媒体不像以前那么景气了，你也长点心，能往上面爬一点是一点，将来离开这行自个儿也能卖个好价钱啊。"

宋安摆摆手，用肩膀轻轻推了薇薇一把："别说教啊，你那套理论我都懂。欸？不是说你的事儿嘛？怎么话题都转我这儿来了？"

"哈哈。我的事儿很简单，我觉得我在报社里可能会有职位调整呢！"

宋安一下直起身子。薇薇这个岁数，正是职业瓶颈期，虽然她从来没和薇薇提过，但心里也有些为她着急。

"真的？那很棒啊，何编要把你调哪儿？"

薇薇神秘兮兮地朝着宋安的耳朵小声说道："何编还没正式找我谈，但我已经感觉到了。那天和我说以后要什么媒体资源自己决定就行了。这种话，他可从来不会和分管编辑说呢，所以我就在想很可能是一个分管编辑以上的职位呢。"

"可以嘛！"宋安朝薇薇比了个大拇指，正色道，"那这么着，等何编会上正式提的那天，我正儿八经给你做一桌，到时候再开瓶酒，好好给你庆祝庆祝。"

说出一直压在心里的话，薇薇身上的邪力像一下子消散了一般，整个人陷在沙发里。

"轮到你了，你刚说有事和我提来着的。"

"我的事很简单啊。"

宋安转身从沙发里翻出《新旅行》翻到折好角的那页，摊在薇薇面前。

"你觉得这张照片怎么样？"

薇薇侧着头，瞄了一眼，又合上杂志，确认了一下封面，皱着眉头说道："拍得还行，但《新旅行》是本二线刊物吧，选择发在这种杂志上说明还是有点不自信吧。"

宋安摇摇头，不死心地打开杂志再次摊开："好了好了，别来那套阶级出身论嘛，只是单纯看片，觉得怎么样？"

"你饶了我吧，我又不是那些影评人，哪里干得了这个。"

说完，薇薇像是突然意识到什么似的，慢慢回过身，直勾勾地瞧着宋安："哎哟，这摄影师是哪位啊？我刚刚是不是有点不解我们宋小姐的风情啦？"

宋安见薇薇话锋转向自己，反倒不知道怎么接，只得举起双手，做投降状："我真不认识啊，就是单纯觉得不错，你要是有能合作的地方，可以发掘发掘，仅此而已。"

"哦，这样啊。"

薇薇噘着嘴，假意端详着杂志，边说边点着头："嗯，结像干净，构图也蛮有约束力的，唉，不过是个新人啊，这就不好说了，我认识的那些老手还都排队等活儿干呢，推这么个新人，我怕是要被人戳脊梁骨咯。"

宋安听薇薇有意在自己面前阴阳怪气，用手点了下薇薇后心："行业总是要更新迭代的，能出点有才华的新人才是对行业有帮助的，你就无私一下嘛。"

薇薇瞧着天花板，继续来劲："让我无私没问题啊。可某人是有私非要装无私啊。"

薇薇瞧着宋安两颊泛着绯红，嘴巴半张着，不知道从何说起的样子，便不再刁难，起身把杂志夹在腋下："好了好了，不难为你了。回头我先联络看看，后续有什么进展第一时间和您汇报行了吧。"

宋安缓过神来，连忙摆摆手："不用不用，你们沟通就行，我不介入。"

薇薇用手指在嘴边比画了个安静的手势："我先回了，回来上班的时候，招呼一声啊，找你吃饭去。"

宋安知道薇薇向来嘴硬，话说到这个程度就算是应下了。

"好。"

下午还倾盆如注的大雨，到了这时也就只剩下路面偶有的几处积水。街面上灯火渐起，更多的水汽已然化入空气，晚风拂面，湿漉漉的。

宋安不自觉地深呼吸，雨后草木的气息沁人心脾，即使浮在眼前的形象依旧朦胧，她也很难按捺住不去想那个在山林间背着自己下山的男人。他是谁？现在又在哪里？宋安恨不得把他从某处的人群中揪出来，但现在连个影子也看不见，无奈，只得垂着头，咬着唇，修长的手指抓着盘在头顶的发卷，口中长长地叹了一口气，罢了罢了。

想也于事无补，身为一个新闻人，宋安第一次发觉，即使是在这样方便快捷的信息社会，人和人之间，原来真的可以说走散就走散的。

救援队在石棉的任务结束，陈慷指示队伍分批次开回驻地。车队还没进入市区，胖子就举着手里的对讲机张罗起后续的活动。

"各位各位，这次行动虽然艰难，但再一次被我们高水准、高效率地完成了。我作为一个普通队员，我认为这次行动的成功，除了两位队长的果敢指挥，更多的还是要归功于咱们队伍上下团结一致的优良作风。为了继承和发扬这样的优良作风，我提议咱今天归队之后，来个啤酒烧烤趴进一步深化革命感情好不好？"

方淳手里握着方向盘，直直地盯着前方的路面，听胖子说得起劲，不解风情地道了句："瞎起哄，等车队到市区几点了，哪有地儿给你热闹去？"

胖子不以为意地笑笑，像是猜到他要这么说一般，把对讲机贴在方淳的耳朵前："好啊，这是必须走起啊。"

"有肉吃啊，天天压缩饼干，我都快忘了肉是啥味了。"

对讲机里一片欢呼的轰鸣，胖子的提议显然已经在队伍里炸开了花。

木头怕胖子嘴上刹不住车，一把按住胖子肩膀说道："胖子要不你再想想？不行就改天吧。方队说得在理，到市区得四点了，别你张罗完了，等一下没地方又扫大家伙的兴。"

胖子冲着木头摆摆手，自命不凡地举着对讲机接着说道：

"方队刚才提醒我说，咱们回去时间太晚了，馆子都关门了，没地方了。说实话，在这里我必须要说，队伍里除了大家伙之外，我特别感动的就是还有这样一位善解人意的队长，不管什么时候，他总是先队伍之忧而忧，后队伍之乐而乐，早早就为我们想好了对策。"

方淳眉头一皱，内心已有不好的预感，见胖子又抢去了话头，便只得用眼角的余光瞧着那口若悬河的胖子接下来要吐什么词儿。

"以我和方队这么多年舍身赴险的战斗默契来看，我猜方队刚才的言外之意是，让大家伙去他家楼顶的阁楼上小酌一杯以示庆祝，是吧方队，我是不是特了解你？"

……

方淳刚张开嘴，想要说点什么，胖子就把头凑到他耳边悄声说道："方队，反正你睡不好，与其被动失眠，不如主动熬夜，搞不好大家去你那儿闹一闹，反而你睡得更香哪。"

方淳摇摇头，哭笑不得。

"总之，动静要小，不能吵到附近邻居。"

"那是必须的。"

车队刚一开进市区，就见胖子隔着车窗，瞪着俩大眼睛，探照灯一般地在马路两旁搜寻着便利店。

木头坐在身后，忍不住调侃道："欸，出现场的时候，也没见你眼神这么好使嘛。"

胖子听出话有调侃，倒也从容应对："哈哈，我这眼神也就是找食物的时候好使一点，出现场肯定还是要靠你手上的那些机器啊。"

话音刚落，胖子就挥手示意停车："停车停车！我找着了。"

众人顺着胖子的目光看去，果然巷子深处闪动着一个红色的"串"字。

"你们先去哈，我买上东西随后就到。"

方淳带着队里一行人回家，众人借着手机屏幕发出的微弱光亮，轻手轻脚地走进黑黢黢的楼道里。还没到家，隔着门，方淳就听见威力挠门的声音。

门刚打开一条缝，威力就挤着身子，探出个脑袋，见来人是方淳，不知是满足还是埋怨，用两只小爪抓着方淳的裤管低鸣两声，方淳俯身挠挠了它的脖颈，将威力引向众人。

"等一下要乖，这些叔叔都是家里的客人，不准调皮啊。"

威力像是听懂了一般，用乌黑的眼珠子缓缓地朝站在方淳身后的队员环视一圈，轻声地低鸣两声，默默地折回屋内。

方淳抓着脑袋，稍显拘谨地说道："家里来人少，没见过这么大场面，不稍微和它打个招呼，明天肯定和我闹情绪。这样就行了，大家快进来吧。"

木头蹲下身，本想摸摸它，却被扭头就走的威力给忽视了，即使伸长了手臂却也只摸到它的尾巴。

"抱歉威力，没给你带罐头，下回补给你啊。"

方淳会心一笑，一把拍在木头肩上："你帮着照顾好大家，我收拾收拾屋子就上来。"

开了一夜的车，汗水黏着皮肤早已起腻。方淳顾不得自己，先是给威力洗刷食碗、饮水机，再换上新鲜的狗粮和饮水，这才从衣柜里取出一身宽松的纯棉 T 恤，走进沐浴间，用冷水洗了把身子。

方淳闭着眼，感受着从花洒中喷射而出的水珠，在自己头顶汇成一条湍流，继而顺着线条分明的肌肉顺流而下。清冽的水流滑过尚未结痂的伤口，在带走血污的同时，竟也生出几分锋利的痛感。好在他并不介意，这既让他保持清醒，也使得他敏锐。

洗漱台上的电话响了。

方淳摇摇头，不消想，这个点还能打来电话的，大概也只有《新旅行》的子文了。

方淳用浴巾将身子裹住，甩开手里的水珠。

"算日子，我估摸着你也该回来了。"子文打着哈欠，开门见山地说道。

方淳苦笑："嗯，很准。刚到家还没一小时。"

"那和你说个好消息，之前发在杂志上的照片有人来问了。"

"来问？"

方淳眉头一皱，等着电话那头的子文继续说下去。

"还能问什么，当然是来打听作者信息咯，算是对你的作品感兴趣吧。"

……

"算是是什么意思？"

"怎么和你说呢。"子文欲言又止。

"对方叫郑薇，纸媒出身，负责报社里的娱乐版。基本情况就是这些，电话里也没有说得特别细，但我觉得和你现在自然摄影的主攻方向还是有点不匹配吧。但对方说很欣赏杂志上的几幅影像，希望能有合作的机会，这么来说的话，也算是好消息啊。"

开什么玩笑。做娱乐新闻的会对自然摄影感兴趣？搞不好，是自己隐姓埋名的消息给漏了？

"子文，杂志上你给我署的名字是？"一丝不安划过心头。

"放心，严格执行方老师的要求，没人能猜到是你。"

"那你电话里把我供出去了？"

"我哪敢瞎做方老师的主，这不是和你商量来着吗？"

方淳舒了口气，只要对方还不知道自己的底，一切都无所谓。

"那好办，帮我拒了就行。"

"哎，方淳，你不要这么武断嘛。对方也没说自己的供稿要求，可以接触看看嘛，实在谈不拢再说嘛。再说，你现在兼职的那个救援队也需要钱吧，兜里多装着点没坏处。"

"不要。"

"不要也不行了，由不得你，我已经把你电话留给他们了，你们自个儿有空慢慢聊吧。无论最后做什么样的定夺，我都支持，但你有必要和这个社会保持接触懂吗？你这么与世隔绝下去，不行的。"

"你把我电话给谁了？"

"记得见面的时候，稍微收拾收拾，穿得利索点，别灰头土脸的就跑去见人，我可不想和《新旅行》合作的图片作者被同行给看扁了啊。"

"喂，喂？"

方淳抓着手机，还想说点什么，但电话那头已经没了声音。

"方队人呢？咱们把他给拉出来啊，别是尿了，不敢和咱们喝啊。"头顶传来一阵胖子含混不清的叫喊声。

果然，胖子只要嘴皮子沾上点酒，就是那个德行。贪杯话多，嗓门还大，再这么闹腾下去，邻居肯定是要敲门了。方淳迅速地擦干身子，抓着T恤往头上一套，就往楼上走。刚上阁楼，就看见胖子手里捏着酒瓶，抱着一群人喝得东倒西歪。

"方队来啦。"

一声呼叫，人群跟着喧闹起来，胖子听见声儿，猫着腰从人群中钻出来。

"方队，不是我说，你动作也太慢了啊，你瞧我买完东西回来，跟大伙儿一块儿都喝这么多了，就是不见你人影。"

"我怎么觉得是你动作太快了。"

胖子不理会方淳说的话，一手环着方淳的胳膊，踉跄地挨着方淳身边坐下。胖子身上滚烫，泛着油光的两颊像是刚熟的毛桃，眼神也迷离着。

"怎么喝这么多，稍微意思一下也就行了啊。"

方淳把自己脖子上的湿毛巾围在胖子头上。

"开心，开心就要喝，这才哪儿到哪儿啊。"

空气中满是酒精和麦芽的香味，光是闻着，也让人发醉。

"哪里就那么多开心的事了。"

方淳手里也提着瓶啤酒，浅浅地抿了一口。

"那是必须开心！你说，从咱们队接到任务，整整齐齐地出发，到圆满执行完任务，大家又整整齐齐地回来，一个不少的，光这就够我乐呵的。"

"好，这理由我认。"

方淳二话不说，举起酒杯，当着大伙儿的面，咣咣两口，瓶里的酒就下去了一半。

"还有就是，这个年头，其实能挣钱的行当不少，但这么多年了，但凡队里遇到些个紧急情况，哥儿几个都能第一时间赶来，干这个没油水还走钢丝的活儿，这缘分这感情，值得喝不？"

方淳看向在椅子上睡得迷迷糊糊的队员，他甚至没想过胖子说的话。的确，这么多年一起肩并肩走过来的兄弟，一个眼神、一个手势，话都不用说，彼此就懂，熟悉得像是左手了解右手。

"嗯，这个也值。"

方淳仰头一口，将剩下的酒喝得一干二净。

"这最后一点比较难理解。咱们第一时间下现场，对需要帮助的人伸出援手，好比说那个女官员吧，她得到了帮助，我想，以后在她的位置上，她也会对需要她帮助的老百姓行方便吧。这个怎么讲呢，就像是因果循

环！咱们干的事儿虽然小，但这种引人向善的力量它会传递的啊，会远远
超出咱们的想象。想到这些，是不是也值得喝上一杯？"

"女官员？咱们什么时候还救过个女官员？"

方淳听胖子胡诌了半天，酒杯刚端到嘴边。

"你是贵人多忘事啊。就是咱们去石棉的路上，从树上救下来的那个
官员啊！不过忘记也好，免得你光记得成绩容易自我膨胀。"

"哦，我记得她。"

方淳和胖子碰了瓶，淡淡地喝上一口："但你搞错了，她不是什么
官员。"

"啊，那她是干什么的？不是官员，没事下啥基层调研？"

胖子蹙着眉头，缓缓转向方淳。

"没事，我让你猜。"方淳微微一笑，放下手里的酒瓶，取来几床空
调毯，盖在睡着的队员身上。

"考古的？感觉也不像啊，考古的不都是灰头土脸的嘛。"

胖子越想越纳闷，追在方淳身后问道。

"不对，再猜。"

"哎呀，别吊我胃口了，告诉我嘛。"

方淳一时说不上话，像是在心里酝酿着什么。刚才随着胖子喝猛了，
几瓶下去，周身已经有点发烫。他静静地用脑袋抵着冰得透凉的啤酒瓶，
缓缓说了句："那姑娘是个记者。"

"记者？"

胖子两眼瞪得大大的，一副难以置信的表情。

"现在还有记者会跟这种小儿科的突发新闻？不都是拿着通稿，修改
一下发了就完事了吗？"

方淳摇摇头，一脸苦笑，开始他也这么想，但事实证明他们都错了。

"大概，是个有点别致的记者吧。"

　　一瓶酒，第一口和最后一口总是难的。正如开始一个话题和结束一个话题，比起中间波澜不惊的叙述，总是需要更多勇气。方淳晃晃酒瓶，见已见底，没多想，一口干了。

　　"这个姑娘不简单啊，她叫啥名？咱以后可得会会啊。"

　　青鸟划空，云卷云舒间，天空已经透出淡蓝的幽光。

　　方淳深吸一口气，怅然地想起那张工作证上的名字，以及那张忧郁又显书卷气的面容："叫宋安。"

　　送走薇薇的那天，宋安回去没多久就睡着了。等到第二天睡醒，虽然一夜安眠，但心里总觉得像有件事没做一般不踏实。走到日历前，算了算日子。是了，按照医生的要求，昨天就可以洗澡了。

　　她走到镜子前，解开盘在头上的发髻，凑上鼻子闻了闻。天，总算是熬出头了。

　　即便是夏天，宋安也喜欢用热水洗澡，似乎只有伴着热气腾腾的水汽从浴室出来，这样的画面才足以使得洗澡这一行为获得某种满足感。当然，这种习惯也有不好的一面，相对来说，用热水容易脱水。于是刚从浴室走出来，用毛巾包上头发，宋安就跑到厨房，将切好的苹果和芹菜秆投入榨汁机。

　　桌上的手机响了，是薇薇的短信，内容则是一串陌生的号码。

　　"您交代的事儿，办妥了啊。"

　　宋安下意识地看了看表，还不到早上八点。

　　"效率这么高啊？敲定拍摄内容了？"

　　"看到我给你发的电话了吧？"

　　"嗯，谁的？"

　　"你感兴趣的那个图片作者呀，联系方式给你搞到了。"

　　"我要他联系方式干吗，我这边财经口，没有用稿需要的啊。"

"那算是我委托你这个赋闲在家的人帮我做点前期沟通，这样很合理吧？再说……"

薇薇欲言又止，宋安等着下文。

"再说，如果是你的话，想做岗位平移，何编也拦不住你的嘛。"

薇薇突然冒出来这么一句。

宋安心里虽觉得古怪，但没有第一时间细想，只是顺着薇薇的话茬说下去。

"我又不知道你有什么可以和对方合作的拍摄项目，这个没法聊嘛。"

"没事，你随便聊，需求是可以被创造出来的嘛。我这边等你的消息，后续跟进啊。"说完，薇薇那头就挂了电话。

宋安盯着手机上的电话号码，哭笑不得地摇摇头。

没头没脑。不仅薇薇给自己安排的事没头没脑，而且如果自己就这么莫名其妙地跑到别人面前谈什么拍摄项目也显得很没头没脑啊。

宋安摊开面前《中国摄影》的那一页，指尖夹着纸页来回摩挲。想起来，当初就不该在薇薇面前瞎张罗事儿。现在好了，转了一圈又回到自己身上来了。面对一个陌生的摄影师，一来没人引荐，二来彼此也都不了解。即使自己确实对这人有几分欣赏，但也只是欣赏罢了。再说，摄影师和自己平时接触的政商界圈子多少还是有区别的吧。

以宋安过往的经验来看，商人虽然看起来往往莫衷一是，却是最简单的生物。总结起来，做得出色的往往都是入世有为的，这种人大多懂得利害关系，晓之以理，论之以据，利益面前没有谈不拢的话题。但那些所谓的艺术家吧，相对就不好一概而论。阴晴不定、喜怒无常属于家常，偏执狂和强迫症是自带属性，保不准再遇上一些狐假虎威、色厉内荏的文化商人混迹其间，套路中夹着套路，防不胜防。

不行，再怎么样，也要有点外部信息作为参考。

宋安把手机号码复制下来，粘贴在微信里按手机号查找。

果然，一个头像从手机里蹦跶出来。

是一只黑色的拉布拉多。

个人简介？

没写。

朋友圈呢？

也没有。

宋安苦笑地摇摇头。看起来，对面这人还是个大隐隐于市的佛系摄影师？但结论不能着急下，个人简介没有是一回事儿，但朋友圈没有，就要分两种情况了。

第一种，不发也不看，天生真佛系。第二种，只是对陌生人不可见，等到熟悉了之后，什么嘴脸自然也就露出来了。想到第二种情况，宋安就把请求对方为好友的申请发送过去了。

闭上眼一想，还是唐突了，总应该先介绍一下自己的供职单位什么的，这样一来，如果对方不通过，岂不是被动了？再去发第二遍？恐怕连作为甲方的主场优势都给丢了。

正后悔着，对方就已经通过好友申请了。

嗯，回复还挺积极的。

不等宋安确认朋友圈来决定开场白，对方就抢先发来信息。

"抱歉，我的情况比较特殊，没作品、没时间、不合作。"

宋安瞪着手机屏幕看了半天，对方紧跟着又发来一句语音："谢谢关注以及时间。"

什么情况？还是模仿别人风格的新人吧，连人家装腔拿调的范儿也模仿了？

沉吟片刻，宋安决定挫挫对方的锐气："所以，你知道我是谁？"

"听编辑介绍过。"

"所以还是决定不合作？"

"抱歉，目前自己的主攻方向和新闻摄影没有太多匹配度。"

对方回复得很快，但不像意气之言，相反让人觉得是有方向感的创作者，这点倒是挺难能可贵的。

"那你现在的主攻方向是？"

"花鸟鱼虫，自然野趣。"

宋安盯着手机，眉头一皱，她搞不清对方是自嘲的解围之语，还是真的就打算把自己葬送在这种老气横秋的题材里。

"花鸟鱼虫？你别是给我说相声吧。"

"没有，我是认真的。"

对方语气轻轻的，言辞之间流露着一种笃定，似乎既不想与人争辩，也无意继续解释下去。

倒是宋安多出几分慌乱。"方便问问为什么吗，单纯喜欢，还是觉得这个方向竞争少，比较容易出头？"

宋安等在手机前，如果是第二种，倒也算是一种突围策略了。

电话那头的人却没有半点犹豫："因为这些东西不会骗人吧。我既不想它们只是某种造型工具，也不想它们成为谎言的附庸，过去不想，现在不想，未来也不想。"

"报社这边的供稿需要主要是新闻摄影这块，和你的愿望不冲突，你可以按照你的意愿来完成你的创作，这点我可以给你承诺。"

话已经说到这个份儿上了，宋安看着对方正在输入中，等着对方最后的决定。

"没有冒犯的意思，但是新闻某种程度上也是谎言吧。"

说是没有冒犯的意思，但作为资深新闻从业者，宋安还是感觉被冒犯了，她当然知道对方话里的批判姿态从何而来，但自己的身份在这里，也只能装着糊涂由着对方说下去，再根据对方话语中的漏洞进行反击。

"怎么讲呢？"

"我只是站在读者的立场上，说自己的感想，没批评行业的意思。"

还没有别的意思？这不是赤裸裸的批评是什么？说完还躲进读者的安全区里，话里话外都是满满的优越感。宋安见对方拿着姿态说话，便不想再做过多的纠缠，决定快速终结话题。

"那我再确认一下，你是在拒绝这份工作对吧？"

"嗯。"

"那好，既然如此，就不勉强了。"

宋安回完信息就把手机扔在床上。

虽然没有形于言辞，但她也是有点脾气的，倒不是因为对方不接受工作邀请。每个人有自己的主攻方向和创作立场也很正常，她甚至欣赏保持自主意识的创作心态，但说什么新闻某种程度上也是谎言这种话，说完还带着优越感地说自己只是读者。一种被对方道德评价且自己还无法当面发作的愤懑，让她觉得周身不爽。

身后床上的手机一振，继而屏幕亮起。

搞什么？要后悔？

不像，言谈中感觉不到丝毫的投机主义，不该是投鼠忌器的那种人。

那是觉察到刚才口气生硬，担心以后的路给封死，想在最后软化一下口气？

没必要啊，有一说一，干净利落对大家都好吧。

那他是什么意思？

宋安气还没消，但心里又好奇对方的套路，只好耐着性子把手机捡回来。

"虽然这次没有合作，还是很高兴认识你。"

宋安皱了皱眉头，揣摩着对方的套路。

继而对方发来一只黑色拉布拉多的照片。两只乌黑浑圆的眼睛无辜地看着镜头，莫名喜感。

难道是自己的不悦给他猜到了？心思是细腻，但还是不讨喜，这点是肯定的了。

宋安自嘲地笑了笑。人一旦松弛下来，心态大概真的会不一样吧。平日里，等到工作结束，回到家大概连一天三顿吃的是什么都想不起来，这才在家休养几天，居然有心思猜测这种无关紧要的人情琐事？既然自己现在已经伤势无碍，那么也该回报社报到了。

想到这里，她举起电吹风，推到最高挡位，快速地把头发吹干，又折回卧室，从衣柜里取出一件早已熨烫妥帖的黑色西服，下身选了件丹宁色的修身牛仔裤，信手将头发盘在头顶，匆匆赶往报社。

无论人们觉得自己有多重要，但这个世界总会用事实证明离开谁都是一样的。此刻的报社，与平日并无分别，日光灯下，大家对着电脑，朝手边的电话飞快地说些什么，空气里是敲击键盘的低频声。

别来无恙，依旧一幅忙碌景象。

"早啊。"

虽然已经过了上班的点，但宋安依旧像平常一样，和报社前台打过招呼。

埋头看手机的前台姑娘，听到有人说话，猛地抬起脑袋，见来人是宋安，脸色更是慌乱："啊，安安姐，你回来啦，伤好些了吗？大家都很担心你。"

宋安见小姑娘一脸紧张，息事宁人地眨了眨眼，比了个 OK 的手势。

上班时间处理私人问题，虽然不被报社纪律允许，但在她看来，多少也是情有可原的。花样的年纪里，倘若真的要求全心全意地坚守在清汤寡水的前台岗，大概会闷出毛病吧。可前台姑娘的慌乱并没有因为宋安的冷处理而消解几分，反倒从自己的工位里跑出来，一边扶着宋安，一边不安地朝着里间的办公室张望。

"安安姐，你真的没事了吗，要不要我喊几个人帮你一下？"

不等前台姑娘的手臂碰到自己，宋安就轻轻挡开。热情和谄媚往往就在一线之间，过了就走味了。

"我自己可以，你忙你的吧。"说完她把前台姑娘丢在一边，自顾自地朝自己的办公室走去。

办公室里的编辑们大概听到了前台的警讯，个个都在工位上收敛了几分。

几日没见，宋安虽没指望大家脸上表现得多么热情，但却也没想到众人都一副肃杀之色，最多也只是偷偷瞄一眼宋安，接着低垂着眼眉，微微地点点头而已，这和前几天她还不堪其扰的短信问候的场面反差化可是有点大。

宋安暗觉不好。何编又给大家拉突发新闻的集结号了？早上的晨间新闻没看，也许错过了什么。

想到这儿，宋安不自觉地加快脚步。即刻切换工作状态，是她作为职业记者条件反射式的习惯。

几日没来办公室，屋内一尘不染。物品的摆放也按着她素日的习惯，全国范围发行的报刊按日期顺序码放在办公桌的左侧，地区发行的报刊放在右侧，中间则是重点稿件的摘要。

宋安启动电脑，取过摘要粗粗地扫了一遍标题，但这并没有帮助她及时赶上当天的行业行资，她抬眼看了一下日期，最新的摘要也不过是到前天而已。

她取下耳边的铅笔，拨通桌上的内线电话，找来自己的助理。

"安安姐，您找我？"门外的助理编辑推开门，探出脑袋，小声问道。

"小雨，我手里的摘要都是前天的，财经口的消息也没见到。"

"呃，这些按例我都有整理的。"

宋安手里夹着铅笔，意有所指地对着门外："那发我一份？电子版的就行。休息了几天，有点丢进度了。"

"安安姐，其实……"助理编辑小雨面有难色。

电脑开了，宋安用工号登录完，习惯性地打开工作邮箱。

"其实，我都整理好了，是因为……"

小雨撇着嘴，说到一半，决定还是止住话头，低着头看着脚下。

"因为什么？"

"安安姐，你真的什么都不知道？"

小雨试探性地瞄了眼宋安，一脸尴尬。

宋安将目光从屏幕上转回来："所以，我应该知道什么？"

"安安姐，这话由我来说，可能不太合适，主要我也是从别人那里听来的。我说出来，你就当个笑话听听吧。"

宋安刚想接话，但目光不经意地从工作邮箱的主题页面上划过，是总编辑室发给财经口的岗位轮转通知，当下话锋一转。

"逗你玩的，我怎么会不知道呢，就是看看你打算什么时候和我说哪。"

小雨长舒一口气，劫后余生地看着宋安："嗯嗯，我明白。但我说安安姐，你也别太难过，这其中肯定有什么误会，何编可能是不知道你身体的恢复情况才这么做决定的。"

宋安故作平静，两手一摊，一脸苦笑。

"无所谓的，我就是想来看看小雨做的财经摘要，几天没看，心里怪惦记的，你赶紧给我拿过来呀。"

"哈哈，好嘞，我去给您拿。"

见小雨转过身，宋安紧绷的全身一下放松下来，刚才的一瞬间，已经用去她几乎全部的定力。

岗位轮转，字面意思上看，还是要比岗位调离好听一些。看来这次何编是真的动气了，只是不知道下一步他要把自己调到哪个岗位上去。她仰面靠在椅背上，感受着周身一点点陷进去的过程。

　　看着小雨拉开办公室的门，她注意到办公室门上财经主编的字样，不知什么时候已经被人摘去。她环顾四周，这才慢慢品出门道。难怪屋里收拾得这么干净，是打扫干净屋子再请客的意思吧。

　　看起来，这次是别来有恙了。

Chapter 4

外面下雨了

　　欢饮一夜，直到正午时分，队员们才陆续酒醒，大家见时候不早了，各自和方淳打过招呼也就回家了。

　　方淳送走众人，左手抓着抹布，右手提着垃圾桶，将热闹过后的阁楼收拾一通。折回客厅，只见胖子一个人还躺在沙发里，便凑过身子仔细看了看。胖子眉头紧闭，鼻息平稳，半张着嘴巴，肚子也很有规律地起伏着。待确认过胖子正心无旁骛地安睡，他从口袋里取出刚用完的手机，小心翼翼地拉开抽屉，取出一沓空白的信纸，再将手机调成静音，藏在抽屉的最里面。

　　不能再拖了，再拖下去，早晚她会忘记自己吧。

　　想到这儿，方淳用右手抵住太阳穴，重新将注意力集中在眼前的稿纸上。写到信纸第二页的一半，出了个错字。本想描上两笔改过来，却越描越糟。方淳皱起眉头，撕下信纸揉成一团，扔进纸篓。再次动笔前，他重新看了一遍第一页，信上的说辞实在无法让他满意，于是他把第一页也撕下来，揉成一团扔向纸篓，这一次，纸团没有直接落进纸篓，而是在墙上反弹了一下，落到了地板上。

他伸开蜷曲在玻璃桌下的双腿，身体后仰，伸出左手捡起纸团，再次扔向纸篓，可还是没扔进去，丢在了墙边。

"方队，你干吗呢？"

胖子在身后冷不丁的一句，引得方淳一惊，待转过头去，才发觉胖子两只眼睛瞪得大大的，显然已经醒了片刻。

"醒了？想吃点什么？我记得冰箱里还有点速冻水饺。"

方淳装作没听见胖子的问话，站起身，缓缓向墙边的纸团走去。

胖子一个鲤鱼打挺，立在方淳面前，正好挡住方淳走向纸团的去路。

"不不不，你别想这么就把我糊弄过去。我刚可是盯了你半天，你刚才到底在想什么呢？"

"想什么？没想什么啊。"

方淳干笑两声，身子依旧向纸团的方向移动。

可胖子却丝毫没有后退的意思："不可能！你刚才的表情，可是有点……"胖子搜肠刮肚，一副难缠的表情。

"有点什么？"

"有点恶心呢……"

"……"

方淳侧着头，双手抱在胸前，等着胖子继续说下去。

"你要不要解释一下？"

"哎哟，我真没和你开玩笑。你刚才的表情就像是青春期的男孩一样啊！客观地说，和你的脸不太搭。"

"是吗？"方淳浅浅一笑。

"是啊，要不要和兄弟说说什么情况？"

胖子仔细端详方淳无动于衷的脸，想从中找到些蛛丝马迹。

方淳却不接话，直接绕到胖子身后，弯腰去捡纸团。

等着回话的胖子见方淳眼神始终不离落在地上的纸团，不等方淳弯腰去捡，一把抢到手里，用身子紧紧护住，眼神暧昧地盯着方淳。

"拿过来。"

"我说方队，难不成你是有人了？"

"什么人？"

"你说什么人？喜欢的人呗。"

"有病。"

胖子见方淳一味回避问题，不再追问，而是背过身徐徐展开手里的纸团。

"把东西拿过来。"

方淳追着胖子，想要阻止。谁知胖子已经看完，手里捏着字条，笑得直不起腰："哈哈哈哈，我说，方队，像你这么老派的人现在怕是已经绝种了吧。"

方淳抢过字条，将字条连同桌上的信纸一同放进抽屉，锁好之后，缓缓转过身，板着的脸丝毫不为所动。

"什么意思？"

"现在这个年代谁还写信啊，有什么事儿，直接打个电话发个微信不就完了吗？况且也不是什么大事嘛，一块手表，你给她留个地址，人家给你快递回来就好了啊。还是说，你就是想找机会单独见见人家啊？"

"我没人家电话，也没微信。况且不是随随便便的一块表，跟了我挺多年了。不写信还能怎么办？"

方淳只是说到这儿，至于是不是想见到那个叫宋安的女记者，分明已经是到嘴边的话，又给他生生咽了回去。

胖子若有所思地点点头，脱了半袖就往浴室跑："刚才说是有饺子是吧，先下锅，我洗把澡出来，吃完咱就出发！"

"出发？去哪儿？"

胖子徐徐转过身，半裸的上身，仅仅搭着条毛巾："当然是去找你的收件人呀。"

说完，冲着方淳意味深长地眨了眨眼睛。

助理编辑小雨走后，办公室里又只剩下宋安一人。原本整洁的办公室现在看来近乎凄凉。她将身后的窗户打开，街面上车来人往的声浪以及空气中的热风一下涌入室内，好歹驱散些宋安心中的冷意。

她一边整理抽屉，一边在脑海里飞速厘清着各种各样的可能性。事情来得还是有些古怪，她忽而想起雨天里薇薇来家里的对话。第一，这次职位变动来自谁的授意？第二，为什么连助理编辑都知道的事情，薇薇反而没有听说？或者是听说了，故意没告诉自己？仔细想想，自己临时起意跑到江源去采访，总是伤了何编的心吧。但回过头来想，轮转也好，起码省去了办公室里关于自己受何宽照顾的风言风语。

门外一阵敲门声。

来人正是何宽。

宋安侧着脑袋，浅浅一笑："抱歉，让何编担心了，我东西很快就收拾好。"

何宽一愣，不明所以地看着宋安："东西？收拾什么东西？"

宋安撩起遮在耳边的头发，手指比向玻璃门上原本还在的工牌。

何宽循着宋安手指的方向看去，脸上不表露，但心里已经了然七分。

"这些人，平时写稿效率也没见这么高，办点鸡零狗碎的事儿倒是挺利索。"

宋安没接话，等着何宽的收尾语。不管事情结果是怎样，何宽本人来收场，这点倒是让宋安心里欣慰一点。

"安安，你误会报社的意思了，更误会我的用心了。"

"有吗？我刚到办公室，也没人和我说我的职位有变动吧？"

宋安两手撑着转椅的扶手，站起身，自嘲着笑笑。

何宽夺过宋安抱在怀中的报刊，又重新放回去，调笑道："那你放着敲定的'金改'选题不做，突然一个人跑到石棉去跟新闻，害我一个人坐办公室里等着，这是不是也没人告诉我呢？"

何宽不等宋安接话，抢过话头，继续说道："未来对你的工作变动，我的确是有一些想法，但具体也需要和你本人商量。你门上的工牌拿下来了，但新的还没装上去。怎么样？心平气和地聊聊？"

宋安盯着眼前小雨整理好的摘要，关键的数据都仔细用红色圆珠笔画上了下划线，尚不能确定消息源的新闻用蓝色括号框住。想起来，小雨已经跟着自己有两年了吧。

"财经口是我的本职工作，小雨她们都是我招进来的人，我要负责到底，我不需要变动。"

"财经这块的工作，我已经分给薇薇去负责了。我听她说这些年一直让你做财经口的工作，进入倦怠期了？我相信你的才能不仅仅在财经这块，新的职业挑战说不定能让你早点放下采采的事。我想这样的改变，不失为一件好事吧。"

宋安半张着嘴，想不出合适的措辞："薇薇和你说的？可这完全是两回事啊！我脱岗去石棉，耽误'金改'的选题进度，报社拿我给别的编辑立规矩，这没问题，我能理解。但说我消极怠工，这算什么鬼理由？"

何编摆摆手，终止话题："安安，你现在有情绪，等你冷静了咱们再谈，但我可以负责任地说，轮岗这件事对你是利大于弊。你现在未见得能明白我的用心，没关系，那就交给时间好了，不过你放心，不管换到什么岗位上，这间办公室永远是你的。"

编辑离开熟悉的选题，就像鱼游弋出自己熟悉的海域。

何宽是老手，他当然明白个中滋味，但他作为报社的总编辑，上上下下的人看着，自然要一碗水端平。宋安是自己的学生，他对她当然是偏爱的，但他也清楚，这份偏爱已经让如今的宋安失了规矩，而一个不懂规矩、不知本分的编辑又怎么能有朝一日安坐在总编辑的位置上呢？岗位轮转，讲到底，对宋安也好，对他何宽也罢，无疑都是好事情。

周五午后的街上，人比平日多一些。往来的行人脸上透着松快的表情，似乎心里已经按捺不住对周末的期许。

吃完水饺，胖子三拉五扯地拖着方淳就出了门。

车一路开到《新日报》出版社的门口。

"喂，我说，咱们是不是来得太早了？"

方淳坐在副驾上，看着眼前清冷的报社大门。

门卫室里不知今夕是何年的安保大叔，歪靠在藤椅上，半闭着眼睛，摇着手里的蒲扇，显然距离下班还有好一会儿。

"早什么？报社六点半下班，我可是在网上查过了有备而来。"

胖子用眼角的余光打量着方淳，邪魅一笑。

方淳瞟了眼车里的电子钟，又不放心地掏出手机再次确认了一下。

"可，现在才下午三点吧……"

胖子不以为意地看着往来车辆，手里打着方向，缓缓将车停在路边。

"这我当然知道。"

"那咱们在车里坐三小时干等？"

胖子熄了火，拔出车钥匙："干等？那能是我胖哥的人生信条吗？"

"那是要？"

不等方淳问完，胖子就火急火燎地下了车："当然是主动出击啊！"

"喂喂，别乱来，咱们没有介绍信，跑进去就冒失了啊。"

胖子回过身瞪了方淳一眼："你把我当什么人了？赶紧跟我走，还有三个钟头，我得给你置身衣服。"

方淳一愣，低头瞧了瞧自己：咖啡色的沙漠靴，鞋头磨得秃秃的。黑色长裤上沾了些威力的毛发。

他浅浅一笑，下意识地用手掸了掸裤子上的浮灰："我本来就是这样啊，再说也只是普通见个面而已吧。"

十字路口的红灯转为绿灯。

"少废话，麻利点。"

胖子不等方淳反应，拽着他就往商场跑。

周五的下午。

有史以来第一回，宋安提前下了班。

她有意和平时走得不一样。一个人从报社后门溜达出来，眼前是一段长长的林荫路，继而是最热闹也最清寂的市民广场。路上人很少，路两旁是高大的梧桐。树影斑驳地落在路上，像落了一地硬币，树影又筛落在她身上，把她截成一段一段，明灭不定。她一边走，一边伸出一只手，想接住一片正飘下来的树叶。然而在触到那落叶的一瞬间，她心里忽而想起，原来已经立秋了。即使街上行人依旧是一副短装打扮，但仔细辨别，空气中酷暑的威力已然退去几分。

宋安从包里掏出墨镜，遮住红肿的眼眶，仰着头，深深吸一口气，冷眼瞧着头顶的云卷云舒。

墨镜下的城市依旧是同样的城市，不过蒙着一片灰蓝，像是宋安此刻的心情。

停职也好，转岗也罢，爱谁谁吧。

她忽而想起手机里那个口气颇大的摄影师说过的话："新闻某种程度上也是谎言吧。"

宋安咬着唇，脚下不自觉地放慢脚步。

她当然能够理解这句话背后的原委和心境，只是职业如此，这已经是她先天的牢笼。何况生活本就是一个更大的谎言，新闻又哪里能幸免呢。世相如此，难得糊涂也好，得过且过也罢，都不过尔尔吧。

归根结底，人，终究还是要务实的。

宋安望着脚下，自顾自地走着，未曾留意面前已经站着两个人。

"请问，是宋记者吗？"

宋安猛一抬头，面前是外形极不协调的两个人。

负责开腔的是左边身材稍胖的男子，黝黑的皮肤上挂着豆大的汗珠，大概因为宋安戴着墨镜，直到再三确认，这才扭扭捏捏地低声询问。而右边的男人则西装笔挺，冷峻的面容下拘谨地抿着嘴，两只眼睛像是从原野中归来的野兽，伺机而动地藏在浓长的眉毛中，乌漆漆的，透着光。

宋安眉头一皱，心里苦笑。

果然是屋漏偏逢连夜雨吧。放在平时，总有所谓的社会群众在报社附近蹲点爆料。只要看准了你从报社里面走出来，也不管认不认得你，非死缠烂打地在你耳边说完才罢休，极端的还会要求你付点辛苦费，然而除了极少部分确有其事之外，大多不过是哗众取宠。

"抱歉，你们认错人了。"

宋安侧过脸，扶了扶镜框，迅捷地用手擦去脸上的泪痕，闪身向路边走去。

胖子和方淳面面相觑，见对方如此开口，话到嘴边也只得咽进肚子里："啊，那打扰了。"

胖子一脸尴尬，只得双手合十，冲着宋安的身影点头道歉。

方淳却是不动，扭过头，依旧直勾勾地望着宋安的背影。

"方队，你别看了行不。人家都说不是了，你别搞得像电车痴汉似的。"

胖子拉着方淳就要走。

"你真觉得刚才是看错了？"

胖子一愣，也跟着转过身，朝向女子的背影看去："论神韵，的确是像，可隔着墨镜也不好说吧，最关键是人家自己说了咱认错了啊。"

方淳笑笑，不再说什么，追着身影就跟了过去。

听到身后紧跟着一阵脚步声，宋安料想是那两人又追了上来。

"拜托，我真不是你们要找的宋记者。"

穿着西装的男子并没有申辩什么，只是默然地与宋安肩并肩走着："嗯，我不找宋记者，我想找到宋安。"

宋安放慢步子，缓缓转过头去，四目相接的那一瞬，男子紧紧抿着的嘴唇，忽而明媚地一笑，既而伸出手试了试宋安胳膊上的伤口，淡淡地说："之前情况特殊，没办法守着等你醒，我是救援队的方淳，伤口好点了吗？"

她已经快要记不得他，或者说已经快要不愿想起他。可他又是这样莫可名状地出现在她面前。

比起彼时记忆中的他，此刻他的头发已经没过眉梢，脸上的轮廓也清瘦几分，不变的是眉目间的那份刚毅，只是此刻随着黯然的夕阳也柔软起来。

"是你。"

宋安说得淡然，或是说找不到更适合的口气。

"拖到昨天才回来，有些日子了，想起来了？"

宋安低着头，信步在前面走着："会有一些记不清，毕竟算不上什么好记忆吧。"

方淳听了宋安的话，脸上的表情明显黯下去几分。

宋安看得真切，善解人意地笑着说道："但仔细看还是能认识的。没想到你也会穿得这么正式。"

方淳脸色一窘，脖颈微微涨红。他下意识地松开领结，将外套脱下，拿在手上："队里的人非说要稍微收拾收拾再见你。"

"所以，是为了见我特意准备的？"

方淳稍一犹豫，埋下头，喉头含糊地应了一声："嗯。"

两人默不作声，一前一后，逆着人流在步道上缓步走着。

晚高峰的街头一片喧闹。人们行色匆匆，面目模糊地从城市的一点穿行至另一点。

市民广场里，学生们三五成群，择着捷径，难掩幽怨地穿行而过。退休的阿姨们青衣粉裤，左手提着音响，右手抓着花扇，见到熟悉的邻里不迭地攀谈几句。顽劣的孩童，充耳不闻长辈的呼唤，一心在树丛与假山间流连。

宋安侧着脸，瞧着昏黄色人行道灯下的方淳微微张着嘴，喉头也跟着起伏着。木讷寡言的他大概终于酝酿出可供攀谈的由头，但细碎的话语不等传到宋安耳边，就在车水马龙中渐而湮没。

两人只得跟着彼此的面色和口型勉强应和着。

忽而宋安停下脚步，踮起脚，两手从后面盘绕上方淳的脖颈。

方淳心里一惊，脚步也不自觉地停下，整个身子绷得硬硬的。

"放松。"

宋安在方淳耳边悄声说着，指尖已经探入方淳的衣领。温热软嫩的触感在脖颈处游移，不等方淳回过神来，宋安便牵起方淳的手，指尖夹着衬衫上的商标牌，交到方淳的手心："以后随意点就好，我不在意这些。"

说完浅浅一笑，双手背在身后，潇洒地迈开步子。

方淳接过商标牌，想再解释几句。一抬头，却见胖子虚着身子从人群中钻出来，立在两人面前。

"方队你不厚道啊！害我找你半天。"

胖子扯着嗓门，刚抱怨上，见宋安在场，只得又压下声去。

宋安摘下墨镜，莞尔一笑，落落大方地递出手："我是宋安，刚才误会了。在石棉的时候给你们添麻烦了。"

胖子赶忙握住宋安的手，冷眼瞧着方淳挖苦道："哈哈，不麻烦，怎么会麻烦呢，方队都不麻烦，我们底下做事的肯定更不麻烦啊。"

宋安笑着从钱夹里捏出一张淡蓝色的名片，递给胖子："以后说不准就真麻烦了。"

胖子接过名片，收进胸前的口袋："之前情况特殊，没来得及好好认识一下。队伍昨天刚回来，方队放心不下，带我特来拜会宋记者。听说他还有些事想当面请教，我看咱们也别在大街上立着了，怎么样，找个地方一起吃点东西？"

"好啊。"

"那话不多说，行动起来。"

宋安透过胖子的肩膀，瞄了一眼方淳。

方淳一个人站在马路牙子上，无可奈何地看着宋安和胖子认识没多久就打成一片，也只能笑笑，跟在后面走着。

"宋记者平时喜欢吃什么？"

"我没什么讲究，主要都是便当吧。"

宋安本来多少有点阴霾的心情，因为面前两人的出现突然好了许多。

"那太可惜了，川地的火锅咱就不多说了，南方的本帮菜、粤菜、淮扬菜我是都略有研究，有没有哪样有兴趣的？"

胖子说得眉飞色舞，仿佛各式菜肴已经摆在面前。

"他喜欢什么？"

宋安用手指指了指身后的方淳。

胖子一愣，想了片刻，转身问道："哎，方队，你别说咱们处了这么久，我还真不知道你的口味呢。"

"我吗？我和宋记者一样，喜欢便当。"方淳故意看着别处，调笑道。

"你们俩合着逗我玩呢。第一次见面吃便当算是什么事儿嘛！"

"不要看不起便当哦。你俩跟我来，我带你们去我常去的店。"

宋安说完，一个人率先跨出草丛，领着两人向市民公园旁的小巷走去。

刚进巷子，喧嚣陡然退去，浮上来的都是些市井里的烟火气息。吃过饭的老人，端着板凳，早早地坐在巷口，摇着手里的蒲扇，守望着街头的人来人往。宋安一行人左左右右地在巷子里穿行几个回合，停在一家用楷体字竖写的"正午食堂"门口。

"江姐，我带人来了啊。"宋安一副常客模样，撩开门帘就冲里面喊道。

店面不大，满打满算，不过放了五六张榆木桌子。原本方淳还担心门脸偏僻，怕生意不好，进了门算是放下心来，食客们坐得满满当当的，有几张还都是拼桌，但食客们似乎并不介意，依旧吃得其乐融融。

"哟，安安今天这么早。"

说话的女人一副四十岁的模样，戴着一副斯文小巧的银边眼镜，身前一丝不苟地围着围裙，颇为符合这家小店留给人的印象，整洁而温馨。

"嗯，社里今天没事。"宋安笑着一句带过。

她在江姐这里算是老食客了，从刚进报社起，这儿就是她和采采的固定据点。宋安工作上的烦心事，说或不说，江姐总能猜个八九不离十。

"安安，难得见你带新同事来嘛。"

"这两位是绿野救援队的朋友，我在外采的时候认识的。"

"啊，欢迎欢迎。"

江姐扶了扶胳膊上的护袖，一脸乐呵地把方淳和胖子引在一张刚收拾完的桌子上。

"甭管菜单上有没有，想吃啥就和姐说，或者和安安说，都一样。"

江姐意味深长地瞟了宋安一眼，重又回到厨房后场。

胖子刚一落座，取过菜单就发问道："菜单上没有的也能点？还能这样的？"

"嗯哼，因为离单位近，晚饭基本都在这儿解决，所以差不多算是VIP待遇了。只要不是特别费事的食材，想吃什么就点，这顿算我的。"

"不不不。"

胖子颇为豪爽地在菜单上勾选一通，从怀里摸出一个信封，不动声色地拍在桌子上："我话先放在这儿，这顿饭谁都别来，我管。"

方淳抓过信封，稍微捏了捏，眉头一皱，转过身，一脸严肃地盯着胖子："店里不刚进了批帐篷还压着吗，哪来的钱？"

胖子被方淳问得一愣："哎，方队你能不能盼我点好啊，我那户外用品店敢情只卖帐篷了？"

方淳抓着信封举在半空："少扯淡，店里生意是怎么样我能不知道？哪来的钱？"

宋安见方淳脸色不对，从包里取出钱包，息事宁人道："喂喂，说了我来，又不是什么法国大餐，有什么好争的。"

方淳按住宋安抓着钱包的手，以不容争辩的口吻说道："不相干。"

说完，方淳回过头，重新盯上胖子："是不是瞒着我，在外头接了有偿救援？"

胖子躲开方淳的目光，从他手里抢过信封，音量陡然提高了几分：

"那都多少年前的事了，能翻篇了吗？还要当人面说我多少回才行！"

方淳的面色缓和下来，语气也改成有商有量的口吻："好了，那这钱是怎么回事嘛。放你身上根本解释不通啊。"

胖子见糊弄不过去，招呼身边跑堂的伙计要了三扎啤酒，又加了盘花生米："得了，干脆我就说了。这钱是队里大伙儿给你存的。"

方淳一愣："给我存的？什么意思？"

胖子把啤酒分给宋安和方淳。

方淳不接，而是等着他继续说下去。

胖子用手指拨开酒杯上的一层浮沫，呷了一口酒："当面说有点矫情了。但这么说吧，自从方队你接了队里的副职，花在队里的时间大家都看得见。大伙儿除了干救援之外，或多或少都还有主业补贴点家用。但你除了偶尔给杂志社投点稿之外就没别的收入了吧？你现在还没成家，一人管饱全家不愁，但以后呢？包括伤了病了怎么办？救援是高风险工种，你自己不考虑，大伙儿总得帮你考虑吧。"

胖子说完，咣咣两口酒下肚，脸别向一边。

方淳紧皱的眉头半天才缓过来，嘴里舒了口气："谁告诉你卖给杂志照片就存不下钱的？别小瞧人啊。"

"所以，你们做救援是无偿的？"

宋安像是听见了什么新闻一般，放下手里的筷子，插问道。

方淳扶着杯沿，并不吃惊地笑笑，类似的问题似乎他早就被问腻了。

"救援就应该是无偿吧，否则和趁火打劫有什么区别。"

"那别人呢？队里那么多人也都是自愿的？"

方淳扭过头，缓缓扫过店里的各式食客。

到了下班的点，店里的人逐渐多了起来，跑堂的伙计忙不过来，江姐偶尔也跑出来招呼。几个上班族模样的客人，安坐在角落，一脸倦容地举着手机，另一只手机械地将食物送至嘴边。

胖子点的菜被逐一端了上来，三人只是看着，谁都没有先动筷子。

方淳缓缓说道："选择什么样的生活是每个人的权利吧，都是成年人了，这种事谁能勉强谁。"

"像这些人一样，当个普通上班族不好？"

他像是早猜到宋安会这么问，会心地笑了笑："好。但那是别人的好，和我没有关系。"

宋安摇摇头，苦笑道："图什么？还是说你们男人潜意识里都想当英雄？"

方淳端着酒杯挡在眼前，抿着嘴，一边笑一边把问题抛给身边的胖子：

"来，你跟宋记者说说，你图的什么？"

"啊？"

胖子抬起头，停下手里的筷子，三两下处理完嘴里的食物。

"宋记者问咱们是不是想当英雄。"

胖子爽朗一笑，不假思索地说道："哈哈哈哈，英雄？哪有英雄像咱们这样灰头土脸的啊。我说，咱们能务实点，先吃饭行吗？锅气都快没了呀！"

胖子比画着快冷的一桌饭菜，一脸绝望。

宋安和方淳对视一眼，两人笑笑。

"这个答案满意了？"

"不满意。"

"不满意也先吃饭。"

"噢。"

方淳笑笑，站起身，拿着汤勺给宋安舀了碗汤，递到她面前。

宋安扶着碗沿，小口吹弄。她本来晚饭吃得就少，平时也不过是赶着快打烊的点，来江姐这儿喝碗汤，说两句体己话而已，今天选在这儿，不过是想给这俩一脸菜色的人找个能吃饱的地方。比起华而不实的料理，还是吃饱重要吧。

她装饰性质地拿起筷子，一边浅浅地喝着啤酒，一边打量这两人。

说来滑稽，说完"吃饭"之后，他们两人便再没有一人说话，只是埋着头，奉若神明地举着手里的米饭，极富效率地吸着眼前的饭菜。宋安在一旁看得津津有味，十分钟不到，胖子和方淳不约而同地将筷子整整齐齐地放在碗沿上，点的四个菜早已成了四个光溜溜的空盘。

"饱了？"

"嗯。"

胖子嘴里嘟囔一声，手扶着肚皮，悠长地打了一个饱嗝儿，这才望见宋安面前的盘子："哎，宋记者你怎么都没吃啊。"

宋安转了转手里的啤酒杯，她素来喝酒不上脸，意兴阑珊地喝，意识到时已经高了："看你们吃就饱了，而且也没什么剩给我嘛。"

宋安笑着，接着又抿了一口酒。

酒精是成人世界的良药。烦恼也好，忧愁也罢，或大或小的麻烦，对应或高或低的度数，总能在内心里挤兑出些许欢愉。此刻，报社、何编，都可以被她放在一边，单是看着面前这个木讷寡言的男人，她就觉得有趣。

胖子一脸尴尬，脸憋得通红，绝望地看着方淳："呃，队里吃饭限制时间，这都养成习惯了，忘记宋记者在这儿了。"

"和宋记者在不在有什么关系，是你吃太多了吧。"

方淳叫来店里跑堂的伙计。

"这桌再要两个热菜，主食想吃什么？"方淳翻开菜单，向宋安问道。

"我都行啊。"

宋安瘫靠在椅背上，不置可否地笑笑，嘴里越说越没力气。

胖子眼尖，见宋安眼神迷离，提高了一个音量接着问道："宋姑娘？主食要米饭还是什么？"

宋安低着头，嘴里含糊其词，下巴不知道什么时候已经埋到领口之间。

"方队，宋记者不会是醉了吧，也没喝多少啊。"

方淳起身用手背探了探宋安的脑门，看见桌子上的空盘："因为是空腹。"

胖子盯着瘫坐在面前的宋安，摇摇头："这都什么情况？第一次见面我就把人给喝倒了？这算我太霸道呢，还是算这宋姑娘太耿直啊？"

方淳把桌上的信封重新塞回胖子手里，自己从口袋里掏钱买了单："这钱你有空帮我还给大家，我的事情自己能处理得过来。懂吗？"

方淳面色坚决。

胖子愣了片刻，也不再推让，将钱重新收进自己的口袋。

晚上十点，店里的食客也越来越少，有的吃完了便回家休息，有的三两成群，叫嚷着去别处继续找乐子。

"咱们现在去哪儿？"

方淳抓着宋安的两只胳膊，绕在自己的脖子上，腰上一发力，背着宋安就往门外走。

"你回去照顾店里生意，出来几天了，也该回去看看了。"

"那你呢？"

"我把人给送回去。"

近夜了，小巷里的晚风一阵阵的，吹得角落里的易拉罐叮咚作响。

方淳背着宋安在巷子里缓缓走着，生怕动作大一点就把肩头的宋安给弄醒了。他用眼角的余光看向身后，瘦瘦条条的宋安，背在身上的分量竟比他预想的还要轻，如果不是宋安的手温以及脖颈间的发香，竟没有背着一个人的实感。

他打开车门，把宋安安置在后座，又给她小心地系上安全带，自己再绕到另一边上车。

方淳刚坐稳，左侧的车窗便传来一阵敲击声，摇下车窗，是江姐。

江姐摘了围裙，伸着脖子，向车窗后座看去："店里跑堂的小伙计说安安喝醉了，有点不放心就来看看。"

"嗯。喝得不多，没见她吃什么东西，所以上头比较快吧。"

江姐脸上的焦虑并没有减少几分。

"噢，我姓方，叫方淳，不放心的话，这是我的证件。"

方淳从怀里掏出证件，递到江姐面前，江姐稍一看过，继续说道：

"阿姨开店也有好些年了，什么人都见识过，小伙子看起来是个正派人，这点阿姨相信自己的眼睛，再说安安能带你们来店里，本身就说明对你们很信任了。"

"那是？"

方淳见江姐的话头一时没有结束的意思，干脆下了车。

江姐把方淳拉到自己身边："我和安安认识很多年了，这孩子就像是我大半个闺女一样。从她刚毕业来报社工作，中饭或晚饭总有一顿是在我这里吃的。安安从来不喝酒，更别提喝醉了。喝酒嘛，无非是高兴或者难过，要是开心，阿姨陪着一起高兴。安安有段时间没来，我听她来这边吃饭的同事说是因为她擅自跑什么突发灾害新闻，被上面领导处分了。安安这孩子事业心强，平时不声不响的惯了，我就怕她一个人藏着。"

方淳默然听完，用手拍了拍江姐的胳膊："放心，我会看好她。"

江姐端详了片刻方淳的脸，继而微微点了点头："这样我就放心了。"

车在灯火通明的城市中漫无目的地穿行。

说起来送她回家，可偌大的一个城市，方淳却不知道宋安住在哪儿。和她不过是一面之缘，却像是知悉许久的密友，即使是自作主张的决定，心里却毫无不自然的地方。方淳自嘲地笑笑，摇下车窗，让窗外的凉风涌入车内，顺便一道带走车厢里的酒气。他在慢车道上缓缓开着，不时望向后视镜里的宋安，凉风吹动她的发梢微微摇摆，拂过少有血色的脸，脸上浮起阵阵红晕。他皱了皱眉头，赶忙升起车窗。

"别关。"宋安捂住领口，身子蜷曲在后座里。

"这么吹会感冒的。"

"再吹一会儿，一会儿就好。"

宋安的声音像是从嗓子尖里飘出来似的，柔弱得让人不忍拒绝。

"最多一分钟。"

"嗯。"

宋安闭上眼睛，脑袋贴着窗边，嘴唇微启，贪婪地将冰冷的空气纳入身体。

"现在我们去哪儿？"

方淳笑笑："喝成这样还想去哪儿？当然是回家。"

宋安吹了一阵子风，胃里虽然还有翻江倒海的不适感，但好歹精神清爽了些。

临近午夜，清冷的大街罕见人影，单调沉闷的风声以固定的低频不断地涌入车内。

宋安看厌了窗外的风景，揶揄道："第一次见面就带我回家了？"

宋安兴许还说着醉语，眼睛却直直地看向后视镜里的方淳。

两人的眼神在昏沉的车厢中遇上，又被方淳机敏地躲开。

"你醉了，我送你回家，不是回我家。"

方淳说得波澜不惊，手心却已经蒙上一层细汗，他豁然发现这个女人是能把他看透的。

"哦。"

宋安无声地笑笑，从后座里递过来手机："前面右转，然后跟着导航走就好。"

方淳接过手机，按着导航地址无声地开着，不一会儿，车缓缓驶入一栋绿叶掩映的公寓楼。

"到了。"方淳一边说，一边瞄了眼后视镜。

宋安揉了揉睡眼，挣扎着起身。

她看着窗外，定了定神："今天谢谢了。"

"我送你进家门。"

方淳把车停稳，拔下钥匙，跟着宋安后边下了车。

"不用了，这里就可以，我自己行的。"

方淳摆摆手，不由分说地跟在宋安身后。他想起江姐的临别之言，心里总觉得有点不放心。

宋安家住公寓的顶楼，两人一前一后进了电梯门，轿厢里一片雪亮，将两人的疲态照得无处可藏。宋安眯着眼，靠在门边，看着数显度数一点点改变。

出了电梯，黑暗中，一阵窸窸窣窣的声响。宋安立在门前，手伸进手提包里摸索钥匙，随之声响又停住，钥匙被插入锁眼。宋安却停了下来，侧着脸似笑非笑地向身后的方淳发问道："你就不担心我家里有人？"

"什么人？"方淳明知故问。

"男人。"

方淳不置可否地笑笑："所以我应该担心吗？"

宋安咬着嘴唇，转动钥匙："我看你最好还是担心点好。"

宋安在门口脱去高跟鞋，摸黑赤脚进了门。

"喝什么？茶还是咖啡？"

"都行。"

方淳嘴里应着，眼睛却不由自主地环视其间。

现代派的装修，灰白黑的色调，屋里既没有多余的杂物，也没有太多的居住感。放眼看去，除了占据大半面墙的书橱和各式奖状，仅有搭在沙发上的衣物和书桌上的毛绒玩具尚能看出点女孩子的气息。

方淳走向书桌，把毛绒玩具拿在手里端详。

猫咪头戴礼帽，怀里紧紧地抱着一根漆黑的拐杖，也一丝不苟地回望着方淳。

"没想到你是会买毛绒猫咪的女生呢。"

"好朋友送的。"

宋安稍一停顿，终究没有说出采采的名字和猫咪男爵的故事。

方淳也不追问，只是似笑非笑地和猫咪男爵对视着。

"嗯，长得还挺严肃的。"

方淳歪着脑袋好歹憋出个形容词。

宋安想起自己第一次遇见猫咪男爵的画面，不死心地试探问道：

"不是兔子？"

方淳皱皱眉头："怎么可能是兔子。兔子哪有这么长的胡子呢，再说身材比例也不对。"

"都是毛绒玩具，谁会在乎身材比例什么的。"

"总之怎么说都不会是兔子，差太多了。"

宋安若无其事地点点头。

这点看法和坚持倒是和采采一模一样呢。

"还有我说，天天吃外卖也太马虎了吧？"

方淳弯腰，三下两下把玄关里的外卖袋归置在一起，提溜出走廊。

"怎么？要来给我做饭？"

宋安不知什么时候已经换了一身睡衣，手里端着两个茶杯从厨房里走了出来。

方淳怔了怔。

宋安的身材被丝质睡衣衬得若隐若现，暗淡的灯光里，白皙的手臂和藕段似的小腿像是会发光似的，暧昧又神秘，衬得伤口处的绷带竟有些非现实的质感。

"我是说，你总可以自己买点菜做吧。"

宋安一屁股坐在沙发里，光溜溜的小腿搭在茶几沿上，放空地望着天花板。

"一个人做一顿吃三顿，没意思。"

方淳笑笑，见茶几上摆了本最新一期的《中国摄影》。

"喜欢摄影？"

"报表看烦了，换着看图而已。"

"有喜欢的摄影师？"

"嗯哼。"

"说来听听？"

一个财经编辑喜欢的摄影师，这让方淳不自觉地好奇。

"你。"

方淳一愣，好气又好笑："喂，别闹啊，认真点。"

宋安转过身，沉静的目光直直地看向方淳："我哪里不认真了？"

方淳低头浅笑："你连一幅我的作品都没看过吧，这样就可以下判断了？别看不起摄影哈。"

"因为我能看懂你吧。"宋安语意坚定，说完又一脸笑意地审视方淳。

"是吗？"

方淳躲开宋安的目光，取过茶几上的杂志，一边翻一边酝酿措辞，突然手表从杂志的某页滑了出来。

"对了，你的表，如果你不来找我，还真不知道怎么给你呢。"

方淳点点头，眼睛却盯着杂志里的内页。

"表是什么人送的吧。中间把它送到店里做保养，师傅说你用得很爱惜。"

不用看，方淳也能感觉到宋安此刻的眼睛注视着自己。

"添麻烦了。"

方淳并不理会宋安的问题，精神却还集中在刚才的杂志内页上。

那是子文帮他用新的笔名发表的新图。方淳嘴上没说什么，手里却是快速地翻到一页，他不想让宋安知道自己作为摄影师的真实身份，起码现在不想。想到这儿，方淳暗自吃惊，不知道这是巧合，还是真的像她说的那般，她是真的可以看透自己。

"不觉得这张照片的风格很像田添吗？"

宋安的问题一个接着一个，不死心似的，显然要从方淳的脸上看出点端倪。

"是吗？这么说的确有点神似。"

方淳一脸苍白，惨淡地笑笑："不仅是风格，还有看待事物的角度，搞不好是他换了个笔名发出来的呢。"

"哦？你对他很熟？"

宋安笑而不语，站起身，从书架上抱来一摞田添的影集，放在方淳面前。

"只是读者层面上的熟悉，何况他销声匿迹那么久了。你呢？你们摄影师之间怎么看？有点好奇。"

方淳瞄了眼书籍上的期号。从他的出道作开始，一期都不落。逃不掉了。他突然发现，从开始到现在，宋安的每一个问题都围绕着田添和自己。莫非她已经知道自己就是田添？

"真是田添想要的东西，可未见得是这个时代需要的东西。作为同行，我想他还是太理想主义了。纪实这两个字，对出版商来说，更多的只是个可有可无的噱头。至于他自己知不知道，或者愿不愿意知道，我作为外人就不方便随意猜度了。"

方淳清了清嗓子，自以为说得滴水不漏。

宋安听完，默然点点头，眼睛出神地望着前方，不再多说什么。

"新闻只怕也是一样吧。"

方淳摇头："那是你的专业，我不了解。"

方淳端坐在宋安身边，盯着手里咖啡的烟气："听江姐说，你有一阵子没去店里了？"

宋安不否认也不肯定："什么时候和你说的？"

"在你睡着的时候。"

"哦，还说什么了？"

方淳沉吟片刻："江姐知道你因为跑灾区的消息被报社处分了。"

"嗯。"宋安浅浅地应了一声，算作回应。

方淳以为宋安还会说点什么，但空气中一片沉默，他便也不再发问。

两人肩靠着肩，默然望着窗外的冷风带着白色的窗帘微微浮动。

"你有要评价的？"

宋安垂着头，发梢恰好遮住她的表情。

窗外不知什么时候下起了雨，落在小区金属车棚顶上，发出鼓点般的滴滴答答声。

方淳望着窗帘的一角渐渐被打湿，回过神来。

"每个选择背后都有理由的，我相信你也有，我都尊重。"

宋安垂着头，似笑非笑："说实话哦。虚伪，矫情，不自量力，想到什么说什么，什么都可以。"

宋安越说越没力气，也越说越委屈，眼里噙着的泪花已经在眼眶里打转。

方淳听出宋安语气中的异样，补充道："我觉得你很有勇气的呢。"

方淳顿了顿，又补充道："起码，比我有勇气。"

长久的一阵沉默。

少顷，宋安的肩头突然靠了过来，脑袋抵在方淳心口就不动了，温温的，也暖暖的。

"哎，外面下雨了。"宋安小声说着。

语言此时更多的是某种暧昧不明的语气。

"嗯。"

方淳点点头，隔着衬衣他甚至感受得到她的鼻息。

"家里没有伞给你了。"

"嗯。"

"嗯。"

宋安翻身坐上方淳的身子，细长的手指在方淳的领口游移，一颗颗地解开纽扣，继而褪去整个衬衣。方淳喉头干涸，周身像火一样滚烫，眼见着宋安月影下的轮廓从自己的胸口缓缓向下滑去。发丝拂过他胸口结实的肌肉，方淳的神经已然绷到最高点，宋安却突然停了下来。

"这是？"宋安的指尖停留在方淳小腹左侧的肋骨处。

"外勤的伤。"方淳咬住嘴唇，口里喘着粗气，勉强答道。

宋安点点头，像是确认一般，指腹沿着伤痕反复摩挲："这里我记住了。"

方淳摇摇头，再也控制不住自己的身体，手臂从身后一把将宋安抱起，继而走向卧室。

Chapter 5

救援

　　一夜云雨之后，按着电视剧的剧情来说，总该有一个床伴在阳光照进卧室前，准备好营养均衡的早餐，再一脸柔情地将对方唤醒。情到浓时即使互相喂着吃也是常有的。但生活不是电视剧，退一步说，即使宋安有心模仿，方淳也没有给宋安这样的机会。

　　当宋安久违地睡到自然醒，已经过了中午，睁开眼，床的那一侧已经不见人影。

　　她平静如常地从地板上捡起文胸，走到穿衣镜前，将衣服一件件穿好，继而洗漱，做一人份的午饭，打开电视听午间资讯。似乎只有程序一般地做完这一切，她这才得以回到熟悉的日常生活，才可以获得某种检视昨晚一切的心理基点。

　　说心情？自然是不悦的，甚至比不悦还严重一点。

　　闭上眼，他的气息、他的汗水、他健硕的身体都历历在目。可睁开眼，人就是这样不见了，像是夜里淅淅沥沥的雨点，到了白天就化作水汽，无影无踪了。

所以，是一夜情？她不愿意承认，可回归理性，除此之外，又别无他想。

宋安自嘲地笑笑，决然地拨通手机里保洁公司的电话。

"喂？是宋小姐，难得您今天在家呢。"

"麻烦让人打扫一下家里。"

她喉咙略有沙哑，三言两语地交代道。

"今天吗，您不是都约周末早上吗？"

"临时有点变化。"

"明白了，我给您安排一下，这就过去。"

挂了电话，宋安环顾四周。

即使自己已经收拾过一遍屋子，她还是想从心理层面上排除掉方淳带来的一切气息。

并非她绝情，只是人的感情有时候就像一颗种子，一旦扎根就再难除去。

"现在插播一条及时快讯。本台消息，自上周石棉县水电站发生泥石流事故之后，今天上午九点国家地震台发布了地震通报，烈度6度，震中位于石棉县城的西南角，目前伤亡情况未知，至于这两次的地质异动之间是否有正向的关联，我们连线先前参与泥石流事故的救援队队长陈慷介绍现场情况。"

时间紧急，视讯连接尚未设立完毕。现场只能听得到陈慷断断续续的语音介绍。

"说关联还是大胆了点，但这两次地质异动时间如此临近，或许和周边地区大规模的商业开发有关。目前我们的工作重点还是在人员物资的抢救上，至于事故分析，需要之后用更多的时间和数据来做进一步研判。"

"那关于石棉县城此次受地震的影响能否为我们做一些介绍？"

"县城里我们已经分出一部分队伍，目前还在工作中，情况最快要晚上才能汇总出来。"

"那就您的经验来看，烈度 6 度的振幅，一般会对当地的人员物资带来多大的危害？"

"6 度只是轻微损坏，但是考虑到当地建筑的施工年份和工程质量，我个人觉得不乐观。"

陈慷队长还在电视那头说着什么，但宋安的心思早已飞向别处。他回石棉了，这个念头在她心中闪过之后，就再也无法挥去。

宋安从床下拖出行李箱，从衣柜里收拾出衣物，又拿上书桌上工作用的手账、钢笔。

犹豫片刻，她还是掏出了手机。

"安，没想到是你呀，我还想你会不会不和我说话了。"电话那头的薇薇语气慌乱。

"不至于。出外采是我自己的决定，被处分也是正常的。"

"安，没想到你会这么想，毕竟是我接了你的位子，你不开心也是应该的，我不该把咱们之间平时的抱怨话也给说出去的。"

宋安笑笑，并不接话。

"薇薇，我决定了，我要去石棉。"

"什么，还要去？"

"对。"

电话那头一阵错愕。

"安安，我不明白，何编不是要给你调岗了吗？你这么走了，大家会很难堪的吧。"

宋安摇摇头："我没想让任何人难堪。石棉是我下一个阶段的工作内容。这点还要劳烦你转告何编。"

"安安，我求你先冷静一下。起码让我来开车送你，好吗？我这就过来，报社真的需要你。"

"好。"

宋安笑笑，想说的话却没说出口。

谁又被这个世界真切地需要？名为世界的怪兽，离开谁都运转泰然。

你是无关紧要的人，我是无关紧要的人，我们都是无关紧要的人。

维系我们的从来都是片刻温存的幻觉。

市区距离石棉二百公里的路程。

夏秋交际，雨毫无规律，不知从什么时候起，天空又时有时无地飘起了小雨滴。薇薇紧握着方向盘不敢大意，紧紧沿着山路内侧，蛇形而去。辩论了一路，薇薇终于也累了，车外雨刮左右摇摆，车里两人相顾无言。为了缓和沉闷，宋安俯身打开车内的收音机，一片雪花声后，灾区的应急电台传来最新的情况进展。

"因塌方不断，直到今天下午，救援物资才陆续运抵石棉县城。目前，绝大多数灾民被集中在县城3个安置点内，基本食物和饮用水能够维持，但帐篷的缺口达到1500顶以上，许多人仍然要在冰冷的体育场看台上过夜。另有一岁以下的儿童奶粉缺口较大。目前仍在生命搜救黄金72小时之内，抗震救灾部队仍将生命搜救放在第一位。抗震救灾部队以及志愿队伍已明确下一步行动三大重点：生命搜救、抢运物资、卫生防疫。"

"我说，现在后悔咱们掉头还来得及，到了那边再跑的话影响可就不太好了啊。"

薇薇一路无话，只是看着前方越发泥泞的道路忍不住说道。

"你什么时候见我后悔过。"宋安自信地笑，将头发别到耳后。

"我就是怕你死鸭子嘴硬，自己难为自己。一开始你说要跟灾区新闻，我当你是为我考虑，现在呢？把自己赶上墙下不来了吧。灾区不比市区，光是食宿条件我就怕你够呛。"

"没那么夸张啊，别人受得了，我为什么受不了？"

"没我说的这么夸张？刚才你也听见了，电台里说缺帐篷，要在体育馆里过夜。再说，你不是刚从石棉回来，受的伤还没好利索吗？这种时候跑到那种地方，伤口再感染很麻烦的啊。"

宋安笑着从自己的手包里拿出支惯用的钢笔夹在薇薇的衬衫口袋上。

"哟，跟了你这么久的 Pelikan 也给我？别是贿赂我做什么坏事吧。"薇薇受宠若惊。

宋安看着黑黢黢的山路延伸在面前，默然说道："这是我做财经记者完成第一个封面的时候，何编给的。"

薇薇瞥了眼后视镜，见宋安脸上一丝凄然划过，也是一怔："和你开玩笑的啦，有事随时招呼，我在大后方等你凯旋，何编不是说你的大办公室还给你留着嘛。"

陈旧古朴的小镇，地震过后显得疮痍满目。宋安就着暗淡的灯光，打量着黑暗中的一片残败。陈年的木梁埋藏于瓦砾之间，远处的电线杆七零八落地插在龟裂的地面里。蔫了的庄稼歪歪斜斜地在地里倒成一片。

车在一片零星的灯火前停下。

"到了，听消息说，这里是灾区目前最大的安置地。"

薇薇递过一张对折起来的信笺："来之前，我让报社给开了介绍信，应该多少能派上点用场吧。"

"嗯，谢了。"

宋安接过，并不打开，只是放进胸前的口袋，一步步地向远处的灯火走去。

"来的路上我让报社里的外联和他们沟通过了。你先安顿下，晚点会有人来照顾你。"

"行了，就到这儿了，别像个老妈子似的。"

宋安冲着身后摆摆手。

所谓安置地，不过是当地的一所小学。学校正门处的石棉县第一小学的黑体招牌依稀可辨，走廊的墙壁上也不时可以看见孩童稚嫩的涂鸦笔触。宋安扶着墙正要细看，一个瘦小的身影站在她对面。

"是宋记者吗？"

来人拘谨地小声询问，像是等待多时。

"有人和你提过我？"

宋安没想到这么快就有人来接应自己。借着灯光一看对方不过是个十八九岁的小姑娘，一副学生模样。

"啊，陈队说有个记者会来灾区工作，让我们尽量配合你的需要。"

"所以这个记者一定是我？"

"也不是这个意思。"

小姑娘捏着衣角急得满脸通红。

"那是？"

小姑娘指着宋安缠着绷带的腿："淳哥路上救了个受伤的记者，队里都传遍了。"

"都怎么传的？"

"呃，都是瞎传。淳哥不让说，只是交代我先安顿您住下来。"

"宋安，叫我安安就好。"

宋安见小姑娘一脸为难，不再追问。小姑娘一直咬着嘴唇，这会儿多少才放松下来。

小姑娘将宋安领到一间教员宿舍里。屋子不大，门正对着窗户。靠着窗户的位置放着张陈旧的书桌，玻璃下压着块雪白的桌布，桌上左边放着台灯，右边放着蜡烛。屋子左手边放着张木质的高低床，铺位上铺着新换的寝具，粉色的床单上锦簇的牡丹和空无一物的房间格格不入。整间屋子显然是被人细心收拾过。

　　小姑娘扭开办公桌上的台灯，灯泡挣扎了几下，发出点昏黄的光。

　　"队里下午才通知的我，也没太多时间准备，就……"

　　宋安放下行李，坐在床上。

　　床架子不堪重负地发出咯吱的一声。

　　"这个地方条件有限，多余的行军床又都搬到别的地方去了，临时错不开。"

　　小姑娘说着一脸抱歉。

　　"没关系啊。都挺好的，就是这灯怎么回事？"

　　宋安指着忽明忽闪的灯，忍不住说道。

　　"啊，这边电压都不够，队里好多设备也要用电，所以我们一般都不开灯。我想着既然是记者肯定要写东西，没盏灯也太不像样子，没想到电压这么不行。"

　　宋安点点头，从口袋里摸出打火机，点燃蜡烛，拧灭台灯。

　　火光照得小姑娘红润的脸蛋越发娇美。

　　"你叫什么名字？"

　　宋安将随身携带的笔记本摊放到第一页。

　　"我叫田玲，您叫我小玲就行。"小姑娘扭捏地说道。

　　"你也是救援队里的？"宋安指着小姑娘身上的救援队的外套，宽大的肩膀塌陷出一块，显然不是她自己的尺码。

　　小姑娘赶忙摆摆手道："我还算不上，救援队的要求可高哩。我是跟着淳哥来这里学习顺便帮忙的，我是川大的学生，学地质的。"

　　"这样啊。"

　　小姑娘左一口淳哥右一口淳哥叫得亲切。宋安不再多问，合上桌上的本子。

　　"安安姐，你先休息。等他们回来我喊你。"

　　"不用，他们什么时候回来？我自己去找就行。"

"他们没准点，都是两班倒。一班作业一班休息，只不过淳哥连休息都会在现场凑合着睡。"

"噢，好。"

"有事您就叫我，我就在隔壁，明儿早上开饭了，我给您送过来。"

"谢谢你。"

小姑娘走后，宋安推开窗，独自一人在床上坐定。大腿处被绷带裹得严严实实，闷热难忍，她索性将裙子脱了，露出两条玉洁的细腿。

窗外的风虽然谈不上凉爽，但好歹带走些小屋角落里的霉菌味。

宋安脱下黑色的丝质文胸，从行李中取出件素净的白 T 恤换上，这才觉得像换了个人一般松快。

她躺倒在床上，手里举着笔记本，灾区的情况她还全无头绪，只能草草地罗列上一些关键词：心理应激、生产秩序、卫生免疫，盘算着具体的采访计划。按理说，这是标准受灾稿件中必备的信息，然而太过完满的信息却围出一块事实的真空地带。

宋安在纸上写写画画着，依旧抓不住自己想要的稿件质感。回过神来，本子上写着的不过是方淳两个字。她拿着铅笔的末端，沿着方淳两字的字形，反复描摹，试图归纳她笔下第一个人物的性格特点。

少言。

宋安想起他手里拿着自己的文胸，语无伦次地站在自己面前，一双乌黑的眼睛死死地看着脚下的样子，然而犹豫片刻还是把少言两字划去，利落地写上不善言辞，又在底下加上一道重重的下划线。

嗯。她对话太多的人先天没有好感。精巧的人难免总是滑入油腻。而他，似乎更为狡猾地处于两者之间，洞若观火，却又木讷无言。有意占据着宋安的心事，好让她无法归类。

罢了。宋安把手包里的东西一股脑地倒在床上。沛纳海的手表第一个掉出来，宋安下意识地将表捧在手里。硕大的表盘几乎填满宋安小半个手心。沉稳的黑色表面，阴晴不定地折射出摇曳的烛火。细软的牛皮表带上，齐整地走上一圈米白色的缝线，粗中有细，黑白分明。

宋安小口吹灭烛火，青色的烟烬盘旋个小半圈就湮没在屋里的黑暗中。她翻过身，脸对着墙，脑海里不自禁地勾勒起方淳的模样，指间不住地摩挲着粗壮的表冠。

门外一阵粗重的脚步声，临到门口却又无故地轻了些。凝神细听，似乎是宋安熟悉的声音。她突然想起小姑娘走后自己没有落锁，正后悔着，门外那人已经推门而入。

宋安紧闭着眼，屏着自己的气息，留意屋里的动静。

那人却并不显得急迫，似乎是靠着门边静静端详着什么，等到确认屋里没有动静，又轻着脚步在书桌前落座，将窗户开得更大了些，接着悠然地从怀里摸出一支烟点上。

四下无声，唯有皎洁的月光透过云层影影绰绰地洒在屋里。来人抽得很慢却很猛，一支烟的工夫像是过了一万年。空气中依稀可辨出烟草急剧的燃烧声，之后便是长久的间隔，伴随着粗重有力的呼吸声。末了轻微的一声，来人似乎在桌面上放下了什么，起身便要离去。

"既然来了，这么快就要走？"

来人一怔，缓缓回过身来。

"是被我吵醒了，还是没睡？"

方淳靠在门边，淡蓝色的月光投在他轮廓分明的脸上，挺拔的鼻梁则在另一侧脸上留下一片阴影。

"被你吵醒了。"

"嗯，那你快接着睡。"

方淳一脸倦容，起身离去。

"找我有事？"宋安在他身后问道。

方淳回过身用手比画着书桌上的东西——两卷崭新的绷带。"估计你用得上，这边医疗用品暂时缺口比较大。"

"噢，特意送过来给我的？"宋安直直地向方淳看去，凌厉的目光把方淳逼入一个死角。

"不是。"

稍做停顿，却再也没有下句。

"我没想到你会愿意过来，就单纯想来看看你。"月光下的方淳一双乌黑的眼睛静如止水地望向宋安。

"正好，我也有东西给你。"

说完，宋安从枕头底下摸出方淳的手表，悄无声息地搁在书桌上。

方淳在书桌前落座，不慌不忙地把手表系在自己结实的手腕上。

"走的时候为什么不喊醒我？"

月色中，方淳的表情看不真切。

"你不该来这里的，这里不适合你。"

"那你呢？"

方淳难得地咧开嘴，干笑了两声："我逃不开的，我属于这里啊。"

方淳眼睛里的光芒越说越暗淡，宋安便不再多说什么，干脆换了个话题。

"喜欢海？"

宋安背倚着墙，抱着双腿对着黑暗中的方淳发问。

方淳脸上的肌肉一僵，眼睛扭向窗外。"怎么突然这么说？"

"川内多盆地，你却戴了块潜水表在手上。"

方淳嘴上一笑："你想多了，也许我只是单纯喜欢这个款式。"

"你不是那种会因为某个款式买东西的人。"

宋安声音很小，却说得笃定。

"是吗？那我是什么人？"

"你是那种躲着自己的人。"

"何以见得呢？"

方淳依旧是坦然坐着，眼睛眯成一道缝。"刚才给你表的时候，你看都没看一眼，也许我故意拿错的给你呢。"

"你呀，太喜欢捕风捉影了。"方淳摇摇头，并不接话。

"职业要求。但大多数时候是对的。"

宋安瞧着装作不动声色的方淳，心里却是十足自信。

"那你呢？人总是喜欢从自己的角度出发去猜度别人，所以我看你也是躲着自己的人，对吗？"方淳话锋一转，眼神也就势直逼着宋安看去。

宋安并无惧色，淡然答道："也许我也是躲着自己的人，但我和你不同的地方在于我不会欺骗自己。"

"听起来不错呢。"

方淳只是嘴上这么应了一句，并不表示赞同也不反对，更像是引导宋安说下去。

"谢谢你的绷带。时间不早了，我该休息了。"

方淳站起身，走到宋安身边，隔着被子挽着宋安的手："这里夜里凉，多盖点被子。"

说完，方淳起身，轻声将门带上，阔步向门外走去。

夏天天亮得早，远处鸡鸣不过三两声，天已然大亮。虽然睡得不多，但离开城市的喧闹和办公室里的琐碎，睡眠质量竟比平日来得更好些。宋安慵懒地睁开眼，蒙眬间，两卷绷带安然端放在书桌上。似乎昨晚不曾有人来过，也好像来过的人不曾离开。

门外一阵清脆的敲门声。

"进。"

"安安姐，我们这里早饭吃得早，我也不确定你是不是醒了。"

田玲捧着托盘，初升的阳光照在本就水灵的脸蛋上更显出几分朝气。

"不会，昨晚睡得很沉，也该醒了。"

宋安挣扎着试图起身，田玲赶忙起身按着宋安的肩膀："在这儿吃就行，也没外人。淳哥说了，在这边要小心伤口感染，尽量让你在屋里吃。"

"我没那么娇贵。"

宋安气还没消，至于伤口，她也不觉得需要像他说的那样小心翼翼，过了这么多天还能出什么事儿。她取出件姜黄色的棉麻布裙换上，身上仍旧是昨晚的白色棉 T 恤，脚上趿拉着一双坡跟鞋，在桌前坐下。

"哎呀，有换着用的就好，我来的时候还在犯愁去哪儿给你找新的呢。"

田玲指着桌上方淳拿来的绷带喜不自禁。

"灾区现在的医疗用品还有多少缺口？"

"具体的数字我也不清楚，就是外面好些个受了外伤的人，都没的换，有的都发炎流脓了呢。"

"拿去给需要的人吧。"说着宋安把绷带塞在田玲的口袋里。

"这，不行吧。你给了我，安安姐，你自己怎么办？"

小姑娘一脸为难。

"我没事，用不着。"

"可要是淳哥知道了……"

"有我在，他不会为难你。"

"呀，那我先谢谢安安姐了，等回头有多的了，我再拿过来。这饭快趁热吃吧。"说完，田玲揭开托盘上虚掩着的锅盖，一股热气伴随着豆香升腾而出。

"这是你做的？"

宋安拿着调羹划过奶白色的汤面，嫩绿色的小葱沉浮其间。

"小地方的东西，在我们自贡老家，家家户户都会做这个富顺豆花。"

田玲姑娘两只眼睛睁得乌溜溜的，看着宋安举着调羹送入口中，迫不及待地问道："安安姐，觉得怎么样？"

"口感很嫩啊，我很喜欢。"听着有人夸奖自己的手艺，田玲姑娘的眼睛笑成一道缝，红扑扑的苹果肌着实可人。

"安安姐要是真喜欢，我可以天天给你做哩。"

"灾区的人都有的吃吗？"

宋安放下调羹，比画着窗外在操场上搭帐篷的众人。

田玲姑娘低着头抿着嘴唇摇头道："旁人一天的口粮现在只有一碗泡面跟一块面包，都说路通了吃的会多，但是现在来的车队主要都是来救人的，暂时还顾不上食物这方面。而且就这面包还是咱们这个安置点才有的呢，别的安置点配的都是一包饼干，那个东西干巴巴的总磨着胃，时间长了怎么吃得消呢。"

宋安在笔记本上匆匆记录着，忽而指着自己吃了大半的富顺豆花："那这碗豆花是从哪儿来的？"

田玲姑娘说得正起劲，被宋安的问题一下给问住，支支吾吾道："是我自己带的黄豆，准备做给救援队里的哥哥姐姐吃，这豆花做起来容易得很，不费事的。"

"我只是个外采记者，不是救援队的，没出力，吃你的豆花不合适。"

说完，宋安放下调羹，掏出钱夹就要付钱。

田玲姑娘急得闭上眼睛连忙摆手道。

"这可不行啊，是淳哥让我把他的那份给你端来的。"

"哦。看来，我又沾了你淳哥的光了。"

宋安吐着舌头故意说得凄然，眼睛却向田玲姑娘瞄去，小姑娘急得面红耳赤道："安安姐和淳哥在我这里都是一样的，做给谁吃我都心甘情愿的。"

宋安不接话，端起豆花仰头而尽，又故意吸溜着嘴角。

"行，只要都是一样的就行。改天我也要向田玲姑娘学学手艺，今天这碗豆花的情，是肯定要还的呀。"

田玲姑娘看着宋安仰头而尽，说话又怪声怪气的，这才反应过来刚才都是拿自己在取笑，于是也咯咯地笑了起来。

吃过早饭，宋安又拉着田玲姑娘打听了些灾区生活安置情况的细节。这才在书桌前坐定，就着案头的笔记，在笔记本上草拟出一篇关于灾区情况的最新通讯。

"怎么样，一切顺利？"

"只能说暂时没出问题，何编说这几天就要去看你。"电话那头薇薇压着声音回复道。

"报社里其他人都好吧？"

"你就别管别人了行吗？你自己呢？手头的事情顺利吗？"

"找你聊的就是这个。薇薇，这里实际需要的物资和已知的出入还是比较大。我编了篇稿件给你，你帮我组在台里的报道里。"

"这个好说，你发过来，我先看看。"

断壁残垣的小镇，遍地瓦砾。大型机械已经撤出，方淳几个人拿着工兵铲，围在一间倒塌的民房前。两堵承重墙彼此交错着，随时都有进一步坍塌的可能。

"方队，不知道人在底下的具体位置，我们不太好动手。万一……"

方淳回身招呼木头道："拿家伙看看下面。"

木头放下个长方形的盒子，从里面取出一节节铝制的长管，装在一起，小心翼翼地向洞口探去。洞口里的光线很差。方淳死死地盯着监视器，忽而一只孩童的小手在监视器上显示出来。

"再进去点！"方淳厉声向举着探测仪的木头说道。

木头试着变化了几个角度，咬着唇摇头道："不行，方队，已经是极限了，洞口直径太小，伸不进去。"

"你们往后撤。"

方淳脱下外套，抓过一只手电，猫着身子，匍匐着钻进墙缝里。他用手电敲击着裸露在外的钢筋，沉闷的金属撞击声，像是被吃掉了似的，传入地下却再无回音。方淳仍不死心，手里加着力道狠命向钢筋砸去。

"里面的人，听得见吗？"

队伍中没人说话，静悄悄的，大家都竖着耳朵仔细倾听。

夏日的蝉鸣一声紧过一声，屋子底下却静得出奇。

"我们是救援队！听到了就敲一下手边的东西。"

众人面面相觑，依旧是没一点动静。

木头转过身，一个人默默地收起手里的探测器。负责队里外联事务的唐毅，一直站在一边看着。这下终于忍不住，弯下腰将方淳从洞里拉出来。

"淳哥，还有机会的。我们再试试别的地方。"

"别的地方？底下的人还没答应我。"

方淳取过切割钳，又要回身钻进去，却被唐毅一把拉住："淳哥！已经……"

唐毅看着方淳瞪得圆圆的眼睛，不忍开口，只得看着两臂被钢筋刳得伤痕累累的方淳重新爬进洞里。众人守在外面，土墙底下传来一声声钢筋被铰断的声音。

原本噤若寒蝉的人群中渐渐有人小声议论："方队有点意气用事了。现在时间这么宝贵，是不是应该先顾着机会更大的处置点？"

"是呀，其实明眼人都能看出来的，唉。"

有人摇头，有人叹气。

只有方淳魔怔一般依旧用手不断地刨着。

烈日当空，无风，云静止一般，不见进展的现场，越发灼心。

一阵敲门声。

田玲姑娘探着个脑袋，引着一个中年男人进了门。

"安安姐，救援队的陈队过来看你了。"

来人脱下救援帽，显出一张标准的国字脸，浓而苍劲的眉眼不怒自威。纵使一丝不苟的平头显得很精神，但眼角细密的皱纹和隐隐的一层胡楂，依旧藏不住沧桑。

"你好，我是陈慷。"

"陈队长，你好，我是记者宋安。"

说着，宋安刚要起身，陈慷摆了摆手。

"不用起来了。听小田说宋记者带着伤来灾区支持我们的工作，本该昨晚就过来看看你生活上有什么不方便的地方。可事情一茬接着一茬，顾不过来，宋记者见谅了。"

"是我过来给您添麻烦了。"

"哪里，既然是老何介绍的人，这点麻烦不算什么。"

宋安一怔："您认识何编？"

"我们认识有些年头了。"陈慷微微一笑。

"算起来，我和老何是一届的校友。他念新闻，我读的地理。只不过那个时候彼此都闷头忙，不爱交际，所以一直也没认识。后来我到了省里的地质勘探局，队里出了事故，报社派他来采新闻。这才重新搭上联系。后来我从局里退下来，成立了这个救援队，能走到今天，老何一直没少出力。所以，有什么需要，和小田说或者直接找我，都可以，千万不用客气。这边条件有限，但能争取的我们一定争取。"

"谢谢陈队，我这边没有别的需要，倒是想请教您一些问题。"

"请教谈不上，我知无不言。"

"不仅是我，外界也有很多朋友关心现在石棉的受灾情况、受困群众的安置方案和物资缺口以及可能的伤亡数字。"

陈慷听完宋安的问题，微微一笑，似乎问题都没有超出自己的预计。

　　"小宋，你的这几个问题，恐怕我都回答不了。昨天夜里受灾地区才陆续开始恢复通信。有关方面也都在第一时间进行数据汇总。我理解你们新闻工作者的苦衷，现在嘛，什么都需要短平快。但死生为大，这个阶段的情况通报，会直接影响到后续营救方案的制订。所以这个时间点我提供给你的反馈信息很有可能是不负责任的。至于群众安置，基本上还是以当地既有场地设施作为主体，食物补给这块，各级防总都有存量物资，虽然还有缺口，但在交通恢复之后，这个问题很快就会解决。发生这样的地质事故，最重要的就是抢救人员，毕竟时间不等人。"

　　见宋安略显失落，陈慷接着说："你的问题本身都没错，就是稍微急了点。等我收到准确的信息第一时间告诉你。"

　　宋安合上手里的笔记本，她是有些失落，但并非因为陈慷的回答。相反，陈慷的回答让她看清楚自己置身于事件之中旁观者的身份。薇薇说得对，人对远离自己经验的事物的关心大概真的是种表演。

　　陈慷拧开保温杯，缓缓喝上一口："宋记者平时主要做哪块的新闻？"

　　"财经口接得比较多……"

　　"这样啊，那就难怪对数字比较敏感了。等恢复得差不多了，我让队里的人带着你四处看看。对你的报道应该有帮助。"

　　宋安指着自己的腿，一脸无奈道："不用等恢复啊，我这伤早就好了呀。"

　　陈慷瞄了眼宋安腿上的绷带神色严肃："好没好不是自己说了算的，这边蚊虫多，要及时更换敷料，不然感染了更麻烦。"

　　门外突然闯进一个喘着粗气的男子。

　　"陈队！"

　　见有外人在场，来人犹豫片刻压低声音说道："陈队，现场有点事想要和您汇报一下。"

　　陈慷微微点了点头，示意来人继续说道："宋记者是来这里做采访的，不是外人，有事情直说就行。"

"是，方队。"来人说着面色为难。

"他怎么了？"

陈慷听完不自觉地蹙起眉头。

"方队根本也不听大家伙劝，一直死守着一个现场。"

陈慷听不出事态的严峻，摆摆手："你们方队这么做，肯定是有他的考虑，你们现场处置的经验不多，要多用心学。"

来人见陈慷并没有听明白自己的意思，着急补充道："不是，陈队，现场还有很多希望很大的处置点吧，队里面不少人都觉得应该功利一点，本着效率优先的原则，先紧着那些施救条件更好，存活概率也更大的处置点。方队的行为，就算是我个人也不能赞同。"

陈慷并不接话，稍做沉吟："行了，别说了。有这个时间斗嘴还不如留在现场！大家伙的意思我懂，这种情况有这样的判断也难免。但身体发肤受之父母，谁有希望，谁没希望，把存活率拿来作为我们行动的前提，终归不合适，大家但求尽力吧。"

"陈队！可探测仪的数据和现场的情况都不乐观，呼叫了半天，也没有回应。个别队员觉得底下的人已经……只是不好说罢了，再说方队这样也不是第一次了，您又不是不知道。"

"哦，这样？"

陈慷抓起救援帽子就往外走，见宋安跟在后面，转身不容置疑地说道："现场情况比较复杂，你就留在这里。"

等到陈慷等人到达现场，日头已经微微有些偏西。方淳依旧带着人趴在墙缝里。洞口已经被清理出小半个井盖的大小。人群中不断有人小声议论，但见到陈慷也都噤了声。陈慷把唐毅叫到一边："现场现在什么情况？"

"监视器上显示下面有个孩子，从各方面的体征来看，不乐观。孩子四周都是钢筋，只能从边上开个小洞下去。作业面很小，别的人一点帮不上忙，方队比较坚持，一直在努力。"

"你先带着别的队员去别的处置点吧。"

"那这边呢？"

"按我说的做！这边有我。"

"是。"

匍匐在墙缝里的方淳只露出一双靴子在外面，鞋面上划得伤痕累累，墙缝里不住地有尘土扬出。本就狭小的角落，空气污浊，方淳禁不住不断咳嗽。

陈慷给守在一边的木头和胖子使了个眼色。胖子和木头两人各自拉住方淳一条腿，将他从墙缝中拉了出来。强烈的光线变化，使得他眯着眼睛半天才得以睁开眼睛。

"陈队，你来了。"

陈慷从自己脖子上解下一条毛巾，扔给方淳："再不来，我怕你晚上住在里面。"

方淳用毛巾擦过脸，听出其中的嘲讽，无奈地笑笑却并不辩解。

"情况怎么样？有什么进展？"

方淳重重地喘着气："直径快够了。"

"困在底下的人怎么样？"

陈慷不经意地随便一问，说完盯着方淳的眼睛，左脸颊却不经意地抽搐了一下。

"您也觉得不行了是吧？"

陈慷早年在地质勘探局出过事故，从山崖上坠落，伤到面部神经，每次心口不一的时候，脸上总是藏不住。

"我没有调查，不如你有发言权。但如果你需要我的经验做判断，我现在就站在你面前。"

"我看我还是晚点听吧。"说完，方淳把毛巾系在脖子上，猫着腰重新爬进墙缝。洞口的宽度已经勉强可以容下一人的肩，但最后一根锈蚀的钢筋挡住去路。即使方淳用尽全身力气，却因为别着手，总发不上力。

"液压钳！"

方淳对着外头的木头喊道。木头刚要将半人大的液压钳送进墙缝，却被陈慷一把按住："淳子！你想好了！结构出了问题，你自己也在里面。"

墙缝里良久一阵沉默。

"我知道，给我液压钳。"

陈慷听罢不再阻拦。众人眼睁睁地看着巨大的液压钳被送入墙缝深处。只听得清脆的一声金属声，钢筋应声而断，巨大的应力使得钢筋重重地打在墙壁上方，大块大块的沙石顺着墙壁的裂缝砸在方淳后脑勺上，同时也径直落入洞口。

"淳哥，淳哥！"

守在外面的胖子和木头，见里面没有动静，即刻取来工兵铲，奋力将碎沙石从墙缝里清理出来。然而掏出来的越多，沙石越是向墙缝中涌入。方淳这边被砸得迷迷糊糊，耳朵和衣服里都灌着沙石，过了半天，听着外头有动静，正要回答，却听得自己身下真真切切地传来一声微弱的咳嗽声。直到方淳再一次确认了那声音，这才不再怀疑自己的耳朵。

"你听见了吗？"

"啥？"

"刚才是淳哥的声音吧？"胖子和木头面面相觑。

"淳哥，是你的话就大点声。"胖子扯着嗓子对着墙缝里面喊道。

"人还在。"方淳用了全身力气，不过微弱的一声。

陈慷一怔，立刻抓过电台叫来人手和担架。众人操着工兵铲，迅速将墙缝挖出一个豁口。

"叔叔在这儿，递给叔叔一只手，来。"

方淳在底下看清楚了孩子的位置，身子慢慢向里靠着。孩子张着嘴巴，小声地喘着粗气，颤颤巍巍地伸出一双满是泥灰的手。方淳一把抓住，正要往外带，孩子身下似乎有一股劲儿拉扯了一下。他来不及细想，死死地抱住孩子，腰间发力。

"要出来了，你们上面准备好东西盖一下。"

方淳咬着牙，两只脚勉强抵住墙缝，双臂同时发力，将孩子托举过头顶。胖子接过去，立刻用自己的外套盖住孩子的眼睛。

"淳哥！你怎么样？我们这就拉你出来。"

"等一下。"

方淳又重新摸回洞口，寻着刚才的位置，向下探去。一个穿着素色棉衣、粗布花裙的女子，细灰蒙在脸上，双手像是凭虚环抱着什么。

"我这就拉你出来。"方淳够着身子，努力把重心移过去。

女子并不应声，沉重的眼睑依旧耷拉着，安详的神态下像是听不见俗世的声响。

"把手给我。"方淳伸出手，刚碰上女子的胳膊，便已是冷冰冰的触感。

胖子抱着刚刚回到地面上的孩子，举着手台大声招呼着医疗队。怀里的孩子被蒙着眼睛，手脚下意识地抽搐，鼻子里喘着粗气，嘴里呜咽着似乎想奋力说些什么，像是被困在过度惊恐的梦中。

方淳按着孩子的手腕，慢慢地使得孩子紧攥的拳头舒展开来。赶来的医务人员一刻也不敢耽误，抬着担架，一路小跑向驻地医疗站赶去。

直到孩子离得远了，方淳这才默默回过身，指着墙缝底下，摇了摇头。

Chapter 6

对你感兴趣

夕阳西下，锈红色的太阳逐渐淹没在远处的树梢。

队员逐渐散去，本就颓败的小屋更显出一片狼藉。方淳脱了衣服，小麦色的臂膀上点缀着粒粒金色的汗珠，锁骨上更是浅浅的一汪。晚风从四面八方吹来，经过他汗湿的身体，又赶往别处。他坐在一根断成两截的房屋大梁上，定定地注视着眼前的那道墙缝。

"跟大家一起去吃点东西。"陈慷拍着方淳的肩膀说道。

"不饿。"

"你不饿，那你的那些小兄弟呢？都和你一样？都成仙了？"

方淳回身瞧向站在不远处的胖子和木头，两人垂着脑袋，身子斜靠在墙上，趁着休息时间赶紧闭眼打盹。

方淳心里一紧，怪不落忍地走到两人身边，清了清嗓子。

"方队，下一个处置点去哪儿？"木头听见脚步声，使劲睁开迷糊的睡眼，下意识地答道。

方淳接过胖子手里攥着的工兵铲："你们饿不饿？"

"还行，早上吃得多，还能再撑会儿。"

胖子刚说完，肚子便不合时宜地叫着表达抗议。

"走，一起去吃点东西。"

方淳走在两人中间，一手搂着一个，向驻地食堂走去。

说是驻地食堂，其实不过是天蓝色的救援帐篷连作一排，底下放着一字排开的课桌椅。帐篷底下，小田姑娘挽着袖子，手里操着大勺，在锅子里来回搅动，不时给过往的队员递上一杯熬好的绿豆粥消暑。

"安安姐，吃得惯不？"田玲姑娘用手背擦了下额头渗出的细汗，关切地问道。

"吃得惯，我这人没什么忌口。"

宋安独自坐在最里面的桌前，并没有什么焦点地打量周遭。破败的小镇，最好的路面不过是几条石块垒就的小道。小镇里新修的房子，虽然多数都告别了木梁土墙的老式结构，但筷子粗的钢筋显然抵御不了地震的侵扰。虽然她不愿意承认，但从新闻从业者的角度看，这当然是一个落后地区欠发展的悲情故事。讽刺的是，如果不是地震，这种偏远小镇大概一辈子也没办法出现在社会主流视线里吧。

"那就好哩，粥烫嘴，你多划拉划拉，等凉了再吃。"

小田姑娘使劲冲宋安眨了眨眼睛，正要再说些什么，眼角的余光里瞥见方淳带着胖子和木头从远处走来。

"淳哥胖哥你们回来啦。"

"小田，今天有啥好吃的不？"胖子说完就提起大锅盖。

"啧啧，绿豆粥，可以可以，要再搁点老冰糖在里面就美咯。"

"再有两块豆腐乳更好。"木头跟在后面幽怨地补充道。

"有有。你们说的都有。今天来了个部队首长运来好多物资。"

"路通了？"方淳手里的绿豆粥刚端到嘴边，立刻反应道。

"是啊，中午就送到了，整整来了三辆大车呢。"

"哦，那就好。"

说着，不经意地瞧了眼坐在角落里的宋安。

正值饭点，帐篷底下再没别的位子。宋安瞧着方淳一行人端着碗站在一边，好意说道："我就一个人，不介意拼桌。"

方淳装作没听见似的，木头人般地立着。倒是胖子后知后觉，自来熟地端着碗径直坐下："谢谢宋姑娘，我们吃得快，等一下就给你腾位置啊。"

"不着急，你们辛苦。"说完瞥了眼站在一边的方淳。

见刚坐下的胖子已经独自埋头吸溜起粥，方淳只得带着木头坐在宋安身边。四人相顾无话，各自吃着。

"哎哟，胖哥你慢点，别呛着。锅里还有，管你够！"小田在一边看得直跺脚。

"那敢情好啊，哈哈，盛情难却，我就再来一碗吧。"说着怯怯地把碗递过去。

方淳用筷子挡在胖子递出去的碗边正色道："够了。每人每顿有标准，都按你这么个吃法，老百姓怎么办？"

说着眼睛扫了一眼不远处排队等着开饭的受灾群众。

"哦。好。"不得已，胖子只得缩回手。

宋安整日在屋里静养，本身就没什么运动量，加上嘴里没味，见状就把自己碗里的粥倒给胖子。

"刚盛的，没怎么动，不介意的话。"

"哎哟，这怎么好意思呢！那我只能恭敬不如从命，谢谢宋姑娘了。"

正说着，一个白水蛋从宋安的碗里掉到桌上。胖子一愣。

"小田！你这就不合适了吧，咋别人都有白煮蛋，你胖哥碗里吃到底也没见个影啊。我也不是要求什么特殊待遇，可这基本的一视同仁还是应该做到吧。"说完就伸出筷子在木头碗里划拉。

方淳听着，并不接话，只是自示清白地在自己碗里划拉了一下。

"都没有，吃你的饭吧。"

"胖哥，你可误会我了，我没有想着不给你吃的……"小田姑娘用眼角的余光瞧着方淳，嘴里说得磕磕绊绊。

"是淳哥，说把自己配额里的鸡蛋，留着给安安姐吃的……我才……"小田越说越小声，像是个被当场抓住的犯人。

胖子和木头齐刷刷地看向方淳，场面一度十分尴尬。方淳用碗挡着脸，故作大声地吸溜着粥，依旧觉出自己脸上火一般的几道目光。

"这也没什么。宋记者不算队里的编制，不受口粮限额的规定，加上还在养伤。"

方淳放下碗，把白水蛋从桌上捡起来，在嘴边吹了吹，重新放在宋安碗里。

"一个鸡蛋而已。"方淳别过脑袋对着胖子，故意回避宋安的眼睛。

"所以，这是你的配额？"宋安盯着方淳的嘴角，锐利的嘴角干净利落，此刻却半张着，不知道说什么好。

"忘记和队里说一声，我胆固醇偏高，给我就浪费了。"

"哦。"

宋安用指尖将白水蛋上薄薄的一层蛋衣挑开，一层层地撕下，随后用筷子从中间用力地一夹。

"那就少吃点啊。"说着并不向方淳看去，径直将半个鸡蛋放在方淳碗里。

方淳一愣，万没想到不过一个鸡蛋还能有来有回的，嘴上却说不得什么，只是绕着碗边，将碗里的粥都喝尽了，光留下那半个鸡蛋。

"方队这是嫌弃我吗，还是我太自来熟了？"宋安嘴里嚼着鸡蛋，说得极坦然。

"不会。"

"那别浪费食物了，灾区那么多老百姓还饿着肚子。"说着用筷子顺着刚才方淳比画的方向指去。

"……"方淳盯着碗里的半颗鸡蛋，像吞毒药似的，一仰而尽。

"时间差不多了。赶紧吃，外头等你们。"说完依旧是标准的阔步走去。

宋安瞧方淳走远了问道："看着不大，跑到大山里面来救灾，家里人知道？"

"我？宋姑娘太客气了，我都奔三的人了。仔细论起来应该是和方队平辈，但在队伍里嘛，一来想给他人前立个威，二来，随大家叫着叫着就改不过来嘴了。"胖子一张嘴便是滔滔不绝。

"我问的是他。"

宋安挑着眉毛向木头看去。她并不知道眼前这个大男孩模样的队员该怎么称呼，只是听着队员们木头木头地叫唤，而眼前的他又显然木木的不爱说话，便猜想是他。

"你自己说嘛！"胖子用胳膊肘顶着木头的身子。

"家里人……"木头说着顿了顿。

"知道不知道都是一回事吧。他们开厂子的，忙得很，天天都有大生意要做，比起担心我，大概更担心钱。我只是不明白赚那么多钱能做什么。我喜欢山，喜欢水，喜欢自然的东西，救人就是很自然的一种选择啊。只是我们很多人都被钱改变了。"

木头说完微微一笑，恭恭敬敬地将吃完的筷子整整齐齐地对拢架在碗上。

"你们慢慢吃，我去外面走一走。"

"啧啧，这种觉悟，家里没个几千万的家底还真是培养不出来。我就不行了，来这儿完全是被逼上梁山啊！你们淳哥回回都从我店里赊装备出来，我借也不是，不借也不好。摔了砸了都是肉，只能跟着装备走，亲自照顾这些家伙。走得多了，倒也成了个半职业选手。"胖子摇着脑袋苦笑道。

"那他呢？"宋安用眼角的余光看去。

不远处的方淳坐在一处田埂里，嘴里叼着一根狗尾草，湿漉漉的头发隐没在随风摇摆的植物间。

"谁？"

"你们方队。"

"方队他，不了解。就知道他是个外省人。"

胖子瞧着方淳转过头，黑漆漆的眼睛正看着这边，咧着嘴打着哈哈。

"哦？不了解的人也敢赊账？"

"他能力强本事大嘛，这个行业，能者多劳，我们做后勤工作的就是要充分地给他们创作劳动条件，让他们没有后顾之忧，所以他在我这里赊账向来都是绿灯。"

"胖哥，你价挺高，半碗粥都换不来你一句实话噢。"

宋安模仿着小田姑娘的语气说道。

胖子明显急了，压低了声音说道："小田和你这么说我了？误会误会，我这人很好说话的啊，宋姑娘你要跟她讲我不是这样的啊。"

宋安摊手，会心一笑："我拿什么和她讲？"

胖子身子向后一缩，这才听明白宋安的言外之意。

"方队不喜欢人问他以前的事儿。我也知道得不多。只知道他是干摄影的，据说卖掉一张照片挺来钱的，但这很可能只是据说，有钱干啥还在我这儿赊账呢。另外有说方队老家在海边，是出了场事故才认识的陈队，接着就被陈队保到这边来了。"

突然一只胳膊从后面搭在胖子的肩膀上："胖哥，赊你的账，我和你回去算。该集合了。宋姑娘慢用。"

说完架着胖子阔步走去。

天光渐去，斑驳老旧的教室里，救援队员们围坐一圈，摇曳的烛光勉强照出队员们的轮廓。站在中间的陈慷托着老花镜，看着手里的记事本说道："和大家分享一下最新的工作进展。今天，出入灾区的几条交通动脉在武警官兵的努力下已经全线打通。这不仅意味着受灾群众安置物资的缺口进一步缩小，也意味着搜救人手和大型机械的增援。未来几天，处置量上的压力会减小，但对质的要求会更高，要确保大型机械在救援过程中不对受困群众造成二次伤害。另外，配合民政的工作，尽快落实失踪人员的身份，回应社会关切。就这么多，各自归岗吧。"

"是。"

话音刚落，不等队员们齐声站起，方淳便独自一个人早早地离去。

"方队，你生我气了？"胖子抓着方淳的衣角，追在后面。

"生你气？"

"我刚才和宋姑娘说的话，是不是有点多了？"

方淳回过身，从口袋里摸出个字条，递给胖子："这是小姑娘家里人的联系方式，和家里人说一声。再去看看小姑娘的情况。"

方淳低头看着鞋面，说完便是长久的一阵沉默。

"就是咱们在江源碰见的那个？"胖子拿着字条脸色一怔。

"嗯。"

两人相顾无言，胖子默默地把字条揣进上衣兜："方队，要不你和我一块儿去？小姑娘是你抱出来的，见到你，应该会更有安全感吧。"

方淳淡淡一笑，神情落寞："这么小的孩子，何苦让她记得这些。我和木头在处置点等你。"

"那行吧。"见方淳心意已定，胖子便不再说什么，径直离去。

灾区虽然通了路，但电力供应依旧吃紧。等到胖子在营地外的山坡上扯着嗓子打完卫星电话，再折回驻地，两侧的临时安置房早已熄了灯。过道黑黢黢的一片，只有队里的医务室透着点光亮。胖子借着光，缓缓摸到门边，并不着急进去，只是静静地透过门缝向里打量。

穿着病号服的女孩背着身子，侧卧在床上，桌上放着的小米粥和牛肉干一口也没动。

"哟，是谁藏了这么多好吃的东西在这儿呢？"

胖子故作吃惊地大声说道，就势推开门。用手背试探了一下碗边，粥已经放凉了。胖子走到床的另一侧，故意捏着包装袋的一角，在手里晃动着，发出窸窸窣窣的声响。扎着马尾辫的小姑娘，身子紧紧地蜷缩在被子里，几缕头发湿漉漉地黏在额头，见有人说话，缓缓睁开眼睛。

"给胖叔叔一块怎么样？"胖子咧着嘴，拙劣地学着少儿节目的主持人，满脸堆笑道。

小姑娘沉沉地合上眼，点头示意。

"那胖叔叔就不和你客气了哦。"胖子拧开矿泉水，剥开牛肉干仰头扔进嘴巴里，故作大声地嚼着。

"这是啥牌子的，吃着还真挺香呢。你看，胖叔叔吃了你的东西，就欠了你一个人情。你胖叔叔在江湖上历练这么些年，别的可能没太多值得说的，但有一点，从来不欠人情债。所以小姑娘，你现在就可以提一个愿望，胖叔叔一定满足你！"

胖子清了清嗓子，背着手，在床边来回踱步道："爱吃的，想玩的，小物件，新衣裳之类的，别客气，啥都行。"

见小姑娘迟迟不说话，似乎酝酿颇深，胖子又急忙补充道："当然，要在你胖叔叔能力范围之内啊。差不多就是你身边的小伙伴，他们爸爸妈妈给他们买的那些东西，你胖叔叔都能买给你。"

胖子刚说完，忽而意识到自己言辞不周，于是张着嘴，怯怯地用眼角的余光看向身后。小姑娘依旧是背着身子，侧卧在床上，和刚才没什么两样。胖子慢慢地转过身，直直地瞧着小姑娘的背影，从一开始他就觉得屋里某处隐隐地不对劲。

"哪里不舒服吗？"胖子俯身蹲在小姑娘身边。

小姑娘抿着嘴唇，微微地摇摇头。

胖子正要再说什么，突然一下子反应过来，起身一把掀开小姑娘身上的棉被："坏了坏了！脑子也是不经用了！就说哪里感觉不对劲呢！这么热的天，怎么能这么盖被子呢！这要捂出毛病的啊。"

穿着病号服的小姑娘，全身已经被汗水湿透，怀里却死死地抱着什么东西。胖子伸手去够，小女孩身上一个激灵，抽搐一般地将怀里的东西死命地压在身下，嘴里努力地呜咽着什么，却不成字句。

胖子吓得面色惨白，只得试着放开手，慢慢退到门边："胖叔叔不好，胖叔叔不看了。"

小姑娘眼见来人退到远处，也跟着慢慢平复下来，嘴里大口地喘着粗气，手里依旧不敢放松。

得益于工程车进驻现场，一批难以通过徒手作业克服的障碍物被从现场一一清除。户外发电机拖着粗壮的线缆，源源不断地将电流送向高处的照明灯塔。现场一片雪亮，机械声轰鸣于耳，医疗车和担架守在一旁，时刻等待被营救出来的伤员。

胖子向处置点一路飞奔，远远便看见方淳手臂上反光的队长袖标。

"方队！方队！"

方淳站在土堆上，正指挥现场调度，见胖子气喘吁吁地向自己跑来，便把木头拽到身边接替自己。

"缓缓气，慢慢说。"说着，方淳用手背擦了擦下巴上挂着的汗珠。

"你，刚刚交代给我的事儿，我，都做了。"胖子弯着腰，双手撑着膝盖，上气不接下气。

"好。"说完给胖子递去矿泉水。

胖子顾不得接，直说道："可小姑娘那边，情况不太好！"

"怎么不好？"

"我去的时候，她整个人缩在床上，东西不吃，精神也不太好。我故意逗了她半天，她却一句话也没有，整个人像是魔怔了似的。我看应该是应激性语言障碍。你看咱们要不要出个人，做做心理辅导工作啊。"

方淳抿着唇，不吭声，隔了片刻才狠着心说道："给她点时间，让她自己去适应。"

"方队，小姑娘还小，这种时候没个大人在身边疏导疏导，会不会不太好啊。"

胖子压着声，细声细语地说着，语气里难得带着请求。

"和年纪没关系。这种迟早要自己想明白的事，你我都帮不上忙。"

"话是这么说不错，可她这么热的天裹床大被子在身上，怀里还藏着个东西，我怕她走极端啊。"

"藏了个东西？"

"嗯。一直在怀里抱着，具体是啥根本不给看。"

"给了多少安定？"

"年纪太小，医生不建议给药。"

"嗯。"

方淳撕下胳膊上的队长袖标，塞在胖子手里："你和木头盯着现场，我去看看。"

窗外阵阵蝉鸣。身处乡镇的宋安，难得逃离都市人的生活作息。于是早早熄了灯，换上丝质睡裙，闲躺在床上闭目清想，大腿根处却隐隐作痛。白天人多事杂，倒也没注意，此刻四下无人，她撩开睡裙仔细一看，发现伤口不知道什么时候已经裂开一道细细的口子，像是报复一般用疼痛换得她的注意力。黑暗中，宋安靠着床头，咬着嘴唇，指尖摸索着绷带的线头，一点点将汗湿的绷带褪下。湿透的绷带夹杂着血污紧紧地贴着皮肤，每撕下一点，疼痛便加倍袭来。

门外一阵熟悉的脚步声，宋安正要放下裙摆遮住伤口，脚步声在门边却停了下来。

"是我。"深沉的嗓音只淡淡的一句，宋安便已听出是谁。

"有事？"宋安语气依旧沉着，手里将刚褪下的绷带重新系上。

"嗯。"

宋安支起身子开门。门里一片漆黑，方淳不得细看，便往门里走去，和站在门边的宋安撞个满怀，两人鼻头便在咫尺。

屋里静得出奇。隔着薄薄的睡衣，方淳似能觉出眼前女子的身形，绵软清瘦的身躯倚在门边，不动声色地微微起伏着，典型南方女人的骨架子。

"怎么不开灯？一盏台灯的电，队里还管得起。"方淳故作平静地说。

"准备睡了。"

宋安信手取过一支铅笔，利落地将胸前的头发盘在头顶。

"那看来又是我来打扰你了。"方淳淡淡一笑。

宋安不置可否，只是踮着脚走回书桌，摸出一根火柴将蜡烛点亮。青烟散去，摇曳的火苗掩映在两人脸上，影影绰绰的，看不真切。

"找我是关于救出来的小姑娘？"

"怎么，你知道？"方淳心里略一吃惊。

"这么小的镇子，又是方队长的光荣事迹，怎么可能藏得住呢？"

方淳苦笑一声，径直走到窗边。

"宋记者业务熟练，要不这露脸的事情也分你一点？"

宋安坐在书桌前，盯着摊在自己面前的笔记本，用拇指压平本子的页角："什么意思？"

方淳收起调笑，凝着眉头，一脸严肃："小姑娘那边，我刚去看了，情况不太好。应激性语言障碍，可能还有自残倾向。家属不在，队里除了小田没别的女的，小田她人又跟着医疗队在现场。所以……"

话到嘴边，方淳不再接着说下去，他嘴角抿成一条线，飞快地用眼角的余光瞥了眼宋安。

宋安眼睛闭着，似是在听，也像是在想着别的事情。

"所以什么？"

"没什么。"

方淳合上窗户，起身向门外走去。

直到方淳的脚步声消失在走廊尽头，宋安也没跟出去。她并非听不懂方淳的言下之意，受伤的女童需要陪伴，需要安慰，能指望的只有自己。然而，自己身子却沉沉的，心里像是生出一道墙，自己可耻地躲在里面。

她把面前的笔记本翻到最后一页，一张撕作两半的照片被她小心翼翼地贴合在一起，半边是父亲，半边是母亲。一身正装，戴着金丝眼镜，胸前插着钢笔的男人搂着珠光宝气的女子，自由女神像在身后依稀可辨，一幅中产阶级光鲜亮丽的图景。照片中的两人笑得忘怀，全然想不到时间的车轮，终将在某日碾碎他们以为牢固的婚姻。

父爱、母爱，对于宋安，大概是两个过于空泛以至可以被怀疑的字眼。她努力在脑海中搜寻着有关父母的记忆——那些温存的、美好的、令人信服的记忆，以便可以充盈起母爱这般伟岸的字眼。

面对已然被生活欺骗的孩子，如果可以，她不想用虚假的巧言好语来敷衍。

床头一侧传来轻微的鼾声。方淳循着声音看去，在惊恐中挣扎了一天的小姑娘终于睡下了。台灯照在她弯弯的睫毛上，投下道道细黑的剪影，宁静又神秘，像是她去世的母亲。

　　方淳起身将小姑娘身边的台灯拧暗，蹑手蹑脚地取来两张课椅，拼作一排。脱下的外衣搭在靠背上，整个人和衣躺下。沉睡中的小姑娘，侧着她圆圆的脸蛋，苍白的嘴唇微张着，一只手抓着枕头角儿，另一只手仍旧紧紧压着身下的某个物件，丝毫不见放松。

　　方淳放下手里刚冲上的速溶咖啡，从怀里摸出一小瓶风油精，点在太阳穴的两侧，大拇指和食指分别抚按着，听惯了机器的轰鸣，突然安静下来，困意就直冲脑门。他瞪着眼睛，死死盯着眼前昏暗的台灯，尽量不让自己睡去。

　　"我来换你。"宋安的声音在身后响起。

　　方淳扭头看去，宋安倚在门边，身上不知道什么时候换上了一身利落的短打装扮。贴身修长的卡其色工装裤，配上棕色的牛皮靴，上身随意地穿着短袖的雪纺衬衣，瓷白的手臂隐约其间，手腕处系着一块细细的腕表，文静又不失英气。

　　"不用了，谢谢。"方淳淡淡一笑，一脸倦容。

　　"是不用了，还是用不着？"

　　宋安说完，不待方淳回答便自顾自地进了屋，取过水壶，接了开水，搁在灶上，火舌舔着壶底，发出阵阵的咕噜声。

　　方淳半支着身子正要说什么，却见眼前忙碌的宋安，只得悻悻地摇摇头："做你们这行的人都像你这样？"

　　"我哪样？"

　　方淳沉着声，半天才蹦出一句："咬文嚼字的。"

　　"怎么，这样不好？"宋安嘴角微微一笑，从柜子里取出三只搪瓷茶缸。

　　"倒也不是，只是开朗点会更好。"

　　"所以你是喜欢开朗型的？"

"……"

"我说的是你，不是别人。"

宋安转身将刚泡上茉莉花茶的搪瓷缸搁在方淳面前，自己手里端着一杯，与方淳面对面坐着："咬文嚼字也好，吹毛求疵也罢，在我的职业里它们叫准确。排除暧昧，略去主观，避免混沌，追求简洁，这既是我这行的处世之道，也是一种道德。"

方淳端着自己泡的速溶咖啡，放在嘴边小口吹着。

"是吗？任何一种颜色都可以用数值来表达，可如果是一幅画，我会觉得准确是一种无聊的东西。"

"当你在窥视深渊的同时，深渊也在窥视着你。方队长大概在一线工作久了，太沉溺在感性的情绪中了。"

方淳撇嘴笑道："也许吧。"

宋安瞄了眼方淳手里的咖啡："不喜欢喝茶？"

"不是。"

"那是不喜欢茉莉？"

"也不是。"

"我想总不会是方队长有意拂我好意，作为刚才我不通人情的回礼吧？"宋安看向熟睡的小姑娘，漫不经心地说着。

小姑娘半张着嘴唇，嘴角结出个小小的气泡，惨白的脸蛋上逐渐回缓出红晕。

"我既不会随便猜度别人，也没空这么无聊。"

"那我该怎么理解呢？"

方淳绷着脸，将手里的咖啡一饮而尽，喉结耸动："一个一个喝，不想浪费。"

"……"

宋安讨得个没趣，瞟了眼窗外，决定换个话题："你的那俩小跟班呢？"

"什么跟班？"

"我说的是胖子和木头。这么晚了，还在现场？"

"队伍里没有谁是谁的跟班这种事。大家都是兄弟。"方淳铁着脸，沉着声道。

"是吗？一般带头的才喜欢这么说吧。"

宋安有意调笑地盯着方淳。烛火或明或暗，方淳脸上的表情却松了几分，望着窗外缓缓说道："队伍走南闯北，每天都会遇到各种突发情况。离开还是留下，谁都没有权利强迫谁。我这儿既开不出可观的薪水，也没办法保证他们的安全。大家还在一起，早就是过命的交情。"

方淳低头吹开茶汤上的茶梗，贴着茶缸的边缘啜了一小口。

"香是挺香，就是茶梗太多，泡的时间一久苦涩容易盖住香味。有机会我送你点好的。"

"我就喜欢最便宜的茉莉。"

"是吗？"方淳嘴里应了一声，眼睛却直直地盯着宋安的面门。像是端详，也像是审视。

隔了半天，才简短地说了一句："不像。"

"那是你不了解。"

"现在了解也不算晚吧。"

"那恐怕要看你想了解什么了。"宋安跟着也捧起搪瓷茶缸，埋头抿了一口。

"你跟着队伍来这里到底要干吗？劳驾别说是什么新闻理想，我不信这个。"

方淳换个姿势，端坐在宋安对面。

"准确地说，是不信我还是都不信呢？"宋安叼出一颗茶梗，丢在身旁的垃圾篓里。

"都不信。"

"我是代表台里来跟这次的地震报道的。"宋安从口袋里掏出采访证，推在方淳面前。

"什么时候省里的电视台也对偏远山区的自然灾害这么有兴趣了？"

宋安不接话，手指托着下巴，目光在方淳身上游走："那我是不是可以对你感兴趣？"

方淳一愣，一时被堵得说不出话："我就更不值得你浪费时间了。"

"要是，我愿意呢？"

"……"

"如果你来这里的初衷是为了灾区建设好，无论是我个人还是队里的队员，大家都会帮助你，至于别的，这里既不唱戏也没故事，你还是趁早断了念想。"说完，腾的一声，起身便走。

"……"

宋安瞧了眼方淳丢在椅背上的外套，天蓝色的工装早已在泥土和扬尘的作用下难辨其色，正要从身后叫住方淳，转念又作罢。丢下也挺好，早晚也要回来拿吧。

她把方淳的胸卡从外套上摘下来，拿在手里端详。硬朗的轮廓，挺拔的鼻梁，阴沉的眉头和刚才如出一辙。宋安嘟着嘴，将胸卡拿得远些，尝试着从不同的角度和照片上的目光相交，却始终躲不出他那老鹰似的目光。罢了罢了，宋安把胸卡重新夹回外套上，俯身用手背探了探小姑娘的额头，温度虽说算是正常，但总还是蒙着一层细细的汗珠。

宋安接了盆水，打湿自己惯用的姜黄色手帕，轻轻扶着小姑娘文弱的膀子，彻底把她身上的汗都擦净了，这才放下心，吹灭蜡烛，重新回身坐在自己的位置上，眯着眼睛闭目养神。

小县城的夜，自然听不见商业街的喧嚣。田间地头阵阵蛙叫却由远及近地抵达耳畔，聒噪而单调。宋安侧过身，用手驱赶萦绕在腿上的蚊子，又瞥了眼熟睡中的小姑娘。黑暗中，小姑娘压在身下的手指缓缓沿着本子移动着。宋安故不作声，重又躺下，直到再次听见床边窸窸窣窣的声音重又响起。

"是不是饿了？"宋安闭眼问道。

床头那侧的声音戛然而止。

"不说话就代表是了哦。"

依旧一阵默然。

宋安起身，从怀里摸出两个小田留给自己的玉米窝头，放在小姑娘的枕边："姐姐这里暂时只有这个了。"

小姑娘不吭声，缓缓松开攥紧的拳头，淡蓝色的月光照在她茫然而无助的脸上。

"吃吧，不管发生什么，吃饱了再想。"

小姑娘咧着嘴，还没哭出声，豆大的泪珠便顺着面颊无声落下。

宋安不再说什么，只是默然将小姑娘搂在怀里，轻声拍抚着小姑娘的后背，一下又一下。

小姑娘边哭边抓着窝头机械地往嘴里塞，眼泪顺着嘴角滑进嘴巴里。

"慢慢吃，吃完了姐姐再给你拿。"

"谢，谢，姐姐。"小姑娘嘴里说着，不住地打嗝。

"告诉姐姐，你叫什么名字。"宋安蹲下身，捧着小姑娘的脸蛋。

"雯雯。"

"告诉姐姐，这是什么？"宋安指着一直被雯雯压在身下的笔记本。

"学校发的习字簿。"雯雯断断续续地说着，小手来回抚弄着包得整整齐齐的书皮。

宋安信手翻开一页，虽算不上飞逸洒脱，但也端端正正，一丝不苟。

"这是谁的字？"宋安用手指着目光所及。

"妈妈写的。"

"雯雯的妈妈是老师吗？"

雯雯慢慢摇着头："学校老师说我字写得丑，所以妈妈每天下了工，都会教我写两个字。"

宋安翻到背面，稚嫩的笔体一笔一画，虽然写得东倒西歪，但重复之下却也越来越像样。

"雯雯的妈妈很棒，所以雯雯也要变得很棒，知道吗？"宋安握住雯雯的小手，定定地看着。

"妈妈一点都不棒！妈妈是骗子，妈妈说等出来就教我今天的字。"雯雯说完重又号啕大哭起来。

宋安摊开习字簿，翻到新的一面空白页："妈妈不是骗子，妈妈拜托姐姐来教雯雯写字，是姐姐来晚了。"

雯雯收起哭闹，懵懂地半张着嘴巴，瞧着宋安，似信非信。

"姐姐今天教雯雯写一个宝盖头的字，好不好？"

"嗯，好。"雯雯重重地点了点头，眼睛里多出光亮。

宋安握着雯雯的小手，一笔一画，恭恭敬敬地落上一个楷书。

"姐姐，今天教的这个字是什么意思呢？"

雯雯埋着头，手里紧紧抓着笔杆，认真地摹写。

宋安落寞地一笑："意思是，雯雯将来不再有危险，也不必受威胁。"

Chapter 7

是与非

天刚蒙蒙亮，淡白色的雾霭笼罩在田间地头。

"每隔三十分钟确认一次下面的情况。上一次进水是在三个小时之前。进度一旦受阻，别忘了给下面的人补充给养。"

方淳在作业簿上签了名，交给前来换班的队员。

"这伏天本来就挺够呛了，空气又这么湿，一条毛巾都不够我擦汗的啊。"

胖子弯腰把毛巾里的水使劲拧掉，用手拧着角，转了几圈，盘在头顶。

"胖哥，你好歹还能享受到流动的空气，困在底下的人不比你受罪？"

木头将救援设备分门别类地收纳在铁皮箱子里，单肩背着，腿脚轻快地跟在方淳身后。

"我就单纯抱怨抱怨嘛。"

方淳走在前面，突然停住了脚步，把手比在嘴唇上。

驻地门口一阵嘈杂。一个穿着廉价西服、头发梳得锃亮的中年男人为首，夹着几个言辞泼辣的妇女将老队长陈慷团团围住。

"是我请的你，还是国家请的你？你们就一帮志愿者团队，谁让你们来这儿瞎起哄了？你们有什么权利救人！"

西服男撸起袖子，带头叫嚣着。

"就是就是！现在人去了，好端端的一个家没了。谁知道你们在现场是怎么弄的，你们得给我们一个说法。"陈慷刚要说话，为首的中年妇女领着人群立刻附和道。

"大家先静一静，静一静，先听我说两句，"陈慷扯着沙哑的嗓子，不断提高调门，"你们的心情我都能理解，但灾区的情况比较复杂，虽然伤亡数字这几天每天都有变化，但失踪人口的数字也每天都在缩小。这中间多少存在数据统计上的滞后，各位起码应该先告诉我，家属的姓名是什么，我们工作人员也好进一步去核实具体情况，现在救援工作刚刚进入中期阶段，现在就下判断，没必要这么灰心啊。"

"我们弄错？你的意思是我会拿自己老婆孩子的下落和你开玩笑？"

西装男从人群中挤出来，很是不满地盯着陈慷。

"我的意思是说客观上的确存在这种概率嘛！"陈慷脸上堆着笑，息事宁人道。

西装男接过身边递来的一根烟，凑着头点燃，狠狠地吸了一口，徐徐地将烟雾吐在陈慷脸上："哟，这是和我聊概率了？要说概率，你们救人中间发生过错的概率也是存在的，对吧？"

陈慷摊手无奈地摇摇头，说道："我们没有回避任何概率上的存在。实际上，现在做的不就是在确认这些可能性嘛。"

陈慷从上衣口袋里拿出老花镜架上，招呼身边队员取来伤亡名单，递给西装男："这是最新的统计数字，上面的确没有您爱人的名字。你们先看看，有什么疑问我们再沟通，总可以吧。"

西装男余光瞧着陈慷递来的名单，并不去接，突然手臂一扬，将名单打翻在地，嘴里叫嚣道："你什么都不用给我看，老子是不可能搞错的！"

陈慷弯下腰，将地上散落的名单一一捡起："所以你的逻辑是，因为你一定不会错，所以犯错的一定是我们？"

"要不你以为我们这么多人过来是跟你闹着玩呢！"

西装男左右看了一下：一群人手拉手，把驻地门口里三圈外三圈地给围了起来。

"要真是你们弄错了呢？"

"几个意思？"

西装男嘴里哼了一声，挑着眉毛，慢慢悠悠地从裤袋里掏出手机，激动地调出通话记录，塞在陈慷面前："你给老子看清楚了！是你们自己人昨天给我们打的电话！你们要是没做错事情，等着官方发布消息不就行了，鬼鬼祟祟地单独通知，说明你们自己都心虚吧？"

陈慷眯着眼，把手机拿得远一些，这才看清通联记录上的数字的确是救援队的卫星电话。

"是队里的号码不错。是谁给你们打的？"陈慷声音一沉。

西装男得意扬扬地收起电话，弹了弹手里的烟灰："我哪知道是你们谁打的电话，大概是你们队里哪位兄弟实在看不下去你们这么草菅人命吧。不过，说实话我也根本不需要知道。总之你自己也承认是你们打的就行了！你们别以为自己是城里人就在我这里耍心眼，不认账，我也算是在城里摔打了五六年，你们那点滑头我都知道。"

西装男从怀里摸出一部录像中的手机，得意扬扬地正了正领带。

"怎么是你？"

方淳拨开人群，这才发现眼前的西装男正是自己在江源县医院碰见的男人。比起那天的狼狈和落魄，西装男今天显然特意收拾了一番：一丝不苟的头发，锃亮的皮鞋，即使的确良衬衫大了一号，松松垮垮地堵在腰上，但整个人依旧是清爽了许多。

西装男看见来人是方淳，突然愣了一下，正要说话却被边上的中年妇女不动声色地拉了一下衣袖。

"你谁啊，我不认识你。"西装男声音不减，眼神却有几分躲闪。

"不记得了？在江源县医院的候诊大厅，我和你聊过。"

西装男低着头，故作沉思，缓缓摇着头："我没往江源去过啊，你肯定认错人了。"

众人面面相觑，当下无话。陈慷见状，把方淳拉到一边："怎么回事？这人你见过？"

"来的路上在江源县医院碰见了的，当时他说联系不上家里人。"

"所以，你回来救的这人是他家里人？"

"是。"

"之后，你又联系过他，把遇难者信息和他说了？"

"不想他太担心。"

陈慷低着头，重重地叹了一口气："淳子，你知道我要说什么吧。"

"知道。"

"第一，灾害发生，每个人都需要帮助，不该因为个人原因搞轻重缓急。这话我有没有说过？！"陈慷盯着脚面，厉声说道。

"说过。"

"第二，遇难群众的后续工作，我们的职责是汇总信息，上报给相关部门，由主管单位统一发布。这块业务的工作流程你了不了解？！"

"了解。"方淳低着头，喉头无声地动了一下。

陈慷抬起头，直直地看着方淳，紧攥的拳头颓然松开："既知道也了解，那为什么？"

"我知道您不会同意，但我做了我认为对的事情。"

"我不允许有我的理由。对的事情也会带来错误的结果，你明白吧？"

两人对视着，一阵沉默。

"陈队，事情由我自己解决，不会给队里添麻烦。"

陈慷不接话，只是摘下鼻梁上的老花镜放回胸前的口袋里："我替你盯着现场，有事你知道上哪儿找我。"说完，背着手径直走去。

方淳瞥了眼站在身后的胖子和木头。

"方队，咱们人数落后，要不要我去叫点弟兄过来？"

胖子用眼角的余光瞄着人群中攒动的人头。

"我们是救援队，不是黑社会！你们俩跟着陈队去现场。"

"方队，我是怕你招呼不过来。"

"我有数，你们忙你们的。"

见管事的就这么不声不响地走了，人群中突然有人尖锐地叫道："快看，管事的要跑了。"

"我就说这些人滑头靠不住。"西装男瞧见，顾不得西装的齐整，一个箭步从人群中冲出来，眼见就要抓住陈慷的衣领，整个手腕突然被方淳紧紧地抓在手里。

"有事和我谈就好。"

西装男一惊，向身后退开一步，拼命想要挣脱，却被方淳抓得纹丝不动。

"你，你放手！我不认识你，和你没什么好谈的。"

"要是我认得你呢？也不能聊聊？"

西装男向身后的中年妇女看去，眼神中带着几分焦急。中年妇女则沉着脸，闭着眼睛狠命地点了点头。

"你，你要找我聊，聊什么？"西装男支支吾吾。

方淳缓缓松开抓着西装男的手，瞥了眼不远处的中年妇女："别紧张，你们来找我聊什么，我就陪你们聊什么呀。"

"你们草菅人命，我们来是给我老婆讨个公道的！"西装男见手被放开，重又挺着胸脯叫嚣道。

"很抱歉，我发现的时候，您的妻子已经遇难了，我们只保住了您的女儿。"

"兄弟，你以为你是谁啊？你说啥我就要信啥？"西装男拍着方淳的胸口挑衅道。

"我是绿野救援队的副队长方淳，也是处置现场里的第一发现人。"

"第一发现人？意思就是你是第一个找着我老婆的人呗？"

"是。"

"所以说你才有利害关系吧？我怎么知道是不是你操作失误让我老婆没了。你有证据吗？"西装男绕着方淳来回踱步，说得咄咄逼人。

"现场作业空间狭小，没有办法录像。"

"那有人目击吗？"

"也没有。"

方淳沙哑着嗓子说完便是一阵沉默。

西装男远远地望了眼躲在人群中的中年妇女，气定神闲地说道："那我和你就没什么好说的了吧，直接谈赔偿数字吧。"

"不可能。队里连买装备的费用都凑不齐。"

"哟，这个时候还护钱，兄弟你是嫌事儿不够大是吧。"

方淳不接话，摇摇头笑着。

西装男见方淳不以为意，脸上浮起怒色："哥们你笑是几个意思？"

方淳定定地注视着西装男的眼睛，缓缓说道："事情究竟是怎么回事，你心里知道，我心里也知道。我笑是觉得荒唐，是为你老婆觉得不值。你老婆倘若泉下有知，见着你今天这么一番声势，是该高兴，还是该难堪呢？"

西装男被说得愣住，转而又回过神来，破口大骂道："你他妈管得有点宽了吧，我和我老婆怎么样那是我的家事！还轮不上你个外人说三道四！"

"当然是你的家事。可到现在为止，你除了关心赔偿数字之外，有问过有关你女儿的一句吗？你是为了什么过来的，你自己心里没个数？"

方淳不动声色地瞄了眼教学楼，不再理会叫嚣着的西装男。宋安的窗户紧闭着，依稀可以看见玻璃后湖蓝色的窗帘。大概还在睡着。

"你血口喷人！谁关心钱了！我要的是给我老婆讨个公道！等先谈好赔偿方案，我再和你聊我女儿的问题。一个个来，你跑不掉的！"

"哦？那是我赔偿给你，还是你赔偿给我呢？"

"是我老婆没了，当然是你赔钱给老子！"

"是吗？那你还真挺自信的。"

说完，方淳拨开人群，径直朝教学楼走去。

"你给老子站住！刚才话里什么意思，说清楚再走！"

西装男厉声叫道，蜡黄的脸活脱脱给急成猪肝色。

方淳转过身，懒懒地瞥了眼不明就里的西装男和躲在人群中的中年妇女，冷冷说道："就算现场没有录像，也没有证人，可你女儿会不知道？"

说完，摇着头径自离去。

等到西装男追上来，方淳已经走出一大截。

"兄弟，兄弟，刚才是我说话说急了，多包涵多包涵。"西装男虚着腰，态度一百八十度大转弯。

方淳回头看了眼西装男，脚步不减："需要包涵你的不是我。"

西装男快步追上方淳，堵在前路，一脸诚恳地说道："兄弟，不瞒你说，我也有我的难处啊。"

"被相好的追得火烧眉毛的难处？"

"原来还是被你看出来了。"西装男低着头，轻叹一口气。

"我倒是也不想看出来啊。"

"没办法，都是男人啊。一个人在外地打工，离老婆孩子久了，加上又不常回家，等手里头开始有几个闲钱，慢慢就和身边的工友一样了。喝酒、赌钱、找女人。处着处着就成了相好了。"

西装男低着头，喃喃自语。

"这些你犯不着和我说。"

"不，你让我说吧，平时也没个地方能讲，能说出来，心里总是轻快点。"

方淳眼睛看着别处，不再表态。

"事情从一开始就是我做错了，是我没尽到丈夫和爸爸的责任。"

"你知道就好。"方淳补充道。

"但我也是没有办法啊。这女的听说孩子她妈没了，就说没钱还要让她管孩子想都不要想。我这拖着个油瓶，不找个女人帮忙照顾，我一个人也忙不过来。孩子还小，将来花钱的地方太多了。"

"所以，就找上我们讹钱来了？"

"讹钱？不不，是我说得太激动了，就是想要点生活补助吧。"

"申请生活补助，带这么多人把我们工作现场给堵起来？合适吗？"

西装男被方淳说得步步退后。

"是我不好，但也是实在给那娘们逼得没办法了。"西装男抓着脑袋，越说越小声。

"队里没亏欠你，赔偿根本无从谈起。至于补助，回头队里开个会大家给你凑一凑吧。"

"哎哟，那我就太谢谢方队长了。"

"所以，还要谈什么赔偿方案吗？"

"不了不了。您这不是拿我开玩笑嘛，做人哪里能以怨报德呢，那成了什么了！"

西装男说得感激涕零。

"那就行，刚才你说的话，我都录下了，你别反悔就好。"

　　方淳指着自己的裤子口袋，说得一本正经。西装男见方淳的裤子口袋里隐约显出个正正方方的突起物，突然一愣，眼珠子一转，像是回味自己说过的话。

　　"啊，不反悔，不反悔，说的都是实情嘛。就是我想问问，啥时候能让我见见我闺女？闹了这么半天，还不得空去看看，怪想她的。"

　　"现在想了？"

　　"那可不，毕竟是自己的亲生骨肉啊。"

　　"跟我走吧，带你去。"

　　西装男扭头瞪了一眼身后的两人。人群中蹿出一男一女，两人形容猥琐地跟在西装男身后。

　　"是直系亲属吗？队里不进外人。"

　　方淳皱着眉头，指着不远处的两人。

　　西装男一脸尴尬，咧着嘴打着哈哈道："这要不就别分那么细了吧。这女的就是我那相好的，男的也算是我小舅子吧。这将来就是一家人了，提前见见我闺女，也好早点熟悉不是？"

　　方淳铁青着脸，摇了摇头，默然在前面领着路。西装男回头瞪了眼身后的中年妇女，中年妇女招呼着自家弟弟，紧着脚步跟在西装男身后，一行人穿过学校正门，在众人的注视下进入救援队的临时营地。

　　"你们先在这儿等，我去看看情况。"

　　方淳推开队里的用作会议室的教室门，招呼三人落座。自己则走到了走廊的另一边，敲响小田的房门。

　　"屋里有人吗？"

　　小田揉着睡眼，刚打开门，方淳就指着身后宋安的房间问道。

　　"您说安安姐吗？"

　　"嗯。"

　　小田咬着嘴唇，想了半天，这才确定地摇了摇头："安安姐昨天在医务室折腾了一夜吧。天亮我从现场回来的时候，医务室还亮着灯呢。"

方淳朝着医务室的方向瞄了一眼，门紧闭着。

"行，那我知道了。"

会议室里。西装男白色的衬衣后背湿成一片，端端正正地坐着，一言不发。中年妇女的自家兄弟看不过去，挠着自个儿光溜溜的青皮脑袋，低语道："姐夫，我这里早就当您是一家人了。您遇见啥子情况你就说嘛。别闷在肚子里面，说出来兄弟兴许也能给你出出主意啊。"

西装男一脸嫌弃道："你个瓜娃子能出个啥主意。我按你说的讲，可是人家录了音，现在后悔也不中了。"

"那到底具体说了啥嘛。"青皮男用手抹了一把脖子上的汗，急不可耐。

"那个年轻管事的说，就算现场没有证据，但是雯雯是幸存者，啥子都知道。说我们的要求是胡闹，赔偿想都不要想，最多帮我们申请点补助。"

"你怎么回的？"

"还能怎么说，当然是同意。你呀，就是聪明反被聪明误。这次能给我们申请补助就不错了，万一真追究我们瞎胡闹的事儿，我们哪里赔得起呢！"

"补助？补助能有几个毛！人家就这么随嘴一说就把你给糊弄过去了？这年头没个白纸黑字谁能信！"

青皮男将嘴里的口香糖吐在地上，死命地用脚踹了踹，转而又坐在中年妇女的身边。

"姐，你也说说我哥，这要是就戾了，能成个什么事嘛。"青皮男恳求地说道。

中年妇女沉吟片刻说道："依我看，之前说的都不作数，关键是要看你家闺女怎么说，她要是能和咱们一条心，咬定是救援队的失误，我看这个赔偿的事，救援队是横竖躲不掉赔偿的。"

"就是就是，哥，你和雯雯好好说说嘛，钱拿回来，将来也就给她用的嘛。"

"她那么小，脑子哪里有你这么够用！再说，去的人毕竟是她亲娘！"

"再亲有啥子用，还不是去了，以后还是要靠我姐这个后娘咯。"

西装男瞪了眼青皮男，三人不再言语，各自盘算着。

门外一阵敲门声，小田端着水，递给三人，方淳跟在身后。

"怎么样？雯雯她还好不，我啥时候能见她，还是，她已经不想见我了？"

西装男见到方淳，立刻关切地问道。

"别急，先喝点水，休息休息。你闺女一切都好。只是灾后有点应激性语言障碍，你们也多给她一点时间适应。"

"应激性语言障碍是啥？"青皮男斜着眼睛，两眼放着光。

"就是遇到突发情况，精神波动过大，语言神经失调，不能正确地表达自己感情的意思。"

"那是不是不会说话了？"青皮男站起身，激动地问道。

"只是暂时。"

"要多久？"

"说不好，长的有几个月，短的有几天，都很正常。"

"哦。"青皮男拖着声音，难掩遗憾的神情。

"小田，拿点包子馒头，让他们在这儿休息休息。"方淳嘱咐道。

"谢谢方队长了，您太客气了。"西装男抓着方淳的手，紧紧握着。

方淳冷眼扫了眼坐在西装男身边一言不发的姐弟俩："不用谢我，你好自为之吧。"

　　方淳刚走，青皮男便坐到中年妇女身边，两人低着脑袋，窃窃私语着什么。等到小田端来面点，两人机警地收起话头，互相意味深长地看着对方。

　　"这是队里自己做的窝头和馒头，口感不比外面，大家先将就将就。"

　　"辛苦姑娘了。"青皮男手里攥着个窝头，眼睛在小田身上上下打量。

　　"不客气的。"小田被看得不自在，放下托盘正要走，却一把被青皮男从身后拉住。

　　"姑娘我和你打听点事情。"

　　"您说就行。"小田嘴上说着，躲开青皮男搭在自己肩膀上的手。

　　"啊，是这么的，我看咱们这个小学校也不大，哪来的地方处理伤患呢？要是通风很差的话，也不利于伤员恢复吧。"

　　"现场都有救援通道的。伤员主要还是由县市一级的医疗单位集中收治，队里条件相对有限，只在那边的教室临时处理一些应急的情况。"

　　"哦，这我就放心了。"青皮男够着脑袋，循着小田指着的方向看去，嘴上假装说得漠不经心。

　　"别以为我不知道你在想啥，我告诉你，你别打雯雯的主意！"

　　小田刚离开会议室，西装男便死死地用身子抵住门。

　　"哥，你这说的都是啥啊，我这么做不也是为雯雯的未来考虑嘛。你不是说想把雯雯送到县城里面读书吗？就凭你那点钱也就刚够和我姐两人吃饭。不弄点钱，拿什么供雯雯读书？你要为将来考虑吧。"

　　"你别老钱钱的，钱我自己想办法……"西装男给青皮小子说得涨红了脸，一把拉下领带，气急败坏道。

　　"你一个建筑工人能有啥子办法！你刚才也听见了，雯雯是暂时性失语，我看这就是老天赏饭吃，趁雯雯现在还什么都没说，咱们稍微敲打敲打，被动的就是救援队了。哥，这个机会你要是把握不住，我姐可就真看错人了。"

"这……"西装男面有难色地看向中年妇女。

"看我干吗！是你女儿，又不是我女儿。我弟最多只能给你出出主意，你爱听不听，结果是什么都在你选。"

西装男不说话，只是垂着头，长长地叹了一口气。

"哥，做弟弟的知道你面子薄。这些都不用你动手，你只管接着唱你的红脸就行。脏活儿累活儿，我来。"

说完，青皮男轻手轻脚地将门拉开一条缝隙，侧着身，闪身而去。

折腾了一夜，直到窗外开始逐渐放亮，宋安才重新搂着雯雯睡下。两人面对面躺在逼仄的小床上，前一秒还在挤眉弄眼做鬼脸的雯雯，这一秒便已经歪着脑袋沉沉地睡去。

窗外天阴沉沉的，窗帘浮动，偶有习习冷气透进屋里。宋安小心翼翼地将自己的衬衫盖在雯雯心口，自己则是勉强搭着方淳的外套。

胳膊被雯雯枕在脖子下的宋安，侧身不得，只能直直地注视着头顶的天花板。屋顶的四周，斑驳的水渍带着锈痕，层层叠叠地印在墙角，中间则孤零零地垂下一盏吊灯。老旧的灯罩在岁月中早已辨别不出原有的颜色，颤颤巍巍地由两根缠绕而成的电线悬吊着。宋安眼皮耷拉着，不待排空脑海里的思绪，便也跟着沉沉地睡去。

许久没有这般无扰的梦。身上盖着方淳的夹克，沉甸甸的，泥土、汗水、烟草的气味混杂其间，不好闻，却莫名让人感到安稳。她在一片虚无中，回忆着这个男人的全部。能想起的不过是一副凝着眉头的臭脸，紧闭的嘴唇偶尔蹦出几个不带转弯的字眼，同时又以过分拘谨的姿态维持着与这个世界的距离，以至让她既想走近，又想放弃。

睡梦中忽而一片光亮，宋安跟着醒来，坐起身，意兴阑珊地揉着睡眼。屋里一片敞亮，宋安弯腰瞄了眼窗外，日头偏西，已经是下午了。一回身，这才发现身边的雯雯连带着自己的衬衫都不见了踪影。

　　"见你们队长了吗？"

　　胖子嘴里叼着个豆包，刚从食堂出来，一抬头撞见只穿着黑色吊带的宋安，嘴里的豆包险些掉下。

　　"没……没啊。"

　　胖子手里攥住豆包，眼神避开宋安胸前若隐若现的线条，打量起宋安：下身一条干练的卡其色工装长裤，上身一件贴身的黑色吊带，外面松松垮垮地披着队里的工作服，黑色的长发散在牛仔布的衣领和雪白的后颈之间。看得胖子直愣神。

　　"知道他人去哪儿了吗？"

　　"呃，方队他没和您交代一声就走了？不像话啊。"

　　胖子嘴里打着哈哈，眼睛一早就瞄着了宋安披在身上的工作服，挂证件的口袋上赫然挂着方淳的证件。

　　宋安抿着唇，神情严肃，指着胖子挂在腰间的对讲机道："用它能找到你们队长？"

　　"能是能，但大家都在一个频率上，你和方队说的话大家就都能……"

　　不等胖子支支吾吾地说完，宋安就一把扯下对讲机拿在手里："方淳，我是宋安。你听见立刻到医务室来！"

　　胖子听着长舒一口气。临近中午，走廊里人头攒动，打饭的灾民提着饭盒，鱼贯地等在食堂门口，经过宋安都不免侧目瞧上一眼。

　　"你愣着做什么？"宋安看着胖子一脸慌张。

　　"啊，没啥。对，有啥你们私下说就好，我怕队里弟兄们都听到影响不好。"

　　"什么影响不好？"

　　宋安夺下胖子手里的豆包，撕开一半放在嘴里。

　　"毕竟你俩昨个晚上共处一室嘛，你又披着方队的衣服出来。我是绝对相信您和方队的，只是现在是特殊时期，加上又是小地方，风言风语传得很快。"

"无聊。"

宋安说完，走廊尽头便传来一声浑厚的低音："找我？"

宋安不接话，只是自顾自地向着医务室走去。方淳见了，心下会意，默不作声地跟在后面。

方淳刚进门，躲在门后的宋安便将门合上。

"雯雯不在了。是你带走了？"不等方淳站定，宋安便率先问道。

方淳一愣，乌溜溜的眼睛盯着宋安，确认没有开玩笑的意思之后，才向着空空如也的床上看去。

"什么时候的事？"

"刚才，我睡醒就没人了。走廊里也找了，没有。"

方淳不说话，一个人走到床边，手背试探着枕头上的痕迹。

"你身上衣服去哪儿了？"方淳背对着宋安，问道。

"晚上睡觉我给盖在雯雯身上的，起来的时候一起没了。"

方淳脸色一变，嘴里依然沉着气："这事儿你都和谁说过了？"

"只有你啊。找到解决方法之前，肯定要控制传播范围，传播常识啊。"

"谢了。"

"喂，到底怎么回事？雯雯她去哪儿了？"

方淳顾不上回答，一把拉开门，三步并作两步地冲向楼下的会议室。

宋安和胖子不明就里，只得跟在后面。

会议室里，西装男手里拿着报纸，正低着头吹弄着茶杯里的浮沫，被方淳一把抓住衣领从座位上提了起来。

"说话，人在哪儿？"

"方队长，你说啥，什……什么人在哪儿？"

西装男两只眼睛瞪得圆圆的，满是惊恐，两只手不断扒拉着方淳扼在自己脖子上的手。

"我再问你一次，雯雯在哪儿？"

"雯雯，她不是在医务室吗？我还等着您通知我啥时候去看她呢。"

方淳手腕一发力，把男人的领口束得更紧了些。西装男面色涨得通红，急欲辩解喉咙却发不出声。

胖子见状，冲进会议室，拽开被方淳死死攥住的西装男："方队，方队，咱先听听他们怎么说，咱这样理亏。"

方淳松开手，斜眼瞧着坐在西装男一边的中年妇女。

"大兄弟，要我说，你可真有意思，我们好端端地坐在这儿等着你通知俺们见雯雯，怎么你还反倒跑过来问我们人在哪儿了？怎么，人搞丢了，跑这儿来找我们撒气了？"

中年妇女手里摇着蒲扇，斜着眼睛，歪着嘴，说得阴阳怪气。

西装男瞪了眼身边的中年妇女，嘴里喘着粗气道："方队长，你别和她一般见识，发生啥事了，你和我说。"

"雯雯不见了，就在刚才。"方淳嘴里说着，眼睛却死死地盯着中年妇女的脸，只见中年妇女嘴角微微上扬，一副胸有成竹的模样。

"啥？不见了？"西装男一脸错愕，直愣愣地望着窗外，"小丫头这么点大的人，她能跑哪儿去呢？"

"要我说，你可别给这方队长带沟里去了。人到底是不见了，还是他们队里发现雯雯不按着他们的思路说话给藏起来了，这都不一定呢。"

"是吗？那难不成队里把你家胞弟也一起藏起来了？"

西装男这下才回过神来，用胳膊肘顶着身边的中年妇女怒问道："刚子去哪儿了？我说，是不是你出的点子，让刚子把雯雯带跑了！"

中年妇女愤而起身，把手里的蒲扇摔在西装男脸上："没出息的东西，跟着你真是瞎了眼。但凡有屁大点事儿，胳膊肘只会朝着外拐是吧，我和刚子怕你厥，好心好意陪你来队里讨个说法，你倒好，和外人一起怀疑我们姐弟是吧。刚子那么大人，做啥事还要和我说吗？我看他八成觉得你没出息自个儿回家了。"

中年妇女说完，又指着方淳说道："等也是你让我们等的。孩子她妈怎么去的，到现在也没个说法。这眼下姑娘人也不见了，我看这事情在你们队里是解决不了了。我们农村人，没文化，不懂和你们辩，那就让社会上的人都帮着评评理好了。"

说完从怀里掏出手机，逮着空隙，对着方淳、宋安和胖子连拍几张照片，就着早已编辑好的文字，编成微博发在网上。

嗖的一声信息发出，众人愣在当下。

"删掉！败家娘们丢人还不够的，还跑到网上给我丢人现眼！"

西装男率先反应过来，伸手去够中年妇女手里的手机，被中年妇女一把弹开："现在嫌我丢你人了是吧，有本事拿到赔偿金的时候，你别要！如果要钱，就给我乖乖坐着别动。"

中年妇女说完，狠狠地在西装男的大腿根子上拧了一把，西装男一愣，收了声，咬着嘴唇缓缓坐下。

"我看现在不是聊钱的时候，雯雯现在到底在哪儿？先顾人，钱咱们后面再聊行吗？"方淳心里忍着恶心，低声下气地说道。

"哎哟，大兄弟，你可真会欺负人啊，我就是再没文化，也知道钱的事儿不能放在后面聊啊，雯雯要是给你们找着了，小孩子这么小又不懂事，三言两语地给你们说动了，我们的钱还上哪儿要去啊。你说是这个道理不是？"

方淳低着头，像是一个做错事的孩子，半晌说不出话。

"你们要多少？"

胖子和宋安听到方淳开口，面面相觑。

"大兄弟一看就是爽快人。行了，姐也不和你绕弯子，三百万。你也别觉得姐要得多，实在是钱不经花，管雯雯上到大学五十万少不了吧，孩子她娘去得匆忙，后事总要办得风风光光吧。我在网上发的这维权微博，人家刚帮我张罗起来，我再撤下来，总也要给人辛苦费不是？最后，雯雯她爸也不是坏人，就是这性格里面犯蔫乎，这次受这事打击，工作也不做了，以后总要有点闲钱做本，自个儿寻份营生吧。你姐都没给自己算，所以这数真不算多了。"

"钱我可以给你凑，雯雯在哪儿？"

"既然话都说开了，那就都好办了。这么说吧，大兄弟你啥时候把钱拿出来，我啥时候让你见着雯雯。"

"那好，我……"

不等方淳说完，宋安一把拽着方淳的袖子，拖着就往门外走。

"挺有钱是吧，对方说个数价都不还了？"

宋安把方淳拽进自己房间，怒气冲冲地问道。

"是啊，方队，三百万啊，这是多少装备啊？就这么便宜那种小人了？"

胖子掰着手指一脸肉疼地说道。

"钱我自己想办法，和你们没关系，也不需要你们操心。"

方淳咬着嘴唇，言辞似有怒气。

"现在的问题比你们想的要复杂，甚至复杂得多。"

宋安掏出笔记本，一脸阴沉地看着窗外。胖子和方淳都没有见过宋安这副表情，屋里静悄悄的，等着宋安接着说下去。

"对方现在已经把事情放到网络上去了。主要的质疑就是你们救援过程中是否存在操作不当，以及，在后续工作中幸存者的安置和管理。换到网民的角度上，两件事联系在一起看，很像是你们救援队在隐瞒实情，等事情酝酿发酵起来，你们会非常被动。"

"不对啊，宋记者，他们假模假样地能用网络发声，我们也行吧，队里也可以发微博说明白事实经过啊。这黑啥时候能遮过白了呀。"

胖子说完便掏出手机，开始编辑短信。

"没用的。"宋安简洁地说道。

"问题的关键不是你提供给受众什么样的事实，关键是受众相信什么样的事实。这个时候要沉住气，做好你们的本职工作。"

"那我们总可以说这些人讹钱的事儿吧，这样被动的就是他们了吧？"

胖子举着手机，一脸委屈。

"有证据吗？人家分分钟可以不承认吧。可人家对你们的质疑，你们有的辩吗？"

"不对，我还是想不通，这雯雯要是被他们给藏起来的话，这，不是绑架吗？犯法的还这么理直气壮了？"

宋安边说边摇着头，在纸上画上一个小小的叉："考虑到那个女的和雯雯目前还没有法律上的监护关系，是有绑架的嫌疑。但还是那句话，你现在没法证明是人家把雯雯给藏起来了。"

"那就只能按着方队的意思，给钱了？"胖子听宋安说完，一脸煞白。

"不，一分钱都不能给。给了反而是把对方的指控坐实了，懂吗？"

"那这，我们现在能做什么呢？总不能就这么干站着吧。"

胖子急得在屋里来回打转。

方淳半天没有说话，抬头看了眼宋安："先找人？"

"对，而且还要在消息闹大之前找到。"

"胖子，你去会议室先稳住这几个来要钱的。我跟木头出去找人。"

"成嘞，陪吃陪喝这事我擅长。只是方队，这事你看要不要和陈队说一声，我怕等新闻闹出来他老人家心脏受不了。"

"先缓缓。队里的正常救援工作不能停，不能反过来因小失大。"

"好的，明白。"

说完，胖子火急火燎地就冲会议室走去。屋里重又只剩下宋安和方淳两人。方淳看着窗外，有意躲着宋安的目光。

"挺可以的啊你，救人的反而被被救的倒打一耙，真新鲜。"

"谁也没想到事情会变成这样。"

"越是这种小地方，这种事情越多。都指着弄个大新闻改变命运，我见得多了。"

宋安一边说着，一边脱下方淳的外套，递给方淳。方淳瞧着只穿着吊带的宋安，头扭向一边。

"也不能这么说，还是好的人多吧。"

"这地球上好人有再多都和你没关系，可碰上一个坏人就够你受的，对吗？你呀，这么大的人了，自己也要学会保护自己，懂不懂？"

宋安走到方淳身后，捧起方淳紧紧攥住的拳头，把手指一根根掰开，把方淳的证件硬塞在他手里。

"还有，以后这些证件呢，要随身带好，丢三落四的，给人捡到也是容易出是非的，懂不懂？"

方淳直愣愣地看着宋安，仿佛眼前的不是宋安，而是一个更年期的阿姨。

"看着我干吗？"

"没什么。"

宋安瞪了眼方淳："打算去哪儿找？"

"前后不到两小时，灾区现在能走的路就一条，追的话应该来得及。"

"行，你有方向就行。"

"还有多长时间？"方淳说着眼睛瞧了眼宋安握在手里的手机。

"不好说，娱乐新闻的话，兴许我还能帮你压一压，但这是社会新闻，托谁都没用。也许是今天夜里，也许是四五个小时之后，毕竟刚地震，事情还没有淡出热点。"

"三个小时，给我三个小时。"

方淳抓上外套，走到门边又停下，抿着嘴唇，直勾勾地瞧着宋安："前前后后，一直没来得及和你说一声谢谢。"

宋安莞尔一笑，心里倒是想卖乖般讨上几句饶，但见得方淳乌青的面孔下，那双紧紧握着不得松懈的拳头，只是轻轻回了句："没事，你要照顾好自己。"

从自己屋里出来，宋安去了趟安置点的食堂。随着道路开通，救援物资越发丰富，原本安置在户外的简易食堂也重新挪回学校里。好处不仅是没有蚊虫的骚扰，就连吃食也丰富许多。宋安要了碗小米粥，又要了笼素包子。包子是速冻着运来的，一口咬下去，过分调味的佐料在讨好味蕾之余，甚至显得有些欲盖弥彰。倒是小米粥还算是地道，黏稠的汤面，一口喝完口舌之间还会有些许回甘。

一串急促的电话铃声在口袋里响起。

"安安，是我。你什么情况！我在网上看到你的照片了，你自己晓得不！"

薇薇在电话那头压着声，言辞关切。

"真的假的？我上新闻根本没有新闻点好吧。"宋安心里一惊，嘴里却嚼着包子，敷衍道。

"得了吧你，你还想瞒着我到啥时候，你哪身衣服我没见过，再说还是我把你从江源送过去的好吧。"

"……"

"想起来了？我说你啊，怎么突然闹出个这么邪门的事儿！你情况怎么样？牵连深吗？"

"我还好，目前没什么事。"

"那么说，新闻里说的情况是真的？"电话那头，薇薇语气一顿。

"当然不是。"

"那到底是怎么回事，你和我交个底啊！别到时候何宽问起来，我都不知道怎么帮你圆。"

宋安低着头，捂着手机，用眼角的余光扫了眼四周。三两个当地灾民，围聚在饭桌旁，不时朝宋安这边打量。

"你稍等，我这里说话有点不方便。"

宋安左手攥着手机，右手端着餐盘，神态自若地走到清洁处，放下餐盘，头也不回地一路走到楼上的女卫生间，打开一扇格子间，这才重新拿出手机。

"还在？"

"赶紧说。"

"事情其实也不复杂。就是当地的遇难家属逮着救援队的一个程序失误，硬赖上队里要赔偿金。现在倒好，唯一能说明情况的当事人也不见了。"

"不见了？"

"八成是让遇难家属给藏起来了。"

"啊？还有这种操作？这不是贼喊捉贼吗？"

"是吧，有空还是要深入基层。"

"天啊，那现在这个情况对你们可是挺被动的啊，网上一边倒地骂这救援队草菅人命呢。"

"不用猜也是。"

"欸，提前和你说啊，这可是社会突发新闻，我帮不上忙啊。"

"知道。"

"何编那边，早的话今天夜里，最晚也就是明天早上肯定就能知道这事儿了。我可是一直说的是你在家养伤休息啊。"

"你放心，这我都想好了，何编要是问起来你就说……"

突然隔板间外头一阵脚步声。

"刚子？刚子？"

宋安听出是先前的中年妇女的声音，赶忙摁掉了手里的电话。

中年妇女并未察觉，听声音像是从口袋里摸出手机，对着电话那头小声说道："不成器的东西，人死哪儿去了？不是叫你带着小孩在厕所里猫着嘛！"

宋安听不见电话那头的应答，只能逆着中年妇女的应答猜测。

"我说你脑子是不是缺根弦啊。我让你猫厕所里，说的当然是女厕所啊。你也不看看这救援队里有几个女的。你躲男厕所里不是迟早给人抓住！赶紧过来，我在这儿等着！"

宋安心里一沉，屏住呼吸，贴着墙里面站着，尽量不让中年妇女从门外看见自己的鞋跟。过了一会儿，一个明显粗重些的脚步声从门口跟着进来。

"姐？"

"嘘，小声点。来最里面。"

"好嘞。"

男人走到卫生间的顶里面，打开门。

"丫头呢？"

男人用手敲了敲隔板。

"旁边捆着呢，姐放心，嘴我给封起来了。"

"你就不能温柔点，真要是伤到哪儿了，回头孩子记恨你，我看你咋办。"

"记恨我不要紧，总比她现在乱说话，让人逮着空，回头记恨钱要好吧。"

"那回头见到记者怎么说，你和小丫头都交代过了吧？"

"姐，你咋和哥一样患得患失的，小瓜娃子才多大年纪，她能懂什么呀，和她说这些不是对牛弹琴嘛，再说之前那个救援队的不是说了嘛，小丫头有语言障碍，说话也不利索，咱们只要在钱到位之前，让救援队里的人找不到丫头，这事儿不就结了。"

"我看事情没这么简单，丫头该怎么说话，你还是要教给她，我看楼下搁屋里坐的那胖子，一直在那儿陪吃陪聊的，像是在打哈哈拖时间，保不齐现在就在找你。所以你还是要预防万一，教丫头把她娘的死都往救援队里推，这样就算被他们找到了，这事他们也赖不掉啊。"

"让那帮龟孙找去吧，找得越久越好！谁能想到我就搁这厕所待着呢，这次钱要是弄不回来，还真对不住我在女厕所遭的这趟罪！"

"行了，别大意，我这边接着在网上吹吹风，你还是按着我说的做，这世上没有不透风的墙，事成之前咱尾巴还是要夹紧点。"

"得嘞。"

男人回完话，门应声而开。一串女人的脚步声，听着像是中年妇女朝着门外走去。宋安悬着的心稍微放下一点，往下只要和隔壁的男人一样，躲着不发出声音就行。幸运的话，录上男人威胁雯雯的对话，有了证据，后面大概就容易多了。

庆幸之间，一阵急促的手机铃声响起，并在空旷的女厕所发出巨大的回音。门外的脚步声戛然而止。宋安面如死色，低头一看，薇薇来电。

"丁零零……"

宋安万念俱灰，徒然地用手捂住口袋，可手机铃声在空旷的厕所传来回音。

门外的两人一愣，也迅即反应过来，酝酿片刻，门外的中年女人终于开了腔："哟，没想到这厕所里还挺热闹，既然来了，那就出来打个招呼吧。"

宋安沉吟片刻，接通手里的电话，背着手拿在身后，缓缓推开门。青皮男猫着身子从中年妇女身后探出脑袋："姐，这妞我刚才见过。一直跟在那个管事的后头站着呢。"

"废话，这我瞧得出来。"

中年妇女冷冷地盯着宋安，像是在思索对策。

"所以，我们刚才说的话，姑娘你也都听见了吧？"

中年妇女一面说着，一面慢慢合上卫生间的门，顺势将身体抵在门边，不动声色地堵住去路。

"谁知道你们姐弟关系这么好，在厕所里还有悄悄话要说，我就是想不听到也难吧。"

宋安倚着门边站着，眼睛向关着雯雯的隔板间瞄了一眼。

"不用看，你们大伙儿要找的丫头片子就在这里头呢。"

中年妇女朝青皮男使了个眼色。青皮男缓缓地挪开身子，露出身后怯怯发抖的雯雯。雯雯乌黑的眼睛里写着惊惶与疲惫，愤愤然想要说些什么，嘴里被青皮男用毛巾堵住，只得倚着门，垂着脑袋死死地盯着厕所的地面。中年妇女从身后探出身子，似乎深情地拨弄开雯雯额头上汗湿的头发，款款说道："我先把话讲在前面，如果说有人要难为这个孩子，那也是你们，懂吗？我们只是要属于我们的那部分，不是被逼到这个份儿上，我们也犯不上这么大费周折的不是？"

宋安直勾勾地看着雯雯，大脑飞速地转着。她清了清嗓子，故作轻佻地挑了挑眉毛，侧着头朗声说道："你们姐弟俩能想出这点子，倒也是挺聪明的了。把人藏在女厕所，就这一下子就能把整个救援队弄得团团转，原来脑子是够用的啊。"

宋安摇着头，嘴里啧啧地调笑着。

"姑娘，你看你是不是对现在这厕所里的情况有什么误会？"

青皮男松开抱在胸前的手，双手交叉着，皲裂的指关节弄得咯咯作响，缓步向着宋安走来。宋安用眼角的余光瞄着咄咄逼近的青皮男，息事宁人地点点头，不动声色地将手机放进裤子口袋里，嘴上的口气缓和了几分。

"话说回来，虽说我没办法认同你们姐弟俩做的事，但你们的苦衷也不是不能理解的。"

宋安说完便是一沉，等着姐弟俩谁先接话。

姐弟两人面面相觑，不知道眼前这个丫头片子脑子里装的什么主意。

"你是说，你能理解？"

中年妇女一愣，先是望着宋安，接着又和青皮男面面相觑，口气收敛不少。"都是生在俗世，说到底，谁又能不食人间烟火呢？"

宋安寡然一笑，接着说道，"我是记者，跑的是金融口，这次临时过来负责做地震的报道。"

不等宋安说完，青皮男呸的一声，啐了口浓痰吐在地上："那你能懂个屁！金融不都是股票债券那些骗老百姓钱的人干的事嘛，我们老百姓的日子哪在你们这样的人眼里！你少在这儿给我装大尾巴狼，老子不需要。"

宋安看着脚下，并没有受到青皮男的话的影响："一样的，这个世界有多少光鲜就有多少阴影。或者也可以说，正是因为有这些阴影，这个社会才需要拼了命地去制造这些光鲜的东西。你们都是聪明人，这些不会不懂吧？"

青皮男还要再说些什么，被边上的中年妇女挥手拦住："刚子，你先别急，听人家把话说完，我觉得姑娘说得还是挺实在的。"

青皮男若有所思地望了眼掌握着事态的姐姐，默然往后退了一步。

"那姑娘你说我们该怎么办？姐和你说实话吧，我和那口子一直在外头打工，他和原配早就不对付了，一直说要提离婚分财产的，可也总是没个行动，这次刚刚被我催得拿定主意了，就又出了这么一档子事。男人这种东西嘛，就是心猿意马，朝三暮四。这个要紧时候和我在一起，邻里街坊肯定或多或少要说闲话的。"

"所以你到底在担心什么？"

"我担心他听了街坊们的闲话，给他老婆守完日，就不和我好了，那我这么多年的青春可找谁去要啊！"

中年妇女说着说着，把雯雯一把揽在怀里，撕开雯雯嘴上的胶带，哽咽地说道："说实话，我压根儿也没想难为过这个苦命孩子，就是想试试他的态度。我嫁妆彩礼要他啥了？往下要在一起过日子了，要点政府补助他就嫌弃我丢人。在他心里，我一点都不重要。我越想越气，这以后的日子还没个着落，就出了这么多糟心事。都这把岁数了，我可是把自己后半辈子都给了这个死鬼了！"

宋安不耐烦地朝中年妇年挥了挥手："所以你说的这些都和钱没关系是吗？"

中年妇女说完面露难色，断断续续地接着说道："倒是，也没关系吧。"

宋安气不过女人吞吞吐吐的样子，厉声说道："有就有，没有就没有。这里没别人，实话实说很难吗？"

"只要还想和他在一起，肯定是要带上他闺女了，我也想要自己的孩子，这么看起来，日子肯定是要越过越难的，所以我也是想着国家不会不管咱们老百姓，索性就把事情闹大一点，这样或许能……"

"直接点，所以也动了点钱的心思对吗？"

"是……"

中年妇女说完，可怜兮兮地望着脚下的地砖，不敢和宋安对视。

宋安不说话，沉吟片刻："安置好你们一家子，当真得三百万？你也给我算算这开销都在什么地方啊？"

中年妇女给宋安说得更窘了："别别别，我都是话赶话就说出来了，没过脑子。我寻思着往高了报，谁还能不还个价哪。"

"那现在冷静了吧？再好好想想多少够安置你们一家的。"

中年妇女一听，当真扳着手指头，认真数起了数，数到一半又意味深长地看了眼身边的青色男。

"你俩不着急，慢慢商量，别让我打扰你们，说完和我说一声。"说完自顾自地朝着雯雯走去。

"姐姐不好，姐姐把雯雯弄丢了，以后再也不会了。"宋安取下雯雯嘴里的毛巾，弯下腰，蹲在雯雯身边，小声说道。

雯雯惊恐未定，眼睛直勾勾地看着面前正低声合计着赔款数字的两人。听见宋安的声音，身子微微一颤。

宋安只觉得自己的食指被一只小手裹住，绵软的同时也湿漉漉的。

她瞧着眼前姐弟两人的背影，叹了口气说道："雯雯不怕，都没事了。"说完一把将雯雯搂在怀里。

"姐姐，是不是以后我要叫她妈妈了？"

雯雯把头埋在宋安的怀里，双唇微微启闭，说得冷静，冷静得像是一夜之间经历了童年的终结。宋安终究还是一个拙劣的撒谎者，过久的停顿暴露出她的张皇。她既不想说是，也无法说不是，两人就这么淡淡地对视着。

不等宋安想出什么足以安慰的话语，中年妇女就走到宋安面前，摊开满满当当写满圆珠笔笔迹的手掌："姑娘，我和我弟合计过了，其实有个一百万的样子也就够我们使的了。"

宋安头也不抬："是吗？这和之前的三百万可是差了不少吧。"

"之前的事情就别提了，姑娘，依你看，我们姐弟俩的这要求找谁要有个准啊？"

宋安回过身："你这才是想到点子上了。狮子大开口，数字要得再多，没法兑现不也没意义吗，不如务实点，拿在手里过日子不是？"

"姑娘说得是。之前是我们想当然了。"

"如果你们觉得我说得有道理，那就按我说的做。第一先让孩子回去；第二，把你们在网上发的那些乱七八糟的东西都删了。舆论场上的是是非非，那些大号自媒体起起哄还行，真要让他们做点什么，那还是算了吧。"

青皮男从他姐身后探出脑袋，弱弱地插话说道："那，姑娘你看，钱我们一家子什么时候能拿到啊？"

宋安侧着脑袋，瞪了青皮男一眼："怎么着？不信我？"

"不不，就是家里都等着用呢，外面也欠着点。"

"行了，咱们也都别在厕所里蹲着了，既然都说开了，就去外头说说细节吧。"

宋安一起身，裤子口袋里的手机砰的一声摔在地上。姐弟两人跟着声音向地上看去。

"哟，这手机挺贵的呢，没摔坏吧？"

青皮男眼睛尖，俯身从地上拾起来，放在手上把玩。突然眉毛凝在一块，脸色陡变，涨得通红："姐，咱们上当了！"

中年妇女听青皮男语气不对，也赶紧回过身来："咋啦？慌七慌八的。"

青皮男盯着屏幕上的正在通话提示，一时间不知道说什么合适，脸急得通红，只得将手机递给中年妇女。

手机上赫然显示着"记者薇薇通话中"。

中年妇女拿着手机半天说不出话，飞速地回想着刚才自己说过的话，突然回过神来似的，一把按掉电话，拧开水龙头，扔在水池里，这才缓缓说道："姑娘，你这事做得不地道吧，现在好了，谁也别想出这个门了。"

"怎么了这是？我手机是怎么了？"

"咱们都别演了，刚才这厕所里的对话，你不是都给实况转播出去了吗？"

宋安用眼角的余光瞄了眼中年妇女："哦，薇薇是我同事，和我是一起的，刚才电话就是她打来的，我忘记挂了。这又怎么了？"

"不不，姑娘你可不是忘记挂了啊，这不我还没提示你，你不是记得很清楚吗？什么一百万，完全是你随便说说而已的吧，你是想先把我们的底给套出来，然后空手套白狼，钱也不用给了，这事也就这么给平了，对吗？得亏我还留个心眼，网上的消息还没删。"

中年妇女转过身，对着身边的青皮男招呼道："刚子，既然这样，那还是按你之前说的法子办吧。"

"得嘞。"

青皮男看着宋安，邪媚地一笑，从牛仔裤的屁股口袋里摸出一把麻绳，压着雯雯的肩膀，将雯雯的手腕从身后结结实实地捆起来。雯雯整个身体像是被冻住了一般，瑟瑟发抖。

"你们确定想明白了？"

"别着急，下一个就是你。"

青皮男忙完手里的活计，看着宋安呵呵一笑，便朝着宋安走来。

"刚子，可得绑紧了，这姑娘心思不少。"中年妇女附和道。

"哎。"

说着，青皮男手上不敢怠慢，牵着宋安的手，左一圈右一圈地绑绕起来。

"啧啧，这么嫩的胳膊肘也真是可惜了，姑娘你也别怪我，还是我姐说的那句话，没人想难为你，都是没办法。等事儿成了之后，你想怎么着都行。"

宋安不说话，只是略带悲凉地打量着眼前的两人，心里倒也生不出恨。她知道，在生存面前，其实没有所谓善恶的，对于大多数底层来说，活下去是更大意义上的道德。

"要钱的话，我跟你们走就是了。带着她能有什么用？再说绑架女童，事情的性质可就变了。本来一件挺简单的事儿，别把事情弄复杂了。"

青皮男听着宋安说到钱，话里似有转机，手里的活儿立刻停了下来："你是说，你会帮我们弄钱？"

"不是答应帮你们弄钱，是我会兑现自己的诺言。"

宋安咬着唇，望着不远处的雯雯，惨然一笑。

Chapter 8

时光深处

　　另一边。

　　方淳和木头驾着车行驶在刚刚恢复通行的公路上。沿路，满载物资开往灾区方向的大货车开得飞快，扬起一路的烟尘。方淳死死地拧着眉头，不住地望着后视镜，一丝不安始终徘徊在他心头。

　　"前面岔路口向左转。"

　　"淳哥，咱离国道路口还有三四公里呢。"

　　"嗯，我知道。"

　　"那咱们现在这是要去……"

　　"不，哪儿都不去。"方淳咬着嘴唇，拧着眉头说道。

　　木头一转方向，带着点刹车，催着庞大的陆巡驶下辅路，缓缓停在公路边的杂草丛里。

　　方淳下车，把地图铺在引擎盖子上："越往下走，我心里越觉得不对劲。"

木头跟着看向方淳在地图上比画出的坐标。

"方队，那伙人要是带着雯雯离开石棉只能走国道的，咱们走的是对的。"

方淳指着身后有来无往的物资运送车队："话是不错。可是陆运刚刚恢复，这一路上都是进石棉的车，如果他们走的是国道，咱们来的路上连着问的三两辆货车，应该能有遇见他们的车。"

"方队你的意思是？"

"这伙人应该没走国道，而是猫在某个角落里等着我们陷入被动。"

木头听方淳说完，若有所思地环视四周，叹息道："方队，如果这么说，那他们的目的恐怕已经达到了。不从国道走，他们既可能跑去江源，也可能是往石棉的邻县方向去，可现在咱们没法子再兵分两路了。"

"嗯，所以咱们现在要赌一把了。"

方淳说完，抬头望着木头，两人面面相觑，谁也说不上话。

"方队，可按着宋姑娘说的，咱们现在可，可赌不起啊。"

木头从口袋里掏出手机，眼神飞快地从方淳面上略过，犹豫半天还是没有当着方淳的面点亮屏幕。

"直说就行，别有顾忌。"方淳见木头面有难色，补充说道。

"方队，我刚才瞄了一眼。网上说队里的操作不当，草菅人命的消息已经上热门搜索了，估计媒体来问责的电话，肯定都打到陈队那里去了。咱们现在找不着人，不管真相是什么样的，但从网友的角度看，是挺够呛的。"

"嗯，怪我给队里添麻烦了。"方淳直视前方，语气中难掩落寞。

木头举起手，连忙摆了摆打住方淳的话头："方队，这么多年我们都是跟着你从生死场里走出来的。事实是什么样，自己人心里都知道。大家伙肯定都向着你的，这点不用怀疑，咱们现在就是看怎么把这事儿给解决了。"

方淳心里突然觉得涌动出一股暖意。连日来的疲惫与困倦，已经使得他无暇用愤怒来反击他所遭遇的这出荒诞剧。他看着为自己打抱不平的木头，瞬间又觉得不能在此刻灰心。

"两个大人加上一个孩子，在没有给养的情况下，走土路去邻县，加上偶尔还有余震，多少还是太凶险了吧。"

"方队，我觉得他们哪有这些正常思维，为了钱一个个穷凶极恶的，还能考虑到这么多？"

"不，人是有惯性的，越是遇到突发情况，越是会回到自己熟悉的地方去。咱们遇见雯雯她爸的时候是在江源，这个女人既然和他是相好，两人应该在江源有落脚的地方。"

"可这江源县也不小啊，这么大一座城咱们捞这三个人，不太容易啊，方队。"

"有办法。你给队里田玲打个电话，让她查查咱们在江源遇到的那男的的暂住地，只要这男的和这个女的还有关系，咱们就能把他们给蹲出来。"

"得嘞。"

木头说完便拉开车门，从后座里取出卫星电话。

"喂。"电话那头软糯的一声，是田玲姑娘的声音，却似乎又有一些异于往常。

"喂，玲，是我，木头。"

"你们跑哪儿去啦？队里面找你们半天了。"

"回头和你说。你现在忙吗？方队让我拜托你打听件事儿。"

"方队？他人在你跟前吗？"

"嗯，我们都好的。你还记得来队里闹事的雯雯父亲吗？方队说让查一下他的……"

"喂，让方淳来接电话。"

声音突然变成一声粗重的男声，浑厚又不失威严，是陈慷。

"呃，是陈队。"木头举着卫星电话，用嘴型示意是老队长陈慷来电。

方淳定了定，一把接过电话，背过身说道："陈队，我方淳，您找我？"

"你现在的位置？"陈慷语气沉静，但越是沉静就似乎越是猜不出他的心思。

"目前在距离国道路不到四公里的东面辅路上。"

"好，你现在回队里。"

"陈队，我和木头现在追着劫走雯雯的那伙人。现在回来的话，就赶不上了。"

"雯雯现在在队里，由雯雯的父亲和队里小田姑娘在照顾着。"

"雯雯，她，回来了？"方淳不自觉提高了说话的音量，引得在身后的木头也不禁侧目。

"你现在回来，我在队里等你，就这样。"说完，陈慷就挂了电话。

"上车，陈队说雯雯回来了。"挂了电话，方淳一脸苦笑地对身边的木头解释道。

方淳掌心抵着方向盘的下沿，快速地回正方向。

老旧的陆巡引擎呜呜地轰鸣，后轮一阵打滑之后，竟也慢悠悠地从草丛中倒回了主路上。方淳抬手看了眼表，距离自己出发的时间过去了将近两个小时，现在回营地的话，应该能履行对宋记者的那句"三小时之内回来"的约定。

"方队，刚才电话里，陈队是不是还说了些别的？"

木头坐在副驾的位置上，见方淳一路上一言不发，觉得气氛不对。

"没有。陈队只说了让咱们回去。"方淳说完，便又不带感情地直直地注视着前方。

"啊，这样。"空气中一阵尴尬。木头够着脑袋，想再找点什么话来说。

"方队，你放心，陈队挺务实的一人，从来都是有事说事，他肯定不会因为网上那些有的没的说你什么的。"

　　方淳见木头话中透露着担心，侧过头微微一笑："嗯。这些我都知道。"

　　车缓缓驶入营地大门。

　　木头背着器材箱跟在方淳身后。队里的队员见着方淳，都停下手里的活儿，一个个面色肃然。

　　"大伙儿忙自己的，别被我打扰。"方淳一面微笑，一面朗声招呼道。

　　"方队，陈队找你说话。"一个队员在人群中小声说道，手里朝着一楼的会议室比画着。

　　"是，我这就过去。"

　　方淳大步走到会议室门口，侧耳听了听门里面，见没有动静，便敲门示意。

　　"进来。"陈慷的声音像是已经等候多时。

　　"陈队，你找我？"

　　陈慷躺在两张椅子拼出来的行军床上，见方淳来了，便一手撑着摊放着大比例地图的桌子支撑起身体："自己找地方坐。"

　　方淳拖过一张椅子，坐在陈慷身边。

　　陈慷用宽大的手掌狠命搓了搓脸，捏着太阳穴缓缓说道："这有觉睡和没觉睡，就是不一样。等你的时候，稍微躺了一会儿，现在这脑壳子就舒服多了。我看你也有日子没好好睡一觉了吧？"

　　方淳听出陈慷这番话只是一段铺垫，便只是笑笑，等着陈慷继续说下去。

　　"淳子，你累了。队里事儿有唐毅帮衬着，再者下面大型机械进场作业，工作量也没那么大了。我给你写个条子，你回家休息吧。"

　　方淳一愣，他原以为陈慷找自己至多是聊一聊违反作业条例的事儿，没想到陈慷话有辞意。

　　"陈队，我本人违反条例的事儿，包括在舆论上妨碍到队里工作的正常开展，这些我都可以书面向队里公开检讨。"

陈慷赶忙摆摆手道："和这些不相干。我就知道你可能会往这方面想，所以在电话里干脆就直接让你回来。"

"陈队，这次我给队里添的麻烦，我本人负全责，您在舆论面前不用袒护我什么。"

"嗐，都说不是了。男子汉大丈夫，人在外面做事，其实也顾不得方方面面，偶尔一些人有意见，包括社会上有批评，都是正常的。对这些舆论上的事儿，咱们有则改之无则加勉，只要记得自己的初心就好了。"

"陈队，那我不明白为什么不让我继续参加工作。"

陈慷端起茶缸，递到嘴边，又重新放回到桌子上："淳子，我说的话，你不要误会。队里这么多人，论经验，论能力，都有和你不相上下的。但我最欣赏的还是你，最懂的也是你。为什么？你和他们不一样的地方是你有韧劲，做事也有恒心。但事物都是相对的，走得极端了，就是偏执，就是感性。不客气地说，你现在就失去了判断力！"

陈慷越说越大声，语气铿锵，说完便目光如炬地盯着方淳。

见方淳不说话，陈慷接着说道："救援队里遇难群众伤亡信息的核准和发布有没有条例？"

"有。"方淳咬着唇，低声说道。

"这些条例白纸黑字都是死的，但这些死的规矩，有没有道理？"

"有道理。"

"道理就在于防止队员在执行的过程中意气用事！"

陈慷看着方淳垂下的头，叹了一口气道："淳子，你经历的这一切，陈队我年轻的时候都经历过。人啊，盯着深渊看得太久了，深渊也在看着你。你跟着队里执行的任务太多了，大伙儿都看在眼里，你现在该休息休息，重新走回到你自己的生活里，晒晒阳光，去去心里的晦气。"

方淳不知道此刻的反驳是不是更多意味着被言中，但这个时候离开队伍，他既不甘心，也不知道该往何处去。

"陈队，大伙儿现在忙着救人，现在这个当口，我肯定不能走。"

"队伍是一个集体，你也不是你自己。你影响着的是你身后的队友，当你失去判断力，威胁的不仅是你，也是把威胁交给了你的队友。淳子，你知道我不欣赏不负责任的态度。"

方淳被陈慷说得哑口无言，只得干瘪地笑了笑，勉强应付道："陈队，现在你让我回去，我也不知道该去哪里，哪里还需要我。"

"那是你的问题，不是我的，"陈慷站起身，像是要说的话终于说完了一般，仰头舒了一口气，"顺便说一句，如果我是你的话，我会找找那个记者姑娘。"

"宋安？"方淳一愣。

陈慷低头抿了一口茶，继续说道："叫什么我记不清了，但看起来，怎么讲呢……"

陈慷微微一顿："倒是一个可以带你走出来的姑娘呢。"

"她，没有和雯雯一起回来？"

陈慷摇头。

"回来的只有雯雯。听雯雯说，这个记者姑娘被那两人给带跑了。明天我会和队里说你休一段时间，是病假。你带着宋姑娘一起回来，趁着夜里走，别让大伙儿心里惦记。"

说完，陈慷拉开门自说自话地离开，留下这才恍然大悟的方淳。

大概姐弟两人早有准备。

两人早早地在救援队驻扎的学校附近小树林里藏了辆农用三轮车。宋安嘴里塞着布头，头上被套上麻袋，不由分说就被两人推搡着上了车。

刚一进到车里，一股羊肉的膻味扑鼻传来。宋安胃里一阵翻腾，强忍着屏住呼吸。中年妇女见状，压着嗓子飞快地说了句："嘿嘿，路上不远。

你们城里人不习惯这味，将就将就也就好了。"

宋安透过麻袋粗糙的网眼，想搞清楚车里的情况，但一片漆黑，什么都看不到。她索性凝神闭目，试图回想沿途车辆行驶的方向，以及每一段路程所用的大致时间。轮胎碾过的石子蹦向轮拱，不时传来阵阵敲击声。除此之外，车内寂静无声，甚至感知不到坐在对面的中年妇女的鼻息。宋安这才觉得有些后怕。第一，这两人显然不是什么善茬，为了点钱可以不择手段；第二，行动本身完全是计划好的；第三，从薇薇的来电被姐弟两人发现之后，已经没有人知道她的下落了。

最后的指望都在他身上了。

宋安寡然一笑。她说不上确切的因由，只是一种模模糊糊的笃定。好像闭着眼就能看见那个一脸严峻、不苟言笑的男人正抿着嘴，不紧不慢地追着自己走来。

一路上颠颠簸簸，宋安紧紧攥着手边的金属扶手，粗粝的铁锈粒混合着金属特有的寒冷沁在手里。一个急刹车，宋安脑袋应声磕在顶棚架子上。

"下车。快，麻利点。"青皮男一把拉开车门，冲着车里喊道。

不待宋安反应过来，中年妇女拖着她就下了车。青皮男锁好车，从后门追上来，帮着中年妇女，两人一道架着宋安的胳膊，连拖带拉地就往某处走。宋安顶着个晕乎乎的脑袋，脚下跟跄着跟在两人身后。

一阵窸窸窣窣声，青皮男从怀里掏出钥匙，借着月光投进锁眼，门应声而开。

"刚子，不急开灯。等我们都进来。"

宋安身子刚被推搡着挪进门框，门就被轻声带上。

宋安头上的麻袋被扯开。

一根满是油渍的灯线，拖着被报纸包起来的昏黄色的白炽灯，照得屋里的人无处遁形。简单的一桌两椅，墙角一张双人床，对着床的是一台扯着长长天线的电视机。四周的墙面上被报纸贴得满满当当。角落里堆着锅碗瓢盆，但看不出近期有开伙的痕迹。

姐弟两人用膀子抢着擦去额头的汗，两双眼睛齐刷刷地瞪着宋安。

"姑娘，我先和你说清楚，咱们要是能好好合作，我就给你把嘴里的布条给除了。要是不行，那咱们就这么耗着，直到你想通了为止，我们现在别的没有，有的就是时间了。"

中年妇女一边说，一边把窗户从屋里给扣上。

宋安深吸一口气，眯着眼睛微微晃了晃脑袋。

"没忘记答应过我们的事儿吧？"

青皮男见状急不可耐地冲到宋安面前，扯开布条，手舞足蹈地比画道。

"你是说编个大新闻？"宋安瞟了眼青皮男，话有讥讽。

"怎么弄是你的事儿，我们就要钱。钱啥时候到位，啥时候让你回。"

青皮男说完，像是松了一口气一般，一下子疲沓下来，一个人默默坐回床边。

"就为这事，搞这么大阵仗，你们姐弟俩至于吗？找个社会记者把家里遇到的情况好好说说，舆论基本还是客观的嘛。"宋安拉过凳子，肩膀搭在椅背上，揉着肩膀说道。

"就是至于啊。"中年妇女背着身，老半天不作声，突然冷不丁地冒出一声。手里不知什么时候摸出几根青椒和几颗鸡蛋，正准备着晚饭。

"家里没有像样的东西，委屈你凑合着吃点吧，吃完饭再说吧。"

说完，中年妇女一阵沉默。青皮男靠着床边已经半迷糊着眼。屋里只有鸡蛋滑入油锅刺刺啦啦的声音。

话题似乎突然变得凝重，中年妇女显然话里有话，但宋安一时不知道该说什么，只能静静地坐在椅子上等着中年妇女的下文，中年妇女却不再继续刚才的话题，而是端了个盘子放在宋安面前。

"在你眼里，我们姐弟俩也就是个掉进钱眼子里的刁民吧？"

中年妇女苦笑一声继续说道："想想老天也真是不开眼。钱分明都叫有钱人赚去了，我们穷人图两个活命钱就是刁民了。"

听中年妇女说得动情，宋安心里柔软了一下，又转念说道："勤劳致富，守法经营。没人说你们要钱是错，是你们的方式方法完全不对啊。"

中年妇女像是已经听过无数遍这话，不置可否地笑笑。

"那有钱人来抢我们穷人钱的方式方法就对了？姑娘，咱们不是一种人，有的事儿你注定理解不了，说不通也没啥好勉强的，你帮我们把安置费要到，这事儿就结了。我们真的没想为难你。"

中年妇女用眼角的余光扫了一眼宋安的脚踝，注意到她脚上镶着铆钉的细跟皮鞋丢了一只，回身从柜子里掏出一个用雪花纸包得严严实实的包裹递到宋安面前："换上吧。这是我弟给我买的，预备我本命年的时候穿的。我们姐弟俩都是粗人，带你来的路上野蛮了点，姑娘你多包涵。"

宋安接过包裹，拆开雪花纸。里面是一双大红色的皮鞋，大概二十年前的鞋款，别说名牌，可能连品牌都谈不上。油光水滑的人造革上，却显然被一丝不苟地上过蜡。她这才注意到自己红肿的脚踝不知什么时候起一直光着。

宋安脸一红，略有犹豫。她没想到眼前的中年妇女会以这样的方式释放善意，也不知道这份廉价却也贵重的礼物她能不能受得起。

"这不太好吧。"

"穿吧，可能稍微大了点，但总比光着脚强，噢，我叫文娟，那边那个是我弟，刚子。你随便喊，怎么顺嘴怎么来。"

中年妇女指着歪靠在床边已经累得睡着的弟弟示意道，眼神善解人意地躲开宋安。宋安便不再勉强，默默弯腰穿上。

"那谢谢娟姐。"

"客气啥。快吃吧，饭都冷了。"中年妇女转而又盯着宋安面前的盘子。

简单的一盘青椒鸡蛋炒饭，却是正宗的农家味道。清脆的青椒和半焦的鸡蛋间泛着油花，喷香可人。

"这用的什么油？炒得挺香的。"

"羊肉炼的荤油，吃不上肉的时候，就用它来炒点蔬菜，吃着香。"

中年妇人见宋安称赞自己的手艺，嘴角不自觉有点上扬，略有得意。

"姑娘，我说你还别不信，这个味儿你在城里还就真的吃不着，只有咱们江源这地界有这么个吃法。"

"这是江源？"

宋安心中一震，手里的筷子不自觉地掉在地上。

"是啊，姑娘你这是咋了？"

中年妇女见宋安脸色一下子变得煞白，吓得大气都不敢喘。

宋安整个人的魂魄像是被人从身体里提出来一般，两眼空若无人地望着眼前的中年妇女，似乎每说一个字都要花费大半力气。

"你说你叫文娟？"

"是啊。"

"你弟叫大刚？"

"是啊，我刚才和你介绍过了呀。"

中年妇女见宋安脸色不对，赶忙拍醒在床边歪着睡的刚子，急切地说道："赶紧给我去外面拧条湿毛巾回来。"

刚子从睡梦中惊醒，见宋安额头的汗珠顺着脸颊一点点滴下，赶紧一刻也不敢耽误地抓着水桶就去外头打水去了。

宋安低着头，深深咽下一口气，手按在中年妇女的肩头，眼睛依旧是死死地看着对方：

"我现在说的每一句话，你都要听仔细。如果我说得对，你就说是。"

"姑娘，你少说几句，等水来了，你快先洗洗休息一下。"

中年妇女焦虑地看着门外，等着刚子提水回来。

"闭嘴！你听我说啊。"宋安厉声打断中年妇女的话。

"你姓庄,叫庄文娟。"

"是。"

中年妇女一愣,她记得自己没和宋安说过自己的全名。

"你弟叫周刚,比你正好小一轮。"

刚子提着水桶冲进门内,耳朵里听着说自己的事,便不自觉地转向这边。

"你们是同母异父的姐弟。"

中年妇女越听越好奇。宋安却在这个时候低下头。

"你们姐弟俩的事情,我帮定了。"

刚子越听越糊涂,走到宋安面前,用手背搭了搭宋安的额头:"姐,姑娘和你说啥呢?"

"我也没明白啊,没发烧吧?"

"我摸了,不烫啊。"

"三年前的江源矿难,你们姐弟俩是罹难者家属,因为不是原生家庭,事故责任企业只赔了一半的钱对吧?"

中年妇女皱着的眉头松了下来:"原来是听说过当年的矿难。那就难怪了。不过姑娘有一点你说错了,后来事情见新闻之后,陆陆续续又收到一些钱,和矿上欠的也基本持平了。不过姑娘这些你都是咋知道的?"

"我当然会知道,做这条新闻的是我同事。"宋安说着不自觉地顿了一下。

"兼最好的朋友采采。"

娟姐俩眼睛瞪得大大的,向身后退去几步:"啊!姑娘,搞了半天采采是你的同事啊!怪我怪我,你要早点和我说就好了。采采那姑娘那时候可是帮了我们的大忙,是我们的恩人呢。她现在怎么样啊?结婚没有啊?你回头和她说,没有的话,她娟姐给她介绍,弄个一卡车小伙儿给我们采采挑。"

"她……"

宋安怕在别人面前谈采采。好像说了，关于采采的一切就都没有了。

"安姑娘，你能帮我给采采拨个电话吗？这么些年没见，不光我，采采当时帮助的那几家人都很想她啊！"

娟姐见宋安不置可否，来回搓手，羞得声音越说越小。

"安姑娘，这事情是姐不好，明早我让刚子就给你送回去。你要是还是不能原谅你姐，姐给你跪下赔不是行不？这几年日子过得太苦，就没有再遇到过采采那么好的人。"

"采采她自杀了，我也很想她。你们后来陆陆续续收到的钱，一部分是她的储蓄，一部分是单位同事的慰问金。身后事交代得很清楚，所有的钱都要用在堵当初她许诺追诉但被责任企业扯皮拖延的窟窿上。"

宋安说得很平静，短短的一句话在她心里捂了这么些年，说出来总是轻松的。她不知道自己措辞妥当与否，或许可以再润色一下吧。自杀在大多数人看来究竟是一种勇敢还是懦弱呢？

她不知道，但她知道采采会用这样最简单、最直接的方式，把有待消化的事实摆在明面。

晚风骤起，震得窗户发出微微颤动。娟姐和身边的刚子半张着嘴，一句话也说不出来。

说是收拾行李，其实比想象中简单。

脱下队服，换上自己的便装，剩下的也就只有钱包、手机和钥匙这几样了。这也自然，在队伍里待久了，队伍已经像是家一般的地方。有谁会特意带着行李回家呢？他把队里分配下来的驱蚊药水放进胖子的柜子，创可贴塞进小田的药箱，便是收拾好了。

方淳按着陈队说的没有知会别的队员，甚至没和胖子和木头说一声，打算就这么默默地走。陈队会怎么和大伙儿交代他的离开，他无从猜度。

任务还没有结束就离开，在他这是第一次。然而属于第一次的还有别的，那便是他没有想过的，一个陌生的女子可以这样毫无预兆地闯入自己的生活。

是的。

黑暗中，他不自觉地想起宋安身上的气息。那里混杂着甜腻与清雅，既让他陌生，也让他熟悉。

方淳侧着脑袋，试图找到一些确切的词用以描绘，但不久便摇摇头放弃了。他找不出，或者说这根本就是一场徒劳。他又想起宋安睡梦中富有韵律的鼻息，以及作为女人特有的绵软躯体。

方淳打开水龙头，掬了一汪水在手心。他用力地拍打自己的脸颊。清冽的井水激在干涩的皮肤上，既驱散困意，也赶走了他忽暗忽明的心意。

身处山区，风来得总是没有规律，吹在脸上一阵阵的，方淳坐进车里，摇下车窗，发动好车，轻轻地踩下油门，以免惊扰熟睡中的队友。车灯将前路照得分明，偌大的江源，他不知道宋安在哪里。

"一碗豆浆，两屉包子，包子打包。"

"好嘞。"

方淳从口袋里掏出钱放在桌子上。等到店家伸出手来取时，方淳顺势将店家招呼到身边："老板，想和你打听点事儿。"

"啥事你说。"

"我是外省人，干建筑的，想在这边找份活儿，咱们江源哪里有活儿干？"

店家回过身，停下手里的活儿，从上到下把方淳仔仔细细看了一遍。挽在袖口的水洗牛仔衬衣，里面一件纯白色的圆领体恤，简洁利落的黑色牛津长裤，一双棕色的切尔西牛皮短靴，一块棱角分明的沛纳海腕表。

"小哥，建筑可是个苦差啊，我看你这身行头也不像啊。"

方淳听了只是笑笑，卷起袖子，摊开自己的手掌。粗粝的掌心中央已经被磨出几个血泡，手臂也是道道伤痕。

"这样会不会像一点了？"

店家面色一凛，语气不自觉地敬重几分："哟，真是没想到，小伙子不简单啊。"

倒是店家一脸肃穆的样子把方淳逗笑了："都是讨生活嘛。"

"是了，这个年头要是没有点背景关系，再不把自己收拾得像那么一回事，那机会就找不上你。小伙子，我和你说，你下午去趟城南边看看，那儿要通铁路，忙着搞基建呢。江源是个小地方，基建不是小项目，这种事情能轮上江源，那也是你们年轻人现在运气好了，搁我那会儿可是没这样的机会。好好干，发展空间不小，现在不少附近的外省人都来江源做这个呢。"

方淳端起豆浆一饮而尽，手里提着热腾腾的包子："等我找到活儿了，回来看您。"

店家把钱推回到方淳面前："好好干，这顿早饭叔给你管了。"

宋安一觉睡醒已经是九点多。她用肿着的两只眼睛四处看去。

屋里没人，桌上放着装好的小米粥，中间卧着一块腐乳。宋安用手背试了试，烫烫的。

娟姐端着水盆蹑手蹑脚地推开门："安姑娘，别是我把你吵醒了吧？"

"不会，醒了有一阵了。刚子呢？"

"大刚出去上工了，我让他回来的时候买个手机给你，之前害你手机给弄坏了，真是对不住了。"

宋安听完就从包里掏出钱包，取出一沓钱推给娟姐："不行不行，这个我们肯定不能要的。安姑娘你一边吃，我先赶紧和你说你交代的事儿。"

"行，那就先说事儿。"

"这第一件事，你交代我，把网上发的讹救援队的微博和帖子都给删了。天地良心，但凡是我发的我都给删除干净了。但是……"

"但是什么？"

"就是，好像网上声讨救援队的声音越来越大了。"

娟姐说完，低垂着脑袋，像是个做错事的孩子。

"都删了，怎么还会有人跟帖？娟姐你是不是记漏了？"

"漏不了，我和刚子俩人一共就两个账号，这俩删了，压根儿就没别的了。现在是有一些别的媒体号在跟着发，网友都跟着那些媒体号走了。"

"别的媒体号？拿来我看看。"

宋安虽然脸上一脸肃杀，可心里倒还算是坦然。舆论场上这点抢流量的小心思，说白了，和办公室里争单位领导的宠也没什么区别。不过是办公室里的领导被置换成了集体概念上的"网友"。

娟姐在衣服上擦了擦手，小心翼翼地用手指滑开屏幕递到宋安面前。

宋安拿着手机，手指迅速地往下拖动着屏幕。

"呵呵，川西消息、楚日参考这些都是老朋友了。但凡哪里有点腥荤，都有他们的热闹。没事，等一下咱们一起给他们打电话说明一下情况就行了。"

娟姐面有难色，支支吾吾道："安姑娘，你说人家会不会觉得我一开始起的就是坏心思，不再信我说的了啊？"

"实事求是，咱们把事情说清楚就行。审核事实是媒体的基本责任，履行与否是他们自己的事儿。咱们不亏理就好。"

"得嘞，我和刚子都听你的。你说让做啥我们就做啥！就是这回这些媒体怕是要恨死我们咯。"

娟姐说得落寞。宋安撩开挡在面前的头发，欣欣然说道："恨你们什么？给他们带去这么多流量，心里感谢你们还来不及呢！"

娟姐缓缓地摇了摇头，苦笑着说道："虽然我不是做这行的，但是我觉得这做人啊和做媒体工作是一样的。好比你见了一个人，他和你说了一次谎话，你就不会也不该再信他第二次。这媒体要是也说了假话，下次虽然还是会有人瞅，但心里面没人会再敬重你这个牌子了。安姑娘，你说我和刚子两人把人家这牌子搞臭了，人家能不恨我们吗。"

宋安干笑了笑，她知道娟姐的自责，但自己作为新闻从业者，却也没有立场为她开脱。假永远是假，无论它可以借用"真"的面貌使用多久。

"还有就是网上的这些网友，他们要是知道自己支持的是两个骗子……"娟姐说到一半哽了一下。

"不单单是被欺骗了感情的事儿，万一下次真的有苦命人需要大家帮助，谁又会伸出这双手啊！唉，你说我是造了多大孽！"

宋安站起身，扶着娟姐站起来："娟姐，咱们先吃饭。不管发生什么事儿，我都会和你们一起面对的。你和大刚现在是我的当事人，我不会让我的当事人受到任何本不应该他们承担的伤害。"

看着娟姐将信将疑的眼神，宋安下意识地又补了句"信我就好"。

宋安端起碗，小口吹着碗边，怅然地回想着"信我就好"，这句话从说出嘴的一瞬间就觉得熟，可人真的是很奇怪了，有的时候，太熟悉的话也会觉得陌生。不靠谱合作方会这么说，口是心非的友媒也会这么说，中看不中用的男人也会这么说，她在脑海中寻找着这句话的最初记忆。

"来试试这酱菜，我自己腌的。"

见宋安筷子迟迟不往嘴巴里送，娟姐看得着急，干脆直接代劳。

"谢谢娟姐。"

"瞎客气啥，这点采采就比你随和多了。"

娟姐说着不自觉地带着几分微笑："采采那性格是真招人喜欢，当年矿上住着的几家人，哪家都喜欢她，到饭点都抢着要她去家里吃饭呢。"

娟姐说着突然抿起嘴巴，这才意识到说了不该说的话。

"没事，娟姐，这些我也都知道呀。"

是的，信我就好。

这话最早是采采说给宋安听的。

想起她，永远是那副信誓旦旦、成竹在胸的样子。

"哎呀，我说我的安大人啊，你信我就好。我这次去矿上采新闻无论出现任何情况，我都不会和矿厂上的那些人发生肢体冲突的。"

"你不想和他们发生冲突，那要是他们就是要为难你呢？"

"为难我？哈哈哈哈！"

想起她，总是朗朗笑声在午后的楼梯间里回响的样子。

"第一，为难我他就能掩盖得了该负的责任了？第二，这么大一个中国，为难我一个难道就够了？总还有千千万万新闻工作者会前赴后继地把事实搞清楚的嘛。最后，这第三……"

宋安记得那天采采抓着脑袋想了半天，也没补出来一个像样的第三条。

"第三什么？"

"这第三便是，如果为难有用的话，还要警察做什么！"

采采学着电视剧中人物的样子，酷酷地说完，见宋安横眉冷对千夫指的神情丝毫没有改变，便踮起脚，一把拉过宋安的手，对着宋安的耳朵悄悄说道："信我就好。"

"是不是不合你胃口，要不要我给你切两个皮蛋用点醋蘸蘸，开开胃？"

宋安微笑着摇摇头，用筷子夹起满满一筷子酱菜，就着温温的粥往嘴里送。

"那就好哩！只要胃口好，再大的困难都能克服的！"

方淳开着车窗，朝着江源县城的南边一路缓缓地开。遇到人头攒动的时候就下车抽一支烟，和街面上晃膀子的、带孙子的、开店的、采买家用的唠上几句。几来几去，江源县城的情况也就基本摸得差不多了。

江源是座人口不多的小县城，衣食住行都围绕着县城的中心来展开。

这些年，年轻人都喜欢往大城市跑，留在县里的劳动力就越来越少了。早点铺老板说得没错，南边为了建造高铁而提前准备起来的基建工作总算是为江源留住了一些年轻人，甚至特意从外县过来讨生活的人也不少。

方淳开着车，一路摸到县城南边的工地上已经是中午。他并没有着急着下车查问，而是慢悠悠地沿着工地转了一圈。瞧了瞧工地附近的小饭庄、烟酒铺、理发店、菜场这些地方，又慢悠悠地开回工地，停在距离工地不远的小卖部。

方淳摇上车窗，坐进大陆巡的后座里，用衣服半遮着身子，机警地盯着工地的门口。

蜀地夏日逼人。午后直射的阳光加上潮湿的空气使得方淳坐着的车厢像是一个大闷罐子。早上买的包子已经一扫而空。饿倒还好，主要是渴。大滴大滴的汗珠凝结在额头前，喉头每吞咽一次口水，也越发变得干涩起来。

虽然放着冰镇饮料的小卖部就在眼前，但他不想贸然下车。临近下工的点，加上又是处在路口的地方，人多眼杂。建筑工地的工人们长期在一起劳作，突然出现一个外人，会是非常显眼的。方淳不想前功尽弃。这里既是他的直觉，也是他唯一的机会。

吱呀呀的一声，生锈的工地大门缓缓打开。里面的人群像是放鸭子一样，鱼贯而出。工人们一出门就脱下自己的工作服，搭在肩膀上，三两为友、四五结群地点上烟，嘻嘻哈哈地向各处走去。方淳不敢大意，按着记忆中那人的身高，眯缝着眼睛从人群中寻找落单的人。

从大门出来的人越来越少。方淳神情开始变得焦虑，一圈看下来都没有他期待的人。

方淳用手抹去额头上的汗，摇下车窗，正打算把车开到附近彩钢安置房附近，窗外突然传来一阵若有若无的对话。

"瞧你那德行！赶着投胎还是咋的！过来，好不容易哥几个都在，一起喝一杯去啊。"

"哪儿凉快哪儿去，今天我有事情！"

"瞧你那愣劲儿，不就是一部新手机嘛，把你给猴急成这样？晚点再摆弄它能飞了不成。"

方淳缓缓地把目光向说话的人转去。答话那人身高似乎相仿，但只能看见一个背影。

"我说了，不行！"

"不行？你再说一遍试试！"

身后几人很明显是被惹怒了，从后面伸手抓住前面男人的肩膀。那男人似乎早有准备，一回手就把搭在肩膀上的手给打开了。后面几人一愣，还没反应过来，前面那人已经撒脚跑了出去。

后面几人骂骂咧咧地追在后面跑了一阵子便跑不动了，只能由着前面的人跑。倒是方淳从刚才就不紧不慢地跟在后头。他看得真切，那个无意回头的男人，就是之前在救援队里闹事的姐弟中的弟弟。方淳控制着车速和距离，同时眼睛也一直注视着前方男人的身影，不敢大意。

没多久，男子闪身钻进一条巷子。方淳瞄准男子走的方向，远远地停车熄了火，跟在男子身后。男子没有半点犹豫地七拐八拐，在一间自建的毛坯房前停了下来，侧身看了看周遭，敲了门，门应声打开一条缝，男子闪身进去。

方淳沿着男子的住地绕了一圈，确认完附近的地形和路口之后，这才慢悠悠地晃回车里。夏天天光黑得晚，他打算等到夜里再行动。

"安姑娘，没买到你用的那款，你看看这机子行不行。"

大刚神色忐忑地从怀里摸出一部手机。

"功能可能没有你用的手机那么齐全，价格也没有你的贵，说实话，我是看外观和你的那个比较接近就买了。咱们这儿实在没有你那种手机卖……

对不起了。"

大刚越说越小声，说完便低着头，不说话了。

"就交代你这么点事都做不好！"

娟姐气不过，还要上去数落几句。

"娟姐，没事的，已经很费心了。我不挑的。"

宋安挥挥手，微笑着接过。她毫不在意地撕开塑封，按下电源键，一直等到屏幕亮起来的那一瞬间她才意识到，要紧的不是自己的手机，而是手机卡……

"哈哈，怪我怪我，害你们白辛苦了一趟，我缺的应该是手机卡。"

娟姐和大刚听宋安这么一说，这才都反应过来。

"哎呀，我这脑子，当时怎么就没绕过弯来。这样，刚子你明天再跑一趟石棉吧，把安姑娘的手机卡再拿回来。"

"姐，我怎么着都行，就是会不会耽误安姑娘手头的事啊，现在做个啥都离不开手机了。"

"没事，一天两天的，问题不大。"

宋安嘴上说着，心里渐觉不好，从石棉出来已经经过了二十四小时了，她还没有和任何人联系过，只能由着网上的事态越滚越大。但看着一脸忧愁的娟姐和大刚，她也不好直说。

"这样吧，有啥事我就用你们的手机卡先使着，行吧？"

"好的，好的。"

大刚听宋安开口，如释重负地主动把手机交给宋安。

"屏保密码是六个八。我也没啥联系人，都是些狐朋狗友。安姑娘你看不惯的直接删了就行。"

"那怎么行，万一有哪个对你有意思的姑娘，被我删掉了多不好。"

"安姑娘啊，今天午休的时候，我看了眼微博，我觉得事情是越来越失控了。"

"怎么说，我看我们在石棉闹的荒唐事都已经上热搜了。大家都在骂救援队那个姓方的副队长。我看有的人都在人肉他的信息了。"

"嗯，我先看看。"

宋安略一沉吟，便不再说话。娟姐和大刚的担心毫无疑问都是有道理的。再任由网上的舆论发展下去，无论是对救援队，还是对娟姐他们都是没有好处的。至于对方淳，她倒是蛮想看看那个永远一张扑克脸的男人到底有什么样的前史，希望万能的网友能挖出点料。宋安就这么信马由缰地想着，突然她看着手机一愣，她意识到网上的舆论为什么这么快就能上热搜了。

宋安想起负责文娱新闻的薇薇曾经和她说过，上热搜新闻的三大条件。

"热搜嘛，也不是完全不可操作的。第一，背景事件要足够大，大到必须有别家媒体在一起跟进的程度。第二，同时你提供的材料要能从背景事件里跳脱出来，最好是事件侧面的阴影能提供到阴谋论的视角。至于第三嘛……"那个时候的薇薇，故作神秘地凑到宋安耳边小声说道，"最好你有一些固定的合作伙伴，在你有独家消息的时候帮衬你一把，把你抖出来的料用他们的受众托一托，这事儿也就基本成了。"

宋安拿着大刚的手机，手不住地发抖。她突然发现，在把消息在网上炒得沸沸扬扬的几个账号里，有几个是薇薇所谓的固定合作伙伴。

宋安沉默地走到窗户边，脑袋飞速地运转着。

娟姐见宋安脸色不好，拉着大刚站在宋安身后说道："安姑娘，你也不要为我们的事儿发愁了，这事儿都是我们姐弟俩作的孽。自己作的孽要自己还，我就发声明，把事情的来龙去脉在网上给说清楚，网友要是骂我们，我们就虚心接受批评，本来就是我们做得不对。"

说完，按了一下早早准备好的文稿，嗖的一声就发送出去了。

宋安听见身后的声音，自己也是一愣，她没有想到娟姐会这么果决。

"娟姐，你应该相信我能处理好的。"

"安姑娘，姐永远都相信你的能力。但这是姐自己犯的错误，姐得自己承担后果，说起来我和大刚都还要谢你，没让我俩在黑道上越走越远呢。"

宋安听了，虽然觉得欣慰，但心里的大石头也没能放下。她不知道薇薇在多大的程度上参与了这件事情，而且更让她觉得不安的事情是薇薇实际上是清楚事情来龙去脉的人啊。在石棉拨通的那通电话，她是都能听见的啊。

"我这边也试着联系看看。"

宋安抓着大刚的手机，一个人站在墙角，按着网上的联络方式给媒体号打了过去。

"你好，我是石棉救灾罹难事故的当事人代表，贵台在微博平台上刊载的信息与事实不符，我的当事人已经发布声明，希望贵台能及时核准信息，消除各方的不良影响。"

"啊，好的。您的来电系统已经记录。我是值班编辑，您的意见我会及时反馈的。"

对方便是这么应付一句，便草草挂了电话。

宋安忍不住地骂了一句。无法联系上薇薇，并且确认清楚薇薇在整个事件里的作用已经让宋安足够火大，现在又遭遇这么一个无名小编的职业性推诿，一股无名火聚在心头，无处释放。她第一次感受到失去"《新日报》记者宋安"这个身份做事的不便之处，也第一次体会到作为普通老百姓大事临头时的无助与绝望。眼前的世界似乎是一张早已编织完毕的网，你无处钻营，只能等着这张网一点点找到你，接着把你收入其中。

"不生气不生气，这么点事儿，犯不着发脾气的。"

娟姐拉着宋安的胳膊就往屋里走。

"事情我都说清楚了。就按你说的，咱们该道歉就道歉，该接受批评就接受批评，发生啥面对啥就好了。你娟姐和大刚都做好心理准备了，你就放心好了，人家也没有做错事，犯不着的。咱们今天就早点睡，天大的事儿，都等大刚明天把手机卡给拿回来了，再处理好不好？"

"好。"

宋安说得有气无力，没有记者这层身份她是真的什么都做不了。

"姐给你把床铺都收拾出来了，从上到下，从里到外都是新铺盖，白天出太阳的时候，我都给你晒过了。"

娟姐领着宋安走到里屋。

"你试试硬不硬，硬的话，姐把自己那床铺盖再给你加上。"

"不硬，正好。"宋安机械地回答道。

"那就行嘞。晚上我和大刚都睡在客厅，有事你叫我们就好。现在咱们一起吃点东西，然后你就睡觉，明天的事，咱们一起面对就好。"

"嗯。"

娟姐搂着宋安，不住地用手拍着宋安的后背，像是哄着一个爱发脾气的孩子。

Chapter 9

拥抱的温度

　　方淳坐在车里，一根接着一根地抽烟。蓝色的烟雾萦绕在车厢里，久久无法散去。

　　他的心里盘算着即将展开的行动，不确定因素还是太多了一点。屋里除了宋安一共有几个人？房屋的户型结构是怎样的？宋安被控制在哪个房间？任何一个环节出了问题，他都不能保证自己和宋安能够全身而退。

　　他在面前的本子上根据脑海里的房屋外形，推演着可能的房屋结构。对方不会把宋安控制在客厅，逃跑的风险太大了。但带着宋安经过有人看守的客厅也是一个难题。

　　方淳长长地吐出一口烟。快到午夜了，留给他的时间不多了。

　　临睡前，娟姐又特意跑到宋安屋里再次不放心地看了看。晚饭前，她就感觉出宋安在为什么事烦扰着，她想做点什么多少分担一点，但宋安口风紧得很，不管怎么问也只是笑笑不答话。

"那明早想吃啥，这个总可以说吧？你告诉我，我这就去准备。"

"好啦，娟姐，你也别为我费心了，你们平时吃啥我就吃啥。"

"不行，你是稀客。"

"那还是小米粥酱菜。"

"你喜欢？"

"嗯。"

"行嘞，我这回再给你加个茶叶蛋！"

"茶叶蛋？姐，那我明儿干脆也吃了再走吧。"人在客厅的刚子竖着个耳朵，听说有茶叶蛋便插话道。

"没你什么事，你回来得早兴许给你留几个。"

娟姐瞪完大刚，转脸又笑盈盈对着宋安说道："你娟姐干过早点铺，手艺还不错，明天你尝尝。"

"嗯啊。"

瞧着这对姐弟，宋安不自觉地咧着嘴笑。生活还是需要期待的，即便是微不足道的期待，内心却也会变得富足而充盈起来。宋安坐在被阳光晒过的床铺上，困意逐渐袭来。

"那做个好梦哦。"

娟姐轻声说完，便带上门，围上围裙，煞有介事地置办起明天的早饭。

鸡蛋一点点去壳，再小心翼翼地将蛋衣去掉，最后再按顺序下入调制好的汤汁中。等到锅里的汤汁滚动起来，再将火头转小，文火煨四五个小时，就算好了。

"帮我看着灶台啊，到点就帮我关了。"娟姐回过身体，对着趴在饭桌上用手机看球赛的大刚嘱咐道。

"知道知道，姐你睡你的就行。"

灰暗的夜空下，屋顶与天际的分界线逐渐变得晦暗不明。方淳一个人窝坐在车里，开着车里的电台，有一搭没一搭地听着石棉的救灾新闻播报，时不时地用相机取景器确认屋里的情况。

灯灭了。

方淳关上车里的电台，下意识地瞄了一眼表，又在车里等了两个小时。方淳这才下车慢慢走到民房前，他用手轻轻叩动窗户框。

咚咚咚。清脆的声响在一片寂静中显得格外分明。

他侧着耳朵，仔细留意着里面的动静，直到确认屋里没有动静，方淳这才掏出事先准备好的破锁器，循着黑，摸进锁眼，三两下，门开了。他用手掌托着门边，悄悄地推出一条缝隙。

炉头上闪动着蓝色的火苗，方淳循着光亮看去，正是下午在工地上撞见的男子。此刻男子趴在桌上，胸脯随着呼吸微微上下起伏，对方淳的闯入毫无察觉。房间深处是两个房门紧闭的卧房。这是方淳最担心的情况，他无从判断出宋安在其中哪间，某种程度上也只能看运气了。方淳顾不得犹豫，三步两步走到左边的卧室门前，轻轻转开门把手。

门刚打开一条缝，里面就传来中年妇女迷迷糊糊的说话声："刚子，炉子给我关了吗？"

方淳心头一惊，他没想到里面的人还醒着，也不知道身后的男子有没有听见，当下进也不是退也不是，只得立在原地。好在他分寸没乱，随即压着嗓子含糊其词地应了一声："嗯。关了。"

"那你也快睡吧，明儿还赶路。"

"哎。"

方淳虚掩上门，当下不敢有丝毫耽搁，立刻闪身退到隔壁房间。

月光下的宋安睡得安详。淡蓝色的月光落在她白瓷一般的脸颊上，细密的睫毛下投出一小块神秘的阴影，似乎有意不想让这个世界看得分明。

方淳潜入屋内，环视四周越发觉得奇怪。屋里的陈设与别的房间别无二致，看不见绳索镣铐一类的东西，就连宋安盖的粉色被单也都显然是刚晒过的，有种喷香的温馨感。但他依旧不敢大意，眼下的任务是带着宋安离开这里。

方淳弯下腰，俯身跪在宋安身边，手慢慢地搭靠在她的手腕上。

宋安的手很凉，手腕也比方淳想象中更加细弱。方淳没有立刻将宋安唤醒，他只是这么淡淡地将宋安的手腕握在手中，静静地看着熟睡中的宋安。

"刚子？刚子？"

隔壁屋里的娟姐冲着客厅小声喊道。

方淳下意识地回身看去，手上一紧，便觉出宋安已经醒了。宋安睁开眼，瞧见是方淳，内心谈不上吃惊，她真的是有点笃定这个男人会来找她的，她只是想不通他是怎么进来的。倒是方淳担心宋安突然叫出声暴露位置，一把将手按在宋安嘴上。

方淳凝滞着眉头，嘴巴微微张开，不自觉地喘着粗气："别说话。"

他用手指比画着门外，示意外头有人。

方淳额头的汗珠滴在宋安的脸上，又顺着她的锁骨滑入衣领，温热的。

宋安心里已经明白大半，却故意不把话说清楚，她倒是想看看他打算怎么带她出去。

"我是来带你走的。"

方淳一脸严肃，一副已然准备英勇就义的样子。

宋安双手一根根地扳开方淳的手指："那我先换身衣服？"

"噢噢，你换。"

方淳转过身，两眼直勾勾地盯着墙面，脸上不自觉地微微发烫，不大的屋里，宋安每解开一颗纽扣，或是拉开拉链的声音，都在屋里回响。

"快点，没时间了。"

方淳压低声音对着身后催促道。

　　"安姑娘？安姑娘？"

　　门外，娟姐贴着门边小声试探道。

　　啊！来不及了。方淳从身后摸出一条警用防暴棍，下意识地回身想将宋安护在自己身后。

　　宋安站在床沿边，手里拿着衬衣正要往身上披，下身则裸着修长的腿。听见门外的声音，依旧不紧不慢地穿着自己的衣服。

　　娟姐见门里没人应声，便自顾自地推开门。

　　"安姑娘，我刚听你屋里有动静，估计有点闹老鼠，你先去我那屋睡去，我让大刚给你瞧瞧。"

　　说完，娟姐两手在黑暗中摸索了一阵子，拉开吊灯。

　　"啊！刚子，家里闯进人了！"

　　娟姐见屋里突然多出个人，不自觉地叫出声来。

　　刚子应声冲进门内，手里举着一把炒菜铲子，惶恐地看着方淳。

　　众人视线相接。

　　方淳觉出事态不是自己想象中那样，便放下自己手里的防暴棍，声音里压着点脾气说道："谁是不是应该出来解释一下。"

　　"安姑娘，这是？"

　　娟姐也是一脸疑惑，但见对方是个男人，安姑娘又是衣衫不整的样子，便拿捏不住问话的深浅。

　　宋安扣上衬衫最后一颗扣子，缓缓转过身："娟姐，这是救援队的方淳，你们之前见过的。"

　　娟姐和刚子听宋安说完，都是一惊，迎着光仔细一看，才知道宋安所说不假。

　　"方队长，我叫庄文娟，边上的这个是我弟，在救援队的时候，我们姐弟俩发表了不符合实际的言论，不仅给您添了麻烦，也给救援队和救灾工作造成了困扰。我们姐弟已经在安姑娘的指教下，及时更正了网上的不实言论。这里先向您道歉，后续我们姐弟俩随时配合救援队里的工作，全听您的安排。"

娟姐说完，拉着大刚走到方淳面前，鞠了一个九十度的躬，见方淳不搭话，正要跪下谢罪，给方淳一把拉起来。

方淳盯着宋安，指望着她来说两句具体情况。宋安却只是两只手叉着腰，微微地笑着，不搭话。没办法，方淳只得扭过头硬生生地说道：

"啊，娟姐，大刚，我是刚刚了解情况。既然宋记者和你们都说过了，那误会解释清楚，事情过去也就行了。"

娟姐红着脸弱弱地说道："关于追究责任的事，我都想好了，方队长你要抓就把我给抓去成不，刚子还年轻，还没有讨媳妇，这事就是怪我总想着钱，和刚子没关系的。"

"抓你们？我来不是抓你们的啊。"

方淳给娟姐说得一愣。

"不抓了？"

"救援队存在的目的是帮助大家，不是为了找大家麻烦。"

"那您手上拿的这个是干吗的？"刚子眼尖，指着方淳手里的防暴棍说道。

方淳一脸尴尬，指着身边的宋安说道："这个，我是准备用来抓她的。"

宋安瞧着方淳手里拿着的大黑棍子，一脸黑线，这种话还能接得住的大概也真的只有他了。

"怎么，安姑娘也犯错误了？"

娟姐抓着宋安的膀子，生怕方淳真要把宋安给抓走。

"是，还挺严重的。"

方淳有意板着脸，不看宋安所在的方向，只是加重了说话的力度。

"那宋姑娘的错，算给我成吗，都是我们姐弟俩连累到宋姑娘了。"

方淳故作姿态地叹了口气说道："算了，那这样吧，我先找她了解一下认错态度再说吧。"

说完，方淳朝着自己身后勾了勾手指头。

宋安本不想动，却被娟姐轻轻地推了出去："别怕，不管出啥事，姐都陪着你。"

方淳拉开门，过堂风呼的一声吹在脸上。远处黑夜的天幕已经微微透着点天光，天色将明，熬了一宿的他这才得以卸下些许疲倦。方淳松开领口的扣子，带着点愠怒朝着身后轻轻问道："这么做好玩吗？"

宋安没有接话，身体却跟着往前挪了挪，默默地用袖子把方淳脖子上的汗珠擦去："不好玩。等了这么久也不好玩。"

方淳心里一软，再也生不出脾气。宋安越是只字不提，方淳越能明白这一路上的难。

"对不起，是我来晚了。"

"嗯，找到就好了。"

说完，宋安轻轻将身体贴向方淳后背，双手慢慢地从方淳身后锁住他的腰。

方淳一愣，咬着嘴唇半天说不出话来。一个女人的温煦和柔软如此真切地从他的身后向他袭来，毫无防备。他们就这么略显僵硬地彼此倚靠在门廊，直到远处的鸟儿开始在某处歌唱，方淳才回过神，将宋安冰冷的双手包裹进自己的手心。

"开饭啦！"

娟姐踮着脚，够着脑袋，朝着门外轻轻喊了一声，又赶忙低下头，在饭桌上摆好四双碗筷，顺势揭开锅。

"好香。"宋安笑笑，把方淳拽进屋子里。

"娟姐，这是你昨天做的？"

"是啊，你快尝尝。"

说完娟姐夹起一个放在宋安碗里。

宋安用筷子沿着茶叶蛋的中间，仔细地夹开。茶叶和酱汁的颜色刚好沁入蛋白的最里面。宋安朝着鸡蛋吹了吹，夹起其中的半个，放进在一旁干看着的方淳的碗里。

"老规矩了，分你半个吧。"

宋安莞尔一笑，自顾自地吃了起来。倒是剩下方淳面对着娟姐意味深长的微笑，面部肌肉僵硬。

"哈哈，安姑娘你也是的，这么结实的小伙子，半个哪能够的啊。"

说完用筷子敲了敲锅边，

"小方队长啊，既然你和安姑娘这么要好，也就别客气了，自己从锅里夹，姐就不帮你动筷子了啊。"

娟姐见多识广，三两句话就帮方淳化解了尴尬。

方淳端着碗，含糊地应了一声。

误会一旦说清，气氛也就跟着变得轻松起来。突然，刚子像是想起来什么似的丢下筷子，抓着衣服就往门外走。

"糟糕，又耽误事了！我还说要帮安姑娘拿手机的呢，这都几点了，我得赶紧走了。"

方淳放下碗，眼皮一抬："什么手机？"

"宋姑娘的手机。之前我给丢在卫生间里了。白色的，苹果的最新款呢！"刚子抓着脑袋，抱歉地说道。

"噢，来的路上我带着了。"

说完，方淳慢悠悠地从兜里摸出来，撂在饭桌上。

"是这个吗？"

宋安脸色一沉："是。"

宋安从头上取下一根发夹，拿起桌上的手机，取出里面的 SIM 卡，换到大刚给她买的新手机里。长按住电源键，屏幕应声被点亮。

"哎呀，找到就好嘞，谢谢方队长了。"

"小意思。"

方淳摆摆手，不以为意。他看着宋安的表情，略微有点放不下心。

突然，宋安的手机铃声大作。未读信息、未接电话、消息推送，连续不断地响起。

"你们先吃，别等我，我处理一下就回来。"

宋安一脸阴沉，抱歉地微微点了点头，拿上手机就往卧室走去。

合上门，宋安深深地吸了一口气，飞速地把各种弹出的信息都看了一眼，又飞速地关上。

宋安自嘲地笑了笑。日光之下，并无新事。嘲笑、质疑、谩骂、侮辱这些东西，她早就应该能够想到的才对。她想起娟姐昨晚发布的事件声明，便想用自己加 V 认证的账号转发评论一下，以正视听。这边戳进去一看，娟姐的消息发布页面空空如也。

"娟姐！这是怎么回事？"

宋安一把拉开门，没好气地把手机递到娟姐面前。

"昨晚你说你发布了道歉的事件声明，可我刚去你的主页看了，什么都没有。姐，你要是有什么担心，或者是什么措辞上的顾虑，咱们都可以商量。但如果您选择沉默，那不仅是救援队，连我本人作为记者的信誉也会有影响的，那样我该怎么为你和刚子争取到应有的事故补偿呢？"

娟姐一手端着饭碗，一手正夹着酱菜，两眼呆住一般地望着宋安，半天才听出宋安的意思。

"宋姑娘，你是在说我故意骗你吗？"娟姐脸色通红，泪水在眼眶里打转。

宋安也别过脸，说得公事公办的样子："娟姐，我只知道，现在的情况是，网上没有你说的那篇事故声明。"

娟姐愤愤然地从围裙兜里掏出手机，滑开手机屏幕，一页一页地翻动着："我怎么会骗安姑娘呢！我还是当着你的面发的啊。我这就找出来给你看。"

娟姐话音刚落，脸色突然变得煞白，喃喃自语道："这怎么可能，怎么，怎么会没有了？"

宋安开始也是纳闷，冷静过后她确实也相信娟姐不会瞒着她，即使要瞒也应该是以别的方式才对，这样只是把声明给删掉，根本拖不住时间。宋安仔细回想那天晚上的情况。娟姐说是当着自己的面发的，真的是这样吗？她是有看见娟姐掏出手机，这没错，但她并没有看见手机屏幕上的文字。所以这一切很有可能是娟姐在自己面前表演啊。

宋安忽然回想起那天的一个细节。

她记得当时听见娟姐的手机里嗖的一声发送声。如果是这样，那信息确实是应该发送出去了。宋安意识过来，抓过娟姐的肩膀宽慰道："娟姐，对不起，是我错怪你了。"

"你相信我了？"

娟姐抬起头，说得有气无力。

"嗯，我信。"

"安姑娘，我记得明明白白，那天我按了发送，可现在白花花的一片，啥都没有了。"

娟姐急得把手机推到宋安面前。

"嗯。我知道。"

"那我发的声明去哪儿了呢？"

"嗯，咱们现在就把这件事弄清楚。"

方淳看着宋安，微微地点了点头，他坐在墙边一直默默听着事件的全部进程，虽然遗漏了很多细节，但事件的基本框架他已经心下了然。他相信宋安，就像宋安相信他一样。

宋安拿起电话，低着头走到那天的墙角。不等宋安自报家门，电话那头便透着殷勤主动问候道："是宋安记者呀，有什么大事惊动到您啦？"

"大事谈不上，倒是有点小事需要麻烦你这边再确认一下。"

"有事您一定说啊。"

"就是一对姐弟和在石棉执勤的救援队闹了点摩擦的事，你知道这事吗？"

宋安故意说得不温不火，只用摩擦一词简单带过。

"这肯定知道的啊。这事可一点都不小的啊，连着几天都在热搜上的，怎么宋记者是有料要爆？"

"算不上料，我现在人就在当地，比较了解实际情况，现在网上的报道方向距离事实太远了，对当事人和救援队都谈不上有帮助。"

"宋记者，有些话说了您也别不高兴啊，对当事人有没有帮助这种事情，不该是我们考虑的，我们的使命就是给网友提供一个讨论和思考的平台罢了。"

"说得挺好，但讨论和思考的前提应该是事实，但现在网上流传的可不是事实吧？这对姐弟后续发表的声明也被你们从后台给删除了，几个事情连在一起看，吃相有点不好看吧。"

宋安冷笑几声，等着对方的作答。

"宋记者，业务上的问题咱们可以讨论交流，但您要是对我们平台的经营策略有意见，那我也只能让公司法务和您沟通了。目前我能给到您这边的信息就是，事实总是有很多版本，我们发布的消息也是有可靠的消息源的。"

对方说得油腔滑调，但显然对宋安的质疑早已经是成竹在胸。

"方便聊聊？"

对方在电话那头沉吟片刻，干笑了几声："宋记者，我帮您肯定是没问题的，问题是以后您也要想着我啊。"

"懂。直接说事。"

"说来也很怪哎,我们这边的消息都是你的同事薇薇给的,因为这次也算是牵涉重大社会事件了嘛,发布之前平台法务也和薇薇具体确认过了。她那边的反馈是可以用记者证担保事情的真实度。包括姐弟俩后续发布的责任声明,我们也有详细了解过,薇薇的意思是,这姐弟俩已经被救援队用钱搞定了,所以才会这么说的。她说她那边可以担保真实性并且手里握着证据,我们这边才做删帖处理,维持新闻的一体性。"

宋安听见对方清清楚楚说出薇薇的名字,心里一沉。消息是从薇薇这边漏出的可能性,她并非没有想过,但她不愿意也不敢这么想。薇薇既了解自己,也知道整个事件的来龙去脉。

"宋记者你和薇薇记者不是都在一家媒体工作的嘛,怎么消息口径还不一样啊?是不是你俩在演啥宫斗剧呢?哈哈。"

对方哈哈一笑,宋安只能跟着敷衍:"哈哈,最近太忙啦!我真不知道是薇薇组的稿,回头我问问她吧。"

"不管怎样,咱们可是要常联系哟。"

挂了电话,宋安缓缓转过身:"娟姐,刚才是我失态了。"

娟姐轻轻拍着宋安的肩膀,安慰道:"哪里的话,安姑娘,我晓得你是为正事着急,姐怎么会怪你。"

"所以现在误会是出在这个薇薇身上?"方淳靠着墙边,冷不丁地突然问道。

"应该错不了,我只是想不明白她既然知道事情的原委,为什么还要故意反着来。"

宋安低下头,瞥了一眼手机:"事发这么久了,也没有一条她的短信。

大刚听得愤懑不平,把筷子拍在桌子上,大声喝道:"这小妮子心术肯定不正。要我说,干脆就直接挑明白问个清楚。要是误会,打个哈哈,日后还是朋友;要是有意的,直接就上手招呼,不管最后啥结果,是祸躲不过!早来总比晚来好。"

　　娟姐一把把大刚拉到后面，厉声嘱咐道："赶紧把你那臭嘴给我闭上！安姑娘在这里还需要你这个狗头军师出点子？你也不听听你说的那叫什么话！动手能解决什么问题！"

　　宋安听了笑笑，拉开娟姐："大刚说的有一点倒是对的呢。"

　　"啥？他还能有对的了？"

　　"嗯，是祸躲不过，早来的确是比晚来好，起码还有准备时间。"

　　宋安当下便坐回饭桌前，掏出手机，打开扬声器，拨通薇薇的电话。

　　电话响了四五遍，终于接通了。

　　两头都没人说话，只有彼此的呼吸声。

　　"薇薇，是你来说，还是我来问？"

　　宋安没有耐心再这么等下去，直接挑起话头。

　　"安安，既然你能打这个电话过来，说明你知道得已经足够多了，至多只是不明白我为什么会这么做，对吗？既然如此，那就你问我答吧。"

　　薇薇语气沉着，说得有条不紊，像是在心里预演了多时。

　　"好，薇薇，那我要开始问了。"

　　宋安没想过有一天和自己的朋友会有这样的对话。

　　"嗯。"

　　"那天石棉小学卫生间里的电话，你都听全了？"

　　"听全了。"

　　"所以，你知道事情的原委？"

　　薇薇在电话那头轻轻一笑，继而说道："安安，你和当年的采采一样，总是执着什么事件的原委。可对我来说原委却是最不重要的东西！你明白吗？这个世界上，没有人真的想知道原委，大家都只想听见自己想听见的部分吧！你也是！我也是！我们每个人都是！"

　　薇薇越说越大声，最后几乎是对着电话喊道。

　　宋安默默地听着，小声地叹了一口气，缓缓说道："薇薇，我知道我们一直有分歧，对我来说这没关系。我不在乎你对原委的看法，这件事我只在乎你知情不知情。"

电话那头没了声，隔了半晌之久，薇薇才冷笑一声："事到如今，你还只想知道这个是吗？好啊！安安那我告诉你，我知情。我知道救援队作业流程无责，我也知道这姐弟俩只是利用救援队事故发布的流程漏洞在讹钱，我还知道你说服了这姐弟俩把真相说出来帮救援队解围。这些我都是知道的。"

"所以，在卫生间里最后那个电话，也是你故意打的？"

"是我故意的，怎么了？让你很吃惊吗？你不是成天在何编面前说想走在新闻发生的第一线嘛，何编不成全你，我成全你啊，你该谢谢我啊！"

宋安两眼一黑，强忍着内心的恶心，勉力问道："我……薇薇，我真的不知道你为什么要这么做。"

"你当然不知道。我们根本就不是一种人好吧。你没想过为什么公司有那么多人看你不顺眼吗？这么多年，但凡有点什么好事，何编哪次不是给你留着？我和你同期进的公司，你是财经主编了，我呢？我是什么东西？你可以不要点击不要流量，没事假模假样地发表点清高言论就好了。我呢？没有点击量没有关注度，还会有谁多看我一眼？我最气不过的，还不是这个。最气的是等我把点击量关注度带来了又怎么样？在何编眼里，我干的还是一些下三烂的东西。"

"薇薇，从来没有人这么说过你。你要是对工作方式不满意，我可以叫上何编，大家可以坐下来聊。"

"这放在台面上的事儿还需要说吗？这年头有谁是真的笨呢？安安，你也别拿这些有的没的忽悠我了。我这个岁数不自己找条路，难道要一辈子给你做个提鞋的？那恐怕真的是要让你失望了。其实，我现在就可以告诉你，我已经和新日没关系了，我的新东家华新这边的待遇比你这个财经主编怕是只多不少了。"

"那我要恭喜你。薇薇，我最后想知道这条新闻的后续你打算怎么处理？"

"哟，这还是第一次你问我怎么处理后续吧？这之前都是我追在你屁股后面问你的是不是？但安安，你放心，咱们同事一场，我不会像你平时为难我那样为难你，相反这次我还配合你，你放什么风，我就跟着你出什么料。你要是想给姐弟俩洗白，我就把他们在卫生间勒索绑架的录音给放出来嘛。你要是想帮救援队把谣言澄清，也是可以的哟，我就说你被救援队买通，给这姐弟俩制造舆论压力嘛。你那个闺密采采当年不就是做矿难消息，因为没能兑现在这姐弟俩面前许下的诺言才自杀的嘛。我就说你公报私仇怎么样？网友理解起来也容易的，你说对吧？"

电话那头，薇薇越说越得意，笑声近乎邪魅。

机缘巧合也好，命运也罢，走到这一步，这已经是她的背水一战。

宋安听了，心里却是不寒而栗的。她了解薇薇，这短短几句话，其中的心思绝不是临时起意，结合每一步的时间点来看，显然是酝酿已久的对策。事实的确如此，此刻无论宋安想要去救哪边的火，最后都只会引火上身，换来一身非议。

薇薇显然是把宋安可能的两种行动都考虑过了。

"薇薇，你确定你要这么做？这些都不是事实啊！"

薇薇一愣，像是被宋安彻底逗笑了："事实？我像是在乎事实的人吗？我就问你一句，我在乎事实，事实在乎我吗？我现在就只在乎点击量和关注度，流量拿在手里就好了啊。你要是一条路走到黑，非抓着事实，也没关系嘛，我认你宋安的行不行。我本人在网上给你道歉，或者给你直播下跪，随你选。只要流量还是在我这边就好了呀。"

宋安两眼一黑，几乎抓不住电话："薇薇，你从一开始就想要针对我，是吗？"

"哎哟，安安你可快别这么说，咱们都是做新闻的，专业点成吗？我从来不针对任何人。无论是你宋安也好，救援队也好，还是那个迷迷糊糊给我当枪使的姐弟俩也好，我通通都不关心。我完全是就事论事，给网友发点他们想看的东西而已。不过你我总算是共事过一场的，你要是想全身而退的话，你可以来我手底下工作啊，我这边永远给你留一个位置，怎么样？别说我不仁慈啊。"

不等薇薇在电话那头说完，方淳便走过来，从宋安手里拿下手机，挂了电话："没必要再说下去了。"

娟姐见方淳一脸凝重，低声小心地问道："宋姑娘，我不知道我理解得对不对啊，我们姐弟俩的声明发不出去是电话里这个人弄的？"

宋安想辩解两句，却只能默然点头，抽出一张板凳，垂头坐下，苦笑道："电话里的这个人叫薇薇，算是我的同事兼朋友吧。她也是做新闻的，很专业，这次是真的被动了。"

刚子听得两只眼睛瞪得大大的，鼻子里喘着大气："就这还是同事？还是朋友？这就是个狗屁不如的东西嘛！"

刚子几句话骂完，屋里反而显得更静了。大家各自看着脚下，又都没有合适的办法。

"这可怎么办啊，网上消息满天飞，说的都是咱姐弟俩告救援队草菅人命的事，这……"

娟姐满面愁容，羞愧难当："网上想传就让他们传好了。救援队是救人的，不是救人给人看的，如果有人难为你们，我去找他们说清楚。"

方淳提着水瓶，给娟姐和宋安的水杯续上水。

宋安望着方淳会心又疲倦地一笑，她知道这句话是说给自己听的："消极回避也不是办法啊。救援队处在舆论中心，救援工作本身也会受到影响的。"

刚子左边听听，右边听听，哪边似乎都不是办法，他捏着拳头，无处发泄："唉，我就不懂为啥这个世道说句真话就这么难哪。宋姑娘，电话里的这个娘们不让我们发，我们就没别的地方说理吗？你也是记者，咱们能通过你上班的地儿发不？"

宋安缓缓摇头："郑薇就等着我们这么做的。我要是帮着你们洗白，她回手就发你们勒索未遂的录音文件。你们不仅永远洗不白了，还会损失报社作为媒体的公信力。我要是顾着救援队，他们就会说我收了救援队的公关费，制造舆论压力，欺负老百姓。两边都不落好。"

"原来这么复杂的。"娟姐声音越说越小，低着脑袋没有了先前的精神。

"事情既然这样了，那就算了吧。"

方淳打破僵局，然而话音一出，就被大家的目光围住。

宋安也是一愣，半是委屈半是疑惑，侧着脑袋向方淳望去。

"你说什么？算了？"

方淳笑笑，手搭在宋安肩膀上轻拍了几下："你别气，跟我来，我慢慢和你说。"

宋安懒着身子不动，但抵不住方淳的生拉硬扯。

刚子和娟姐落脚的小镇虽不起眼，但和城市里的高楼大厦比起来，多少也算是别有风情。白天男人们出门上工，家里的女人见着天好，或是出来晒辣子、晒谷子，或是撑着长长的杆儿出来晒一家老小的衣裳，总之谁家也不放过这敞亮的天光。

方淳一个人在前头走，不时又回头等一等心事重重的宋安。

宋安给他看得更糊涂了："哎，你喊我出来干吗，现在我脑袋可是真的够大了。"

方淳停住脚，用手臂把宋安的脑袋夹在自己的怀抱里："不干吗啊，就是让你好好看看这个世界。阡陌交通、鸡犬相闻，哪有那么多让人头大的事。"

"拉我出来就为了和我说这个？"

"嗯。"

方淳微微一笑，手指着天边的一抹蔚蓝："每天埋首琐事是会得颈椎病的。"

她顺着方淳的目光看去，云卷云舒，风吹着远处人家的床单微微起伏，如果没有眼前的这堆乱麻她当然也想纵情天地。

"娟姐也好，你也好，我不想你们……"

宋安咬着嘴唇，说不下去了。

"我们现在都很好啊。"

"那是因为没人知道我们躲在这里，已经是满城风雨了，哪里有什么世外桃源呢。"

宋安说着，心里几乎有些悲怆，她再清楚不过了，舆论的暴力与野蛮是能把一个人撕裂的。

"那是因为你被这些给拿住了。娟姐也好，我也好，该怎么办就怎么办。"

方淳伸出手指，抵着宋安的下巴继续说道："有的时候我们之所以会不敢，是因为我们想要的东西太多了。这个不行，那个也舍不得。"

"可我就是舍不得啊。"

方淳只是笑笑："没有舍，哪来得？事情发展到这个局面，我和娟姐做事都有错。我是违反了队里的信息发布条例，没有正式核准就联系家属；娟姐和刚子呢，是担心后续生活没保障，添油加醋来和救援队要说法；你作为记者，按你的本分，实事求是，这样那个郑薇还有什么可说的。谁在舆论里面兴风作浪，网友看得明白。"

宋安不是不明白方淳的意思，她自然也可以这么做，但不到万不得已她是不想的。

"你知道这么做，作为当事人之一等着你的会是什么吧？你会代替救援队成为舆论的焦点，你明白我的意思吗？到时候质疑你、辱骂你、人肉你的前史，添油加醋、无中生有的，什么都有。"

方淳看着脚下，他几乎可以看见将要面对的情形，却笑着牵起宋安的手："那又怎样呢？我是爱惜羽毛，但我的羽毛，不及你的羽毛。"

宋安心里一软，想要再说两句，想要他明白利害关系，最后也没说出口。

"到时候，就不是我能控制的了。"

她只是这么说了一句。

"做到这里，已经辛苦你了。"

天光还早，说完要说的话，方淳心里像是一下子松快了，好似因为面前的这个女人，让他生出一股无畏，他只是期望从现在开始的每一刻时间都可以走得慢一点。

"喂，你是多久没洗澡了？"

宋安揪着方淳的背心，递到自己鼻子前，表情嗔怪。

方淳仰起脸，当真沉思起来，片刻之后作罢："好像真的蛮久了。"

说完，方淳盯着宋安的脸，几天不见，原本清透的脸蛋像是蒙上了一层灰。

"喂，可你也比我好不到哪里去吧？"

两人四目相对，见彼此都又黑又臭的样儿，扑哧一声都笑了。

Chapter 10
许愿

　　小镇人口外流，留在镇子里的多是一些照顾老人和孩子的妇女，加上镇子本来就不大，宋安和方淳两个生面孔走在街上，自然惹得旁人侧目。宋安起先怕生，觉得周身不自在，尤其是被方淳挽着。但方淳一副不以为意的样子，拖着宋安信步在前面走着，看见向两人打量的路人，甚至主动地报以微笑。

　　宋安开始觉得古怪，而后明白过来，他变了。那个事事小心、慎言慎行的他，一夜之间变得既坦然又安然了。似乎不再回避过去，也不再隐藏自己，就连笑容也爽朗多了。

　　"怎么样，敢吗？"

　　方淳一脸坏笑，似乎笃定宋安不敢进去。

　　宋安抬头。

　　一家不起眼的门脸，里面黑黢黢的，锈迹斑斑的招牌上用红色的油漆写着个"浴"字。虽然多少还是出乎了宋安的设想，但一路走来，从街头走到巷尾，再没有一家看起来"更体面"的澡堂了。

"怎么不敢？"

说完，宋安一步跨进门里。

屋里没人，只有前台上的招财猫和头顶忽忽悠悠的电风扇，多少传递出这是个尚且营业的场所。

两人正准备要走，前台高耸的桌子后面传来一阵老人家的声音。

"是来洗浴的吗？"老人家顶着一头花白头发，头也不抬地问道。

方淳和宋安面面相觑。

"是。"

老人家摘下耳朵里的耳机，探出身子来："那么你们是两个人洗？"

老人家直直地看着方淳和宋安，却又像是在看向别的什么地方。

"对，两个人。"

方淳一边回答，一边用身子挡在宋安前面。

老人家像是没看见方淳的小动作似的，继续用平淡无奇的语调说道："哦，是一男一女吧。五块一个人，男堂在左手边，女堂在右手边。"

"还有，没带肥皂毛巾，这儿有卖的吗？"

"有卖，在你们后面的柜台里面，看见了吗？粉红色的包装袋，一份六块。你们两个人的话，就还得再给我十二块，统共就是二十二。"

方淳把手伸进裤兜，翻来覆去也就摸出个十五块。

"怎么办，兜里就十五了，你口袋里能匀出来点吗？"

宋安苦笑。一路莫名其妙地从石棉被拉到江源，用度行李都丢在救援队了。

"十五就十五吧，但只能给你们一份洗漱包了，就这都已经饶你们一块钱了。"

老人家虽然眼睛看向别处，但显然耳朵还跟在宋安他们身上，说完从柜台里摸出两把钥匙牌，丢在桌上。

"洗干净身子才能去泡汤，出来的时候拿钥匙牌结账。"

"行。"

方淳把钥匙连带独一份的洗漱包递给宋安："委屈你，先凑合着使了。"

"那你呢？"

"我？能冲上一把已经可以了啊。"

宋安回过头确认过老人家的位置，压低声量说道："你不觉得这个店，包括这个老人家有点奇怪吗？"

方淳顿了顿，稍微想了一下，故意朗声说道："不是有我在吗？有什么好怕的。有事儿你就喊我，我过去找你，老夫老妻了，和我还有啥害羞啊。"

宋安满脸绯红，虽知道他是故意说给外面人听的，但还是瞪了方淳一眼，自己先进去洗了。

方淳说的话，老人家分明是听到了，却无动于衷地重新把耳机塞回耳朵，身子缩进前台的位置里，合上眼睛似睡非睡。

方淳在门外逗留片刻，察觉不出异样，自己也进去洗了。

黑黢黢一片的门厅，本以为更衣室只会更简陋，进到里面却是一片敞亮，铺在地上的绿白格子人造革地板还是新的，头顶又是雪亮的白炽灯，加上淡淡的消毒水味道，为这间门脸残破的澡堂挽回不少颓势。

大概这就是所谓的小地方的民风淳朴吧。分明调换一下，把花在更衣室的软装费用在门脸上，就能招徕更多的客人，他们却近乎固执地与这份廉价的精明负隅顽抗。

简单地冲洗一下之后，宋安进到更里面的浴汤中。浴汤里只有她一个人，工作日又是大白天，大概只有她这种不事劳作的闲人才会来吧。

浴汤里雾气氤氲，水流涓涓，她用脚尖试了试水温，待到完全适应，再整个人缓缓坐进水里。

暖流向她袭来，带去旧的倦意也带来新的倦意。宋安把毛巾打湿，敷在头顶。

回去就要完稿了，接着是发稿，最后是见报。见报了会怎样，纵使老练如她，也无从猜度。

闭而不提，在那天到来之前，尽可能延宕些欢愉，既是他们现在做的，也是他们的默契。

宋安的伤口隐隐生疼，她把手伸进水里，顺着伤口一点点探下去。结痂盖在热水的作用下，开始变软，边缘也不再紧紧地贴合住皮肤，而是翘起边，丝丝痛感便是从这里传来，宋安咬着嘴唇，用指尖抵住结痂盖，虽然痛，但她并不讨厌这道伤口，有的伤口是荣耀的，就像方淳身上的那块一样。

如果那天没有发生地震，如果那天他没有走，这一切又会怎样呢？

宋安想得出神，却听得门外一阵急促的敲门声。

方淳大概是酝酿了一下，语气并不自然："好了吗？天快黑了，咱家里还没做饭呢。"

宋安听出方淳话头里的机警："知道了，就来。"

毕竟算是正正经经地泡了澡，宋安光是自己看着，都觉得气色红润了好些，就连眼袋也似乎淡了。

"行了行了，洗完了就出来吧，要欣赏咱们回家欣赏。"

方淳冲着里面喊道，虽然听起来话里带着笑意，但宋安听出其中反常的不自然。

宋安掀开门帘，一下就明白了方淳的忧虑。

太阳早就落了山，门外幽蓝的天幕也逐渐暗淡。可店里门厅依旧不开灯，坐在前台的老人家耳朵里戴着耳机，眼睛半闭着，全然没有要开灯的意思。屋里陈设依旧，黑黢黢的一片，宋安和方淳只能依稀看见彼此的身影，面容已经看不真切。

氛围不对，甚至已经从进店时的古怪上升到阴森了。

宋安快速地向方淳打了个手势，示意下面由自己来说话。

方淳点点头，迅速会意。

"催什么催，家里哪有这个条件啊，好不容易上外头来洗个澡也催，我看你是着急回家看你的球赛吧。"

宋安故意说得大声，起码想吸引前台老人家的注意。

"什么我的球赛，这人人都要按你这么个洗法，人家还要不要做生意了。"

方淳听出宋安的意思，语气里也加码顶了上去。老人家却一点插嘴的意思也没有，方淳只好硬着头皮继续没话找话。

"老板，刚才说多少钱来着？"

"一个人五块，两个人十块，加上毛巾和肥皂，该是六块的，讨饶算你五块，一共十五。"

提到钱，老人家并不糊涂，却也不兴奋，只是用平常的语气说道。

方淳从口袋里拿出一张张毛票："那这钱我给你放哪儿？"

"搁招财猫底下就行了，反正我也看不见啊。"

老人家突然停住，像是说错话一般，低着头，眼睛默然地看着桌面，并不知道那里空无一物。

方淳一愣，和宋安两人面面相觑，谁也说不出话来。

"难怪您不开灯，抱歉，我们不知道您看不见。"

宋安一脸歉意，夺过方淳手里的钱，塞进老人家手里。

老人家伸出手凭空摸索了一阵，抓到一根灯绳，这才开了灯："从你们俩一进门我心里就直打鼓。口音听着就生分，不是本地人，出工的日子大白天跑到我这澡堂子来，后面还阴阳怪气地装成两口子，我寻思是要打劫呢，店里本来就没两个钱，想着不开灯你们就更看不清楚了。"

宋安也笑了："原来您一早就听出来我们不是夫妻了呀。"

"可不，过日子的两口子谁会为这么点小事比嗓门大啊。总要有一个人吃点亏，随着另一个拿主意，这日子才过得下去啊，我听着你们现在才有点两口子的样子。"

方淳和宋安相视一笑，彼此都觉得滑稽："您眼睛不好，怎么能留您一个人看店呢？家里的晚辈呢？"

宋安走到老人家身边，挽着手说道。

老人家摇摇头，说得颇为无奈："矿上出了事之后，后生拿着补偿款去做买卖了。我一个瞎眼老太太能帮上什么忙。现在老李家就我一个人守着这澡堂子，也亏了街坊邻居好心，几个老主顾常来照顾生意，不然就这澡堂子也开不下去了。"

宋安脸上突然一怔，手里的动作也跟着停了下来："矿上的事故？"

"你们不是本地人，不知道也正常。几年前矿上渗了水，后来塌了，闹了挺大的新闻呢。"

老人嘴角的皱纹颤抖着："知道内情的都说是人祸，可到头来还不是当天灾处理了。"

方淳在一旁不动声色地盯着宋安。她抿紧嘴唇，紧紧攥住的手越握越紧，脸上却不见任何波澜，依旧一副事务性的腔调，只是原先舒展着的笑容少了几分。

"这么说起来，您知道事情的原委？"

宋安眼睛不经意地一瞥，正好和方淳撞上。

老人家听完宋安的问题苦笑两声："这还有啥原委不原委的，这个世上哪个老板嫌自己钱多的？不照规矩来，朝着地下乱挖一通，把地给挖空咯，还能不出事吗？出了事，各家赔上点钱，再各处打点打点，道个歉事情就过了，反正钱也赚到了。"

宋安不动声色地从怀里掏出笔记本："老人家，您方便给我留个联络方式吗？以后说不定还要请教您。"

"嗐，我一瞎老太婆有啥好请教的，不过是些道听途说得来的东西，"老人家话没说完，脸上不自觉地紧张起来，随即打住话头，犹豫片刻缓缓说道，"刚才你说你俩是干什么的？我说的话当真不得啊，眼睛不中用，闲着就爱听些有的没的。"

宋安正要接话，方淳挺过身将宋安挡在一边，笑着抚慰道："我俩是在石棉自驾游的散客，那边地震了转到江源这边来歇歇脚，等回市区的路修好了，我们就回了。"

老人家不发一言地点点头，重新缩回座位里，满是皱纹的手抵在太阳穴上："这样啊，看来哪里年景都不好。咱们寻常人家只能自求多福了，有我能帮上忙的地方都别客气。"

方淳默然点点头，推着宋安就出了门。

华灯初上，到了晚饭的点，家家户户都亮着灯，玻璃内雀跃着映出的几片昏黄，反衬出此刻街道上的清冷，晚市的菜贩、鱼贩陆续散去，两人一前一后在青砖铺就的街面上走着。

方淳走路不出声，肩头也不见耸动，风一般颇有效率地走着。而宋安则是尽可能地用鞋跟敲击着青石街面，发出清脆的回响。

她对方淳有意见，说了莫名其妙的话，此刻却又没有一句解释。

"刚才为什么抢我话？"宋安终于忍不住了，带着质问的口气朝着方淳的身影说道。

方淳的脚步停下了，并不吃惊地侧过脸。幽蓝色的天光勾勒出他清瘦疲惫的面庞。

"想好了要做当年矿难的新闻？"方淳干涩的喉头一沉，像是犹豫很久的话终于说了出来。

"你怎么知道？"

方淳低下头，勉强地笑了笑："不都写在脸上了吗？"

"怎么？你有什么意见吗？"

方淳摇摇头："意见谈不上，做什么样的新闻，是你的权利。"

方淳说完，转过身，黑漆漆的眼睛直勾勾地望着宋安身后的层层远山，

"但我不想你把刚才的事作为新闻突破口。真实和谎言是平衡着的，生活在其间，很难说谁比谁好一点。"

宋安轻笑一声："谎言怎么会比真相要好了？这是什么价值观？抱歉，我不接受。"

"这不是接受不接受的问题，问题就在眼前。老人家现在起码还有街坊邻居照顾生活。你让她做人证，提供线索，出篇以正视听的报道，报道完成起来并不难。可之后呢？街坊邻居或多或少都拿了打点费，等报道发表了，老人家的生活怎么办？她在这个小镇里怎么待？真实有的时候是一种愿景，但背后的代价你让谁来承担？有什么东西可以凌驾在当事人的生活之上呢？你要做的新闻我支持，但这种方法不行。"

宋安听着方淳说的话，越听越沉默，他是对的，可她又错在哪儿了？她宋安不过是要一条迟到多年的真相。

"你不知道这条新闻对我而言的意义，你也不知道放弃这条线索往下会有多难。"末了，宋安只说了这么一句，她等着方淳继续说下去。

"我知道这很难，但也正是因为这样，真正的新闻才值得人尊敬，不是吗？"

方淳眯缝着眼，乌黑的眼眸放着光似的，口气却是一贯的笃定。

宋安无可奈何地摇摇头，惨笑道："说来说去还是这种不痛不痒的话，话说在前面，我是不可能这么轻易就放弃的。"

说完，宋安甩开膀子自顾自地在前面走着，将愣在一边的方淳丢在身后，她的心口突突跳着，努力地协调着脸上的表情，以期骗过方淳的眼睛。即使只为了采采一个人，这条新闻她也不可能放弃。

"关于矿难的新闻，你可以说给我听。"

片刻，方淳的声音从身后传来。

宋安摇摇头，无可奈何地干笑两声："你又不是菩萨，说出来又能怎样。"

方淳一愣，继而朗声笑出声来，一把拽着宋安就往街面的小巷走去。

两人一路穿街走巷，又沿着石阶一路上行。宋安脚力不及方淳，没多久就败下阵来，两手叉着腰，停在石阶上，嘴里喘着粗气道："我说，你要带我去哪儿？"

方淳转过身，一言不发地左右端详起宋安的脸，继而一脸郑重地说道："仔细看，你可能还真的有几分法相。"

一阵冷风突然从身后吹过，石阶两旁的草木渐次发出沙沙的回响。

宋安不自觉地缩回身子："喂，你在说什么哦。荒郊野外的，你别说莫名其妙的话好吧。"

"求佛得佛。你不是要见菩萨吗，上面就有。"

"啥？"

宋安听得一愣，继而扑哧一声，笑出声来："没想到你一个七尺男儿，还信这个的？人设差距有点大啊。"

方淳笑笑，三步并作两步地在前面走着："听队里小田念叨过几次，说山上的庙灵验得很。她出大任务前都会来这里祈愿，也不知道究竟是托了谁的福，队里这么些年倒是没出过大事故。"

"哦，小田那孩子心真是挺善呢。"

四下无人，世界上不过她与方淳两人。宋安循着方淳幽蓝的身影看去，不知道哪根筋搭错，心里竟涌动出一阵妒意。

只是方淳像个木桩一样，没听出她一语带过的情绪，依旧走在前面朗声说道："希望真有小田说的那样灵验，我倒是想给你请请愿呢。"

远处的青鸟三两成群，雀跃着飞向森林深处。山脚下已是星星点点，嬉笑言谈间，两人早将小镇远远地抛在身后。

方淳的话，像是一枚石子，在宋安心中久久地荡漾开去。她既好奇迫切地想知道答案，同时又无端地生出惶恐。犹豫片刻，还是压着声音，轻声问道："哦，那你要请我的什么？"

话刚出口，宋安心里还是一惊，声音竟比自己想象中的还要高出几分。

方淳自然是听见了，他突然停下脚步，慢慢地转过身，又看了看山顶的方向，神色怅然："我不太懂，按规矩来的话，这个能说吗？虽然就快到了，但是不是说出来就不灵验了？"

宋安既气恼，又带着一点自以为是的甜蜜，徒作声势地一掌拍在方淳的后背上："说话也别在山道上停下来呀。周围这么暗，差点撞上你。"

话音未落，方淳的胳膊就从宋安身后环绕着包围过来，只是稍微一发力，就把宋安裹挟着推到身前。

"嗯，你说得有理。还是换你在前面安全点。"

话虽是这么说，但方淳的手却始终没放开，一路虚扶在宋安身后。

两人又无声地走了一段路。

空气中已经显露出山上特有的寒凉，湿漉漉的，带着草木的清新。无可探知的黑暗中，周而复始的是神秘安然的虫鸣。

宋安有些许冷，于是用手捂住领口，不让风灌进来。

"大概还有多久？大晚上走还是有点那个啊。"

方淳的手轻轻在她肩膀上按了按，小声说道："这儿就是了。"

两人走完最后几级石道。

宋安弯腰扶着膝盖，勉强喘了几口气，这才看见山庙的轮廓已经近在眼前。

寺庙坐北朝南，山门正对着石道。走近再看，朱红色的墙体漆面斑驳，多少露出些表层之下的泥灰，外形陈设虽然古朴老旧，可穿凿了千年的时空依旧是巧夺天工。

"没想到这里还有这样的古寺，倒也不枉费辛苦这一路了。"

"小地方自有小的奥妙。人少不知名，建筑保存得好不说，也少了点外面的烟火气，整个寺庙的气韵看起来也更怡然吧。"

宋安拉着方淳的衣角："说不定这里真像小田说的那么灵。"

"那我们再往里面走走看？这个点来造访不知道会不会唐突了。"

方淳说着掏出夜光表，绿莹莹的屏幕上，显示时间已经是八点半了。

"娟姐他们怕是要等急了。"

宋安说完，自己一个人率先跨进山门，拐向右手边的回廊，方淳跟在身后，或许受到氛围的影响，两人的脚步不自觉地放慢了些，在回廊中发出些许回响。

正殿里闪动着烛光，殿外一个身着青衣的僧侣手里扶着一柄扫帚默然扫着石道，听见两人的脚步声，循声走来，行至面前，双手合十，身子微微前倾。方淳和宋安也效法如前。

"两位施主所来何事？"

"抱歉，这个点了还来打扰，我们想上一份香火，在佛前发愿参拜。"

僧侣点点头，回身看了一眼正殿，语有歉意："两位来得时机不巧，这几天住持因为石棉的地震做法事，正殿暂不对外开放。"

"哦，这样。"

方淳望了一眼宋安，看来要无功而返了。

僧侣再次双手合十，微微叩首，扶着扫帚重又折回正殿。

"抱歉，让你白跟我走一趟。"

方淳低着头，语气间也有点沮丧。

倒是宋安没受什么影响，脚步欢脱地拾级而下，像个郊游归来心满意足的孩子：

"不会啊。知道还有这样一个清静之处为灾区祈福，不是也很好吗？

与其让佛为我们这些微小的欲求操心，不如把时间留出来为众生发愿、为亡灵超度吧。你说得都对啊，日子还是要脚踏实地过出来，回去好好把娟姐的稿写完，后面的事儿，舆论也好，矿难的报道也好，那些从来不是我们能真正控制的。"

方淳见宋安语气里不像有调侃的意思。

"成长这么快？搞得我都有点不习惯。"

"哈哈，我也觉得。你说我该不会是顿悟了吧？"

宋安说完，俯身望着山脚下的星星点点，深吸一口气，突然感慨道："应该是顿悟了，除了你，感觉没什么更重要的事了。"

方淳耳根一软，心里一阵慌乱，嘴上却不松口："心里装着的都是小我，算哪门子顿悟。"

"怎么？非得我大彻大悟，装着万物苍生才算？"

"按字面意思的话，恐怕还真得那样。"

"得了，那我还是别顿悟了，还是保持小肚鸡肠的记者本色得了。"

宋安话里藏着讥讽，一步三蹦地向石道下跳去。

"我说，你慢点！"

方淳话音没落，宋安正好蹦到石沿的青苔上，脚底一滑，摔在石道两边的绿植上。

除了树枝被碾断的声音，空气中再无别的声响。

"宋安？宋安！"

方淳侧耳朝着黑暗中连吼两声。

没有应答。

方淳笑了笑，继续对着一片黑暗吼道："你别逗我玩行吗？这荒郊野外的一点都不好玩吧！"

还是没有应答。

犹豫片刻，虽然觉得这么说十足傻气，但方淳还是狠下心对着黑暗朗声说道："对我来说，再没有比你更重要的事了，这样行了吧？你快出来，吓到我了。"

说完方淳脸上冷一阵热一阵。

"宋安？宋安！不管怎样你应我一声成吗？"

可周遭还是一点声响都没有，不，不是没有声响，根本是一片死寂才对。

方淳定了定神，让刚才发生的一幕幕像电影一般在眼前一字排开。

从下山以来，宋安就一直走在前面，与自己保持不到十米的距离。即使是按照摔倒的情况推想，没有多余的声音，则表明人就应该在石道两边的树丛里，情况无非是左侧或者右侧，黑暗中无法准确地预知距离，只好两边都试一下了。

方淳脱下外套，放在自己脚下的石阶上，作为基准点，人先是顺着石道的左侧一路摸排下去，走出去大概十五米，不见宋安，又重新折回身去，从右边摸排下去，终于摸到宋安冰凉的胳膊。方淳凑上前去，用手指抵住宋安的人中，大力地按压。

"疼的啊。"

宋安龇牙咧嘴，用手拍着方淳硬邦邦的胳膊肘。

方淳不为所动，捧着宋安的脸，劫后余生地长舒一口气："为什么刚才不应话！这种情况有多危险，你知道吗？"

"想开你玩笑的，但疼得厉害，没顾上。"

"伤到哪儿了？"

宋安勉励咬着嘴唇，摇了摇头。

方淳不再追问，掏出打火机，点上，用手捧着护住一片微弱的火光。

还是老地方，脚踝处的扭伤，外加上几处擦伤，有流血，但问题不大。

"问题不大。有点外伤，我扶你接着走吧。"

宋安点点头，双手绕在方淳的脖子上："你说我是不是报应啊。"

"这个时候就别胡说八道了。"

方淳一挺身，将宋安一股脑地拉起。

"你笑什么？"凝着眉头无暇顾及其他的方淳从宋安脸上觉察出几分笑意，于是问道。

宋安缓缓松开吊在方淳脖子上的手："小时候我爸总是用和你一模一样的动作叫我起床。"

"是吗？"

方淳嘴上应着，用力将宋安的身子支起来："怎样？感觉能行吗？"见宋安站得歪歪倒倒，方淳焦虑地追问道。

"怎么不行了，当时也没见你这么在乎啊？"

"当时？什么当时？"

宋安心里哼哼了两声。男人不是在装傻就是真忘了，不过她倒是希望他只是装傻。

"你把我从树上救下来那次啊，忘了？"

方淳笑笑，舌头不自觉地舔了舔嘴唇："怎么会忘了。当时也在乎，是你记不得。"

"哦。"

话说回来，的确是之后自己躺在担架上，只是再后面的事就记不得了。

"试着走两步让我看看。"

宋安故作姿态地哼了一声。可刚迈出的脚一落地，腿却使不上力气，好歹拉着方淳的胳膊才不至于失去重心。

"刚才起猛了，有点抽筋，我再试试。"

宋安吐了吐舌头。

方淳不作声，原本就板着的一张脸越发阴沉。

宋安咬着牙，丢开方淳的胳膊，深吸一口气，又将气沉在丹田，这才试探性地迈出腿，脚尖还没落地，就被方淳一把制止。

"不行就别装了。这儿就我们两个人，骗我就罢了，还要骗自己，太辛苦了。"

不等宋安发问，方淳就弯下腰反身把宋安背在自己身后。

宋安想要挣扎，可方淳的两只手像是一对手铐似的，把宋安锁得死死的。

"这你又是怎么看出来的？"

宋安放弃，缴械投降，不过心中还残留一点好奇。

"不是看的，用听的，迈一步而已，没事不用那么视死如归地呼吸吧。"

"哦，这样，以后职场里管理表情还不行了，合着还得管理呼吸。"

"分人吧，跟我倒是不必。"

方淳说得淡淡的，但言谈之间已经多了一份亲昵。

"哎，我们不是下山吗？怎么往回走了？"

宋安光顾着和方淳调笑，倒没注意方向变了。

"天黑、地滑，加上我背着你，我们俩重心的位置变高了，下山的话太危险，况且咱们下山刚没有多久，回去是最优解。"

"嘿嘿，原来你也怕的呀。"

宋安头搭在方淳肩膀上，玩笑开得不过心，却听得方淳突然认真了起来，语气虽然说不上重，却是一板一眼："这不是害怕，不是畏惧，也不是所谓男性自尊的问题。我现在首先需要考虑的是你我的人身安全，并且我不觉得在这类问题前，采用任何揶揄式的解读是一种负责任的态度。"

"知道知道。我错了，真的。"

宋安赶紧息事宁人。得，人在屋檐下，还能怎么的。

"下不为例。"

方淳背着宋安，摸黑再爬回山上，用的时间比来时更久。

一路上宋安没再捣蛋，她甚至没再说话，而是选择像一只早已被驯化的猫咪一般，沉静地伏在方淳肩头。不用开口她也知道方淳这下真的累了，用他刚刚教会自己的方法，听气息就知道了。方淳的呼吸一声重过一声，一声久过一声。宋安不知道该盼望时间快点，还是慢一点，只是在心里默默数着步子，数到九十九，不多不少，刚好九十九，就又回到刚才寺庙的山门处了。

九九归一吗？寺庙真是个很难言说的场域。

见到了平地上，宋安想着给他缓缓气："换我下来自己走。"

方淳停下脚，半张嘴喘了两口气，又重新将宋安背得更紧些："不差这两步路了。"

寺庙依旧是那个寺庙，回廊还是那个回廊，不过是正殿里的烛火比先前暗淡了些。正殿外没有人，里面的木鱼声一声紧过一声，方淳不便打扰，只得背着宋安又围着正殿多走了一圈，先前的禅师才满脸疑惑地踱出步来。

"两位施主，刚才已经说过，寺庙近期有特别法事，不再对外开放，不便之处多有见谅。"

禅师双手合十，说得不卑不亢。

"多有得罪，只是刚才我们下山的路上，她不巧扭伤了脚。天黑，我背着她下山，恐怕又力有不逮，所以想请法师破例允许我们在庙里打扰一晚。"

方淳身上背着宋安，不便鞠躬，只得微微欠身以示恭敬。

禅师看了看方淳肩上的宋安，微微点了点头："庙里条件有限，只富余一间旧舍，床褥倒是可以想办法，不嫌弃的话。"

"哪里。"

禅师点点头，侧过身，径自在前面引路，方淳弯腰背着宋安跟在后面。

从外头看，不甚起眼的山中小庙，置身其间，竟比想象中大不少。四周树荫婆娑，成片的竹林随着风发出细碎的沙沙声，空气中已经闻不见花香，想来是按着佛门规矩栽种的，都是无味草木。

禅师领着方淳足足走了两进，才寻得那间闲置的旧舍。

禅师从外面推开门，侧身站在一旁，将两人引入屋内。拉下灯线，昏黄的钨丝灯将屋里的陈设照得分明。说是陈设，其实不过是一张简单的床铺，窗下一个蒲团而已。

方淳慢慢转过身，扎着马步，缓缓将宋安放在床铺边。

"今晚你就老老实实待在这儿，等天亮了再看怎么办。"

"那你呢？"

"你管好自己就行，"方淳说完顿了顿，又不放心地补了一句，"晚上睡觉安分一点，别乱动，脚踝再扭伤是会跟腱发炎的，那样就很麻烦了。"

"是吗？你又什么时候知道我睡觉不安分了？"

宋安完全一副幸灾乐祸的口吻，好像全然忘了脚上的伤。

不等方淳接话，禅师抢先说道："既然已经安置好了，我便带男施主去僧房休息吧。"

方淳弯腰捡起地上的蒲团，走到门外："深夜造访，已经多有打扰，我用这个在外面静坐休息一晚就好。"

禅师也不说什么，目光低垂地望着脚下的月影，默然点点头："晨钟后吃早饭。两位施主可以自行选择是否吃过后再下山。"

说完，禅师迈着碎步，后退几步，轻轻带上宋安的门。

直到禅师和方淳两人都消失在门外，宋安才后知后觉地意识到寺庙里面的寮房是按男女性别分开的。她摇摇头，用手扶着脚踝，虚着腰，脱下娟姐送给自己穿的单鞋放在床边，调整到一个舒适的姿势，半躺在床上。说起来山间寺庙还真是清静的所在，仿佛只要一旦关上门，世间的一切便和自己绝缘开来。

宋安深呼吸几口气，贪婪地想要占有这间偏屋里的古朴与寂静，然而除了风，除了那些迫不及待从窗户缝隙中涌入的风发出的低鸣，还有窗外那个男人的沉默，总是牵绕着她的思绪。窗外该有一轮明月才对，方淳幽蓝的背影在纸格窗户上映照得分明。她看得怅然，凝神屏息地想保有眼下的此刻，也许过了明天，等到有关娟姐的新闻见诸报端，一切都不会是这样了吧。

她从屁股兜里掏出手机，借着手机屏幕一点荧荧的光亮，打开草稿箱，编辑起完成了一半的稿件。原本想着写完之后，让方淳多少先看一下，但此刻看起来又有些多余了，她定定神，群发给了平日里常联系的几个编辑。

宋安盯着手机等了一阵子，不见群里编辑们有回应，便放下手机，双臂抱着自己的膝盖，闭目静思。外头似乎飘起了雨，细细的雨滴落在草木上，像是轻柔的安眠曲，有种不真切的梦幻感。

"外面下雨了？"不知道方淳睡了没，宋安对着窗外试探性地问道。

"嗯，下了点小雨。"

方淳用干哑的嗓子应道。

宋安想起方淳一路上被汗水打湿的上衣："你冷不冷？我的腿没事，你可以先回去的。"

方淳抿着嘴，摇摇头："不冷，在户外干久了已经习惯了，下点雨反倒觉得清爽。你呢？"

"你在室外，我在屋里，还有被子，我怎么会冷。"

"那就好。"

"方淳，你有什么话要和我说吗？"

"嗯，什么？"

"你和娟姐的新闻，我刚才已经发了。"

方淳身子抵在走廊的柱子上，意识却比任何时候都清醒，深吸一口气，故作开朗地应道："那很好，事情终于可以告一段落了。"

"后面的事，无论是对你还是对娟姐可能都会有一场小风波，这点你要有心理准备。"

方淳整个身子半歪靠在柱子上，乌黑的眼睛突然失焦般对着清寂的夜空。月明星稀，寥寥的几片青云，即便在树木的掩映下，也藏不住心事。

"没事，就顺其自然吧。"

方淳说完，试着笑了笑，但清冽的冷空气封住嗓子，让他发不出声。

倒是宋安在这头朗声地笑了，无端地生出几分笃定："方淳，不管过去的事情怎么样，我想最后我们都会好好的。不管新闻出来之后发生什么事情，我都会和你一起面对。这样可以吗？你不用对我保留的。"

"哦？你是觉得我做过什么事？"

"方淳，你没听明白我的话。对我来说，重要的不是你过去是谁，做过什么，而是现在的你。"

方淳在听也没在听，细小的雨点，不知不觉间滑过他的脸颊，停在他干裂的嘴角，他微微张开嘴，雨水是咸的也是暖的，大概泪水不知道什么时候也混了进来。

"拜托不要学言情小说里说话。这个世界，你和我，山下的村民和寺庙的禅师，谁的此刻都是由彼刻决定的，没有人能例外。"

方淳说得决然，似乎不想再让宋安说下去。

宋安慢慢将视线从窗外移开，盯着屋里的一团黑暗，自言自语一般喃喃说道："外面下雨了，我很想你。我不知道这个你是谁，但我觉得距离这个你越来越近了，你能感觉到吗？"

她的话像是丢进山洞里的石子，再没了回响。

宋安终而放弃等待，和衣躺下："天亮前要走？"

"怎么会，今晚我在这儿守你。"

"哦？那我睡了。"

　　宋安说睡就睡，抓着被角就背过身去。只是刚闭上眼，眼泪就这么默然无声地把被角打湿了一块。流出来的眼泪并没有刺痛她，她也不认为这是懦弱和玻璃心。此刻的眼泪就像是南方夏季里的毛巾，它们总是自然而然地把空气中的水汽吸入，再被人缓缓拧干。这就像某种吐纳，是某种天经地义的新陈代谢，而她的眼泪，她的心，也不过是咽不下更多了而已。

　　如果之前有人告诉她，某个故事里的女主人公会在深夜的寺庙里独自哭泣，她只会皱皱眉头，继而稀松平常地耸耸肩，能联想到的不过是某些香艳绝情的鬼故事吧。但没承想，志怪小说的戏码也会落在自己身上。这一世没有鬼怪，但多的是际遇的羁绊缘分的戏弄，这两者谁更为鬼魅呢？如果有神明可以听见，她是情愿与鬼怪鏖战，也不甘心摔倒在看不见的因果中的。

　　沉默的时间流淌了像一个世纪那么久。

　　一直等到窗户里面没了动静，方淳才颤悠悠地掏出一支烟点上。他的身体大概自内而外地被冻住，失去知觉的手指差点扶不住香烟在黑夜里闪动的火光。

　　谢天谢地，安安睡了。

　　他也终于可以不再面对她的诘问，不再感知她的心意，脑海中不再浮现起她的脸庞。愚钝如他，也知道回应宋安的爱是容易的。安安已经猜出几分，或是自觉完全了然，可只有他明白，宋安的揣度全然不得要领。

　　曾经的不堪或是他在公众面前的狼狈，让他再经历一次好了，他知道自己不以为意。他爱惜羽毛，但他的羽毛比不得宋安的千分之一。他试图找出问题的最优解，但闭上眼，前路就像是此刻的夜一样昏暗不明。

　　烟燃尽了，火星临到手边，方淳才缓缓将烟头掐灭。他顾不得嗓子干痛，只想摸出烟盒再吸一支，可燃尽的已然是最后一根。

　　天边已经隐隐地泛出些幽蓝色的晨曦，他怅然若失地寄望于此刻的夜永久下去，又想冲进身后的屋里，望着她的睡脸，轻轻地把她唤醒，告诉她自己的全部心意。

但他周身冰冷，脸颊滚烫，脑壳用胀裂抵抗他无用的思绪。

方淳支抵不住，身体不自觉哆嗦起来，整个人蜷曲成一块，两只手死命裹住自己的身体，歪倒在地。

宋安这一觉比平日睡得沉，但醒了之后，整个人依旧像是空壳一般，肉身已经各就各位，但魂灵还浮游在某处。她躺在床铺上，半梦半醒地等到寺庙里的晨钟在耳边响了几轮，她才晃晃悠悠地在床上支起身。

宋安收拾完床铺，用手扶着右脚踝，红肿褪去了一些，她又试着站起身走了走，痛感已经不那么明显了。

“方淳，你饿了吗？”宋安朝着窗外问道，却听不见应答。

她扶着墙缓缓移动到门边，推开门。是阴天，却天高气爽，天空像是被水洗过一般地透亮，颇有一点秋天的感觉。门外不见方淳，大概是吃早饭去了吧，宋安正要踱步走出门外，却见方淳头抵在走廊柱子上，两只手护在自己胸口，身体蜷曲着睡在地上。

“辛苦你了，要不要去屋里睡一下？”

见叫不醒方淳，宋安伸出手指在他的脑袋上点了几下，方淳像是溺水获救一般猛然睁开眼，大口地喘着气，见自己面前的是宋安，这才逐渐定下神来，劫后余生般地笑着说：“脚踝好点了吗？”

宋安蹲在方淳身边，乖巧地点点头：“还有点酸，但可以走路了。”

“好，那我们下山。”

方淳面色苍白，猛地从地上支起身子：“走吧。”

方淳向宋安伸出手，宋安没应声，略显焦虑地问道：“你还行吧？气色不太好的样子。”

方淳转了转脖子，两只手用力拍打自己的脸：“不要紧，刚才在做噩梦，你叫得很及时。”

　　宋安用手试了试方淳的额头："你发烧了。"

　　她正要脱下自己淡黄色的灯芯绒外套，被方淳伸手拦住："我自己有数，这点温度，不要紧，再说你的外套我也穿不下。"

　　两人的手隔着外套抵在一起，宋安和方淳相视一笑，她便也不再坚持："那下山换我扶着你。"

　　方淳也难得地让一步，笑着应道："好啊。"

　　白天的寺庙里也是门庭冷落，除了几个打扫的禅师，其他人怕是都在正殿里晨诵。方淳和宋安目光对上昨晚遇见的禅师，双手合十点头致谢，那头的禅师看见了便放下手里的扫帚，隔着寺庙中央的香炉，回以同样的礼数。

　　烧了一夜的香炉，肚子里装着满满的烟灰，只有零星几炷尚未燃尽。

　　"你等我一下。"

　　"嗯？"

　　说完，宋安挣脱方淳，快步跑到香炉前，对着一炷即将燃尽的檀香，闭上眼，双手合十，心中默语。等到她再睁开眼睛，面前的香已经燃尽了。

　　"刚才许愿来着？"

　　两人彼此搀扶，一路无言地慢步走下石阶。走到半山腰，方淳看宋安始终一脸失落，忍不住问道。

　　宋安苦笑着点点头。

　　"那为什么反而不开心？许的愿后悔了？"

　　宋安摇头："自己心里的愿望怎么会后悔。"

　　"那是什么？"

　　"许愿前还没燃尽的香，到我许完睁开眼的时候，已经燃尽了。所以准确地说，我也不知道这个愿有没有许上。"

　　方淳本是一脸虔诚地听，但听完也给逗乐了。他偷偷瞄了一眼宋安，宋安抿着嘴唇，手里的拳头紧紧攥着，像是徒然地带着些无处存放的气恼。方淳别过脸，不自觉地在心里言语，人在认真的时候大概总是可爱的，只是这份可爱放在宋安身上变得更可爱了。

"你在笑什么啊！"

见方淳笑脸盈盈地看着自己，宋安的气恼终于有了施放的对象。

"没有笑啊。"

方淳的脸像是魔方，立刻又切换成一副无动于衷的模样。

"你少来，我刚才看见你笑了。"

"有吗？"

"有啊！"宋安推开方淳的胳膊，摆出威胁的架势，"你要是不说，你就自己走吧，我就不扶你了。"

方淳自己倒是能走下山，只是担心宋安的脚踝，无奈应允道："笑的是你不自知啊，我看见那炷香了，你许上了。"

"真的？"

宋安将信将疑。

"真的，所以放心吧。"

"可你不是我，你怎么知道我是在哪个瞬间许完的？"

宋安越想越觉得方淳是胡说八道应付自己。

"哦，这个我们救灾里有门课程，讲的内容是关于面部表情心理学的。它可以帮助你通过对方的微部表情来判断心理活动。"

"啥？面部表情心理学？有这种东西吗？"

方淳的脸就快绷不住了，率先走出两步，躲开宋安的目光："有啊，书山有路勤为径，学海无涯苦作舟。你是记者，要保持谦虚谨慎的心态，不要预设立场好吧。"

"等我回去了解看看。"

"嗯。"

宋安见方淳走远了，也来不及细想，赶忙追着他晃晃悠悠的身子走去。

两人一路走走停停，等回到小镇，已经快是饭点了。家家户户冒着炊烟，散养的看门狗摇着尾巴等在门口，等着主人做好了饭菜，给自己打打牙祭。

方淳和宋安没等走到近前，就见娟姐和刚子两人端着马扎坐在门口，不住地向马路上来回张望。

刚子眼睛尖，先看见了方淳和宋安两人，推了一把身边的娟姐，继而挥手招呼道："姐，方队他们回来了。"

"啊，在哪儿呢？"

刚子也不和娟姐多费口舌，径自跑到方淳两人跟前。

"方队，你们没出什么事儿吧，昨晚真把我们给急坏了，我们就等满二十四小时去派出所报警了。"

"害你和娟姐担心了，没啥大事，我们去了镇外头的庙，路上安安她又崴了脚，就在庙里过了一晚上。"

刚子挠挠头："啊，宋记者也信这个的？我以为就我姐那号的才信呢。"

方淳转头看着宋安，这回不敢再笑了，一本正经地说道："哈哈，我们也是正好碰上，聊胜于无吧。"

娟姐从后面跟上来，一巴掌结结实实地招呼在刚子脑袋瓜上："什么叫就我这号的信？大家都说山上的庙灵得很的，回头我还要专门上山还愿呢。你再这么说话没个把门的，小心神明听见给你好果子吃！"

"好嘛，灵就好啦。咱们都别争了。"

娟姐早已给大家准备了饭菜。桌上三菜一汤，都用饭碗倒扣着，娟姐把盖着的盖子一个个翻过来，油菜香菇、空心菜、凉拌茄子，用手贴在碗边试了试温度，不过稍微有些放凉了，她又固执地围上围裙，把饭菜重新回锅里热了才又端出来。刚子招呼方淳、宋安两人坐下，打开电视，调到球赛频道上。四个人围坐在一块儿，动起筷子。

"你说啊，人还就是怪着呢，方队和安安姑娘才来了几天，这家里就有了人味了，再叫我和刚子俩坐一块儿都怪冷清的了，不习惯了。"

宋安用眼角的余光瞄了眼电视："娟姐，新闻都说什么了？"

娟姐怕给宋安添堵，取过遥控器，索性关了："没啥，不就那些事嘛，翻来覆去，还能说出什么花儿呢，连我都快听腻了。"

宋安点点头，脱了外套搭在椅背上。

刚子凑到宋安面前，小声问道："宋记者，你看现在该怎么弄？我觉得咱们总要反击吧。这蹲在家里像个缩头乌龟算什么事儿！再说江源这地界小得很，人要是知道我们姐俩躲在这儿，还不知道怎么编派呢。"

宋安还没说话，娟姐一巴掌就落在说得口若悬河的刚子脑袋瓜子上："就你知道得多？人家刚回来，你能让人把饭吃完了再说吗？"

宋安笑笑："没关系，娟姐，稿子我已经发了。昨天我和方队两人商量了一路，咱们确实陷入了某种道德上的困境，无论我想保护你们谁，都会成为别人攻击的把柄。既然这样，不如实事求是，事情怎么发生我就怎么写了。比起要美化谁，或者说保护谁，不如让读者可以更多地发现你们行动的合理性。但不管舆论怎么说，我都会陪你们一起撑过去，好吗？"

娟姐一拍大腿："安安姑娘，我早就想这么说了，我们姐弟俩都不情愿看你和方队为难，投机取巧的事儿，我们也不想再做了，该咋样咋样吧，该受的批评咱的确应该虚心接受不是？只要事情能捋清楚就行了。这日子还能不过了？"

娟姐说完，抓过遥控器，把频道调回到新闻台："该来的批评教育，咱不躲。"

"有您这句话，我心里就踏实了。"

宋安说完，意味深长地瞄了一眼身旁的方淳。

方淳的脸通红，大概是发热，席间也没说什么话，简单吃了两口就靠在墙边半眯着眼，见宋安看向自己，也只是笑笑又将头转到电视上。

　　宋安其实从今天醒来就有些吃惊。方淳还在，而且此刻就这样安之若素地坐在自己身边，这点是她没有想到的。可是如果自己的判断没错的话，电视里的新闻难道他不担心吗？如果他已经准备好面对自己就是当年被舆论抓住不放的田添，为什么在自己面前还要保持闪躲？为什么不能磊磊落落地回应自己？难不成烧糊涂了？

　　"好点没？"

　　说完，宋安用手试了试方淳的额头。

　　方淳摆摆手："吃了娟姐的饭，已经好多了。"

　　"方队这是咋了？"

　　刚子眼尖，追着问道。

　　"山上冷，有点受凉。不碍事的。"

　　娟姐也凑过来，用手试了试："哎呀，不是我唠叨啊，但要去山上的话，方队你可穿得太少了，我给你煮点姜汤祛祛寒。"

　　说完，娟姐收拾了碗筷，在水池里将老姜的皮洗净，用刮刀把皮一点点刮开，切成丝下了锅。水一点点煮沸，姜丝在热水里上下沉浮。

　　"下面插播一条石棉地震的最新报道。大家关注的在地震中失踪的女童有了最新进展，我台引自《新日报》记者宋安在一线发来的采访，藏匿女童的姐弟因为生活困难，为了争取灾后损失的补助才有意隐瞒其将女童藏匿的位置，现女童已被救援队妥善安置，回到其父亲身边。而关于此次事故中违反事故信息发布纪律的救援队员方淳，同时在接受救援队的内部处理，目前已被停职。有消息表示他就是几年前因一组纪实摄影作品而备受争议的摄影师田添本人。这再次引起网络上有关他是否有资格从事灾后救援工作的讨论，有网友在网上实名质疑他的真实动机是在消费苦难，为自己新的拍摄选题筹备素材。"

刚子给电视里的新闻听得愣住，一把拍在方淳肩膀上："方队，原来你还是个摄影师呢！你这身行头也不像啊，但这里面说你消费苦难是啥意思？有谁还会花钱找不痛快呢？这网友是脑筋不太好吧。"

刚子说完，娟姐也端着热腾腾的姜汤走到方淳面前："姜汤好了，方队你快来趁着热乎劲喝掉！"

娟姐像是彻底想开了，一副全然不顾电视里说什么的神态。

"又给娟姐添麻烦了。"

"瞎客气什么，有什么能比自个儿身子还重要的。"

方淳接过姜汤，他知道宋安在看着自己，但他只是埋着头小口吹开浮在表面的姜丝。但见刚子的目光依旧落在自己身上，方淳只得接话道："哦，现在的摄影师都好穿哪样的？"

刚子抓抓脑袋，求援一般地望向宋安："这我说的肯定没宋记者来得准哈，毕竟你们都是干这行的嘛。但我看怎么也得有双意大利产的尖头皮鞋吧，再有就是牛仔裤和白衬衫，对了，再加上一项贝雷帽就更像样了。"

"是这样吗？我好久没出山了，不了解行情。"

方淳说着调笑地看向宋安。

宋安也不示弱："可以，刚子说的除了贝雷帽我都能给你置办啊，就看你敢不敢了啊。"

"你弄的我还有啥不敢的。"

娟姐听不下去了，冲着方淳摆摆手："方队，你可别听刚子在这儿瞎白话，按他说的那么个穿法那像个什么样，干婚庆的摄影师才那么穿呢。你要是什么时候打算重新干摄影了，还是老老实实请宋姑娘给你看看，女人看男人不会错的。"

"嗯哼，我都行啊。就等他什么时候再出山。方淳，你说到时候你是用田添还是别的名？你得和我们透个底吧。"

方淳听得懂宋安的揶揄，顿了顿，笑道："再出山的话，肯定就用本名了。看来看去，还是勤勤恳恳做事、干干净净做人好。"

　　"哥，那新闻里说你消费苦难是啥意思，你给说说呗，我一点没听懂。"

　　方淳看向宋安："你解释还是我解释？"

　　宋安瘪着嘴，故作姿态地摇摇手："对不起。你的事儿，不知道不了解，太难懂了。"

　　"行吧，那我给刚子说？"

　　"哥你快说嘛。"

　　刚子说完就搬了个马扎坐在方淳跟前。

　　"说起来，'epoch&scope'是我早年尝试的拍摄选题。那个时候人年轻，什么都想试试，当时的初衷只是记录这个时代，在大众传媒里被消失的那些阶级，我背着相机拍了好多地方，从沿海的福建，一直到西北的甘肃。被舆论发现的一张照片，就是在江源拍的。那天出发的时候，难得是阴天，我联系了几个矿友想去他们工作的地方拍几组人像，拍完已经是中午了，日头偏西，都是直射光了，我就顺着往山上走，想抓几组鸟瞰的视角，路上见到一只废弃的烟囱，山的海拔不够，我登上烟囱，抓了几组鸟瞰。下来的时候，我看见烟囱里有人躺在里面，第一时间以为是个躲清静午休的工友，也没有多想，只是觉得视角难得就按了快门。我每周都要给合作的摄影杂志供稿，那张片子也夹在这组系列里发表了。偏偏火的也是这张。"

　　"哥，这种片子也能火的？矿上的事儿我看多了，没啥有意思的啊。"

　　方淳点点头，继续说道："技术上，没有别致的地方。但因为观感上多了个上帝视角，加上那个工友不是在午休。"

　　方淳闭上眼，整理一下情绪，继而长长地叹口气，艰难地说道："地方新闻上的报道最开始是作为突发事故处理，调查的结果是过度疲劳，人发现的时候就不在了，连抢救的机会都没留下。但后续很快就有人发现，去世的工友在我的那组影集中出现了，恰好是一样的场景。所以理论上，巧也不巧，那张片就是那位离世工友最后的存世记录了。题材的敏感性再加上冒犯到一些人观感的上帝视角，让舆论很快就上升到讨论纪实摄影之外的层面上了，而那些是我作为摄影师无法回答也无力解决的。"

"比如说呢？我没太明白。"

"有些人认为我用他人的死亡来为影像制造决定性时刻、制造戏剧性博人眼球。有些说得更不客气一点，说我见死不救，还有些说是我制造了工友的死亡。"

"呃，这就有点过头了吧。"

"不，这只能怪我当时没有第一时间发现异常，不然结果或许不是这样。"

"然后呢？你羞愧难当干脆直接就躲起来了？都不回击的吗？"

方淳将手里的姜汤一饮而尽，苦笑道："是不需要我回应吧。那个系列被全民声讨，经常合作的杂志社一个个来退稿，谁都不愿意和田添这个名字挂上关系，我去哪里争辩呢？只能在家里等着时间让整个事件的热度慢慢降下来吧。"

刚子慢慢地听懂了，犹豫了好一会儿，不好意思地问道："所以，哥，那你是因为那件事心里过意不去，决定转行做的救援吗？"

这个问题宋安也好奇，只是没勇气这么问。

方淳不回避："那个时候整个人都空了吧，天天在家都在自我建设中。做救援与其说是某种决定，不如说是自然而然的东西。当时只是觉得户外工作比城市生活简单，没有那么多束缚你的人和事。至于救援，可能潜意识里还是想以某种形式做出补偿。但说起来，也都是逃避吧。一直到今天，这组图又被人挖出来，哪怕再被人骂上一遍，整个事情才在我心里好像真的翻篇了。"

刚子用手扶着方淳的肩膀："哥，你别多想了。我看这事没法怨你的。"

"不，当时只有被人骂着心里才能好受一点，如果真的没人责怪你，恐怕就撑不到今天了。"

娟姐关了电视，从方淳手里收了锅，一脸严肃地说："事情既然过去了，就要尽可能让自己放下。你和宋记者年纪还轻得很，咬咬牙，事业上没什么过不去的坎，有困难就从头再来嘛。"

方淳点点头，勉强地笑了笑："这还是我第一次说完来龙去脉，感觉好多了。"

娟姐点点头："这么着，你和宋姑娘现在就负责决定晚上吃点啥，决定好了告诉我，下午我上街买菜去，咱们晚上正儿八经吃一顿，算是给这段糟心日子画上个句号。"

"好啊好啊，那姐我先申请个糖醋鱼呗？"

"就你要鱼？还要糖醋的？要不我给你做个镏金的得了？"

刚子被娟姐堵得严严实实，自知没趣，摇摇头不再多说什么。

宋安从贴身衣物里取出几张钞票，塞在娟姐的围裙里："姐，你看，正巧我和方淳也想吃个糖醋鱼。"

娟姐看着围裙里的钞票，面色绯红："唉，宋姑娘你真的误会我了，我和刚子说话，真的没有别的意思。"

宋安摆摆手，息事宁人道："知道知道，我也没有别的意思。我和方淳添了不少乱，你收着我心里头也好过些。"

"这是什么话呢，你和方队在这儿住帮了我和刚子多大忙，是我和刚子给你们添乱啊。"

"别说了，您收着我吃饭才香行了吧。"

娟姐摇摇头："好吧，那我可得买条最大的鱼回来。"

"哈，就等这句话呢。"

刚子像是突然想到了什么，从电视机柜里掏出一个一次性相机，走到众人面前："哥，我才想起来的，你既然是摄影师，给咱们大家拍个大头照呗，等你和宋记者回去了之后，我和姐两人也有个念想瞧瞧。"

方淳接过刚子递过来的一次性相机，全新的包装，是那种买胶卷附送的塑料相机。他瞧了眼宋安，见她也点点头。

"成啊，可就是我也想入画呢。"

"这个好办，我听人说，只要调整好什么参数，放在地上给它倒计时，它自个儿就能按快门。就是这参数……哥你是摄影师，应该会的吧？"

方淳哈哈大笑："会的会的。"

方淳打开窗户，又开了灯，让屋里亮堂起来，拿着相机在手里头摆弄了一会儿，招呼大家站好地方。

"我一会儿把相机就放在这电视机上。咱们四个得半蹲着站在那边挂历底下，得站得紧一点，不然照不齐。"

"哥，倒数计时几秒你得和我们说啊。"

"听我倒数五秒啊。"

"得嘞！"

方淳按下快门键的同时，一边跑到挂历底下，一边开始倒数了："五、四……"

宋安提前把身边的位置留给方淳。方淳见了也不避讳，整个人紧紧贴在宋安身边蹲着。

"哎，方淳，你踩我脚了。"

方淳刚摆好造型，给宋安说得一愣，赶忙挪开脚，嘴里还不住地倒数："三，二……"

方淳重心没站稳，脚下踉跄。

宋安用眼角的余光瞄见，一把抓住方淳，搂在自己怀里。

"一！"

咔嚓一声，闪光灯应声而亮。

方淳咬着嘴唇，有点不好意思地看着宋安："刚才踩到你脚了，要不要再拍一张？"

宋安知道自己吃了方淳豆腐，故作洒脱道："不用啊，我觉得挺合适的。"

刚子走过去，查看起相机："哥，你刚才是咋弄的，也教教我，我给你和宋记者拍个两人的。"

方淳接过相机调好参数："怎样？拍不？"

方淳回过身，一脸无辜地看着宋安。

娟姐看不下去，把方淳推到宋安身边："这种事有啥好问的，多拍几张留给我，我还要看呢。"

虽然作为摄影师，但方淳好像并不会调整面对镜头的表情，在镜头里看别人久了，反倒不会面对镜头了。

又是几声快门声，白花花的闪光灯中，他只能寄希望于自己在宋安面前胡说的微表情心理学了。

"你们好好耍啊。我得赶紧出门买鱼去了，再晚个儿头大的都被人拣走了。"

娟姐摘了围裙，抓着钱包就往门外走。

刚子得意扬扬地摆弄起手里的相机："哥，这啥时候能看到刚才咱们拍的啊？"

"都在胶卷里了，得找空拿出去洗。怎么，比我还急？"

"就是想看呢，毕竟你和宋姑娘的合照是我拍的呀，你说要是拍得好，我是不是也可以做个摄影师去？"

"你想当摄影师？没问题啊。拍影像是每个人的权利，越多人去拍越好。"

"就是怕有点太难了，毕竟刚才参数都是哥你给我调好的。"

"参数有啥难的，回头我给你寄几本书，你看着学，不懂的地方给我打电话。"

刚子两眼放光："真的？"

"这还能是假的？想拍什么样的？"

"我看要不就学哥你说的那种写实吧，我从小就是在山里长大的，矿上也待过，我拍写实总不会有人说我消费苦难了吧。我自己就快是苦难了，难不成我还消费我自己了？"

方淳和宋安都笑了。

"可以啊，你回头拍了，给宋记者寄去，让她给你瞧瞧怎么发表。"

"发表？别别，我就别贻笑大方了好吗，到时候让人骂。"

宋安走到刚子跟前，递过去自己的名片："刚开始有人批评总是难免的。不过你要是担心，就用方淳用过的笔名'田添'好了，反正这名儿也给骂够了啊。"

刚子看看方淳，又望望宋安，不知道听谁的好，自己权衡了一下，凑到方淳身边信誓旦旦地说道："哥，你放心，我听出来了，宋记者刚才是拿你开玩笑。我保证不消费你，如果真能发表，我一定用本名。"

"嗯，用本名好。"

"哥，咱镇子好像就有照相馆。我等不了了，你教我一下，我去洗了拿回来送给你和宋姑娘，你正好在，可以给我点评一下。"

方淳一愣，心里浮现一阵阴霾，却见刚子殷切的目光就在眼前，只得端着笑缓缓说道："今天就要看啊？你刚入门呢。"

"不是说越早发现错误，才能越早改正吗？再说还有你这高人指导的机会。"

"我哪里是什么高人，庸人差不多。"

"比我强的都是高人。"

方淳眼见对付不过去了，看看宋安，又看看手里的相机："行吧，但这次得我去洗，有些地方还是要当面和人交代一下的，不然怕给洗坏了。"

　　刚子看着方淳手里的相机，心里有点后悔，早知道这么金贵，刚才动作就该轻点的，不知道对洗出来的照片有没有什么影响。

　　"照相馆就在菜市场的东边，镇上就那么一家，问谁都知道。搞不好回来的路上还能顺道和我姐一起回来呢。"

　　"好，那我去了，要是回来晚了，你们就先吃饭，不要等我了。"

　　说完，方淳扭过头，穿上搭在椅背上的夹克，对着宋安笑了笑："放心，我会交代师傅给你美颜一下的。"之后便径自消失在门口。

Chapter 11

故事的答案

　　等到宋安再回想起来，如果说从哪里开始有什么不对劲的地方，应该就是方淳的那句"这次得我去洗，有些地方还是要当面和人交代一下的，不然怕给洗坏了"以及他说这句话时黯然的表情。

　　本来就是一次性成像的机器，手动校准的地方寥寥可数，再加上是数码洗印，早就不是手工暗房的时代了，哪里有什么要当面和人交代的地方？最可疑的还是他的眼睛，漆黑的眼睛里，前一秒还闪动着微光，后一秒突然就惨淡起来。唯一可以确定的是，在那一秒，他已经决定好一切了。

　　宋安想不透方淳的心意。大家不是都好好的吗？一起吃了热乎乎的午饭，一起看了电视，一起相互鼓励，又一起拍了照片，从头到尾不都是开开心心的吗？为什么要不辞而别，丢下满头大汗提着鱼回来的娟姐、初学摄影兴致盎然的刚子，还有对他满怀期待的自己？

　　宋安决定无论他如何为自己辩护，这一次自己也不会原谅他了。

　　"安姑娘，别着急了。方队肯定是有急事要处理，新闻里出了那么大的事儿，他不得回去和队里交代交代？肯定是没法子，路上接到的通知，不然也犯不着丢下这么大一条鱼啊，你看醋溜、油炸都恰到好处，连刚子都从来没吃过我做得这么好的糖醋鱼。"

娟姐看着宋安一脸的失落，心里也不好受，但又不知道怎么宽慰。

"宋记者，我姐说得在理。你想想，方队他是多大人了？他比咱们知道怎么对付事儿。我猜他不过是需要点时间罢了。你要是真的生气，咱们就该把鱼都给吃了，不给他剩，这样等他回来只有吃鱼骨头的份儿，这才解气呢，你说对不？"

见宋安不动，刚子也不敢碰筷子，只是不得头绪地一阵胡言乱语，东拉拉西扯扯，想着总能说中到哪一点上。

宋安听着娟姐和刚子对自己说话，颓然地点点头。

也只有她知道自己并没有真的生气，她是真的受伤了。

她埋头，手里举着筷子，虽然没胃口，但即便是看在娟姐不辞辛劳的面子上，她也该吃。

"我没事，不等他了，咱们一起吃。"

"哎哎，对咯，咱们自己先吃自己的。"

刚子和娟姐眼见着宋安先动了筷子，这才真的放下心来，也跟着端起碗筷。

娟姐拣了一块鱼翅膀放在宋安碗里："以后记住了，一条鱼啊，就数这划水的地方最嫩，吃鱼就要吃这鱼翅膀。"

"姐，你把鱼翅膀给了我，大刚都没有了。"

"既然是翅膀肯定是成对的啊，喏，这不是还有一个吗。"

娟姐说着又拣了一快递到大刚碗里。

"姐，你自个儿呢？"

刚子看着碗里的鱼肉，不是滋味，这些年自己一路顽劣，好像第一次看见姐姐背后的汗水。

"姐这些年命一直不好，就得吃鱼头，身上的肉你和宋姑娘两人吃就好。"

"什么话，最辛苦的人，怎么能只有鱼头吃哪。"

宋安说完，从鱼肚子上拣了一大块肉，搁在娟姐碗里。

娟姐也有点凝噎，低着头语无伦次："为你们忙活，没觉得辛苦的呀。都别说了，再不吃就都凉了。"

本该一顿让人兴高采烈的饭，三人聚在一起却吃得伤心落泪。

酸甜口的料理是真的神奇，原本浓稠的甜蜜转瞬间就成了连着泪腺的醋意。突如其来的味觉体验，像是一把利剑，当下就把你斩为两截，一半的你留下来笑，另一半的你离开去哭。

三人一起收拾完碗筷。刚子回里屋看球赛，娟姐一个人在水池边刷碗。

宋安从包里取了一身干净衣服，穿戴整齐，犹豫再三，还是跟娟姐开了口："姐，对不起。"

娟姐手里洗刷着盘子，水流如涓，但她听得出宋安的语意。

"没啥，姐是过来人，能理解你。"

说完，娟姐从口袋里摸出来一把钥匙："门口电动车的钥匙，已经给你充满电了。自己路上要小心，实在找不见，就还回姐这里，想住多久都行，你姐别的本事没有，总还能把你喂胖点。"

宋安接过钥匙，一时哽咽。

"不许哭啊，咱们女人也不许流眼泪的。遇见值得的人就得自己争取，委屈点好歹也是把主动权握在自己手里。只是这值得不值得，姐说了都不算，日子是自己过出来的，就得你自己去发现，姐帮不上你。"

宋安点点头，从自己怀里掏出一张名片："姐，你和大刚的事儿，我会一直跟进，有什么变化，照着上面给我打电话，也记得帮我和大刚说一声。"

"傻孩子，现在还想什么新闻，哪头重要自己拎不清楚？"

娟姐急了，顾不得手上的水渍，推着宋安就往门外走。

宋安骑着娟姐给的电动车，在小镇里漫无目的地晃荡，顺着石板路一路向西，正好路过白天大刚提到的照相馆，便走上前去。

老板举着一排排木质门板正要关店，见到门外的宋安，没好气地招呼道："打烊了，都几点了还来洗照片。"

宋安没抱什么希望："老板，我想跟你打听一个人，下午的时候，有没有穿着军绿色裤子的人来过？"

老板手里活儿没停，想也没想就应道："这镇子边上就是工地，多少干活儿的都穿军绿色裤子，我怎么能记得住？"

"如果他来的话，一定有拿一次性的相机，要洗里面的照片的。"

老板听完，没好气地放下手里的门板，嘴里嘟嘟囔囔地不断念叨，回柜台里取出一个信封："现在的人也真是搞笑，说加急也没这么急的吧，我这儿忙死忙活也没忙出几个钱啊。"

宋安打开信封，映入眼帘的首先是白天拍的几张照片。大刚真的不解风情，这么重要的时刻，却给拍糊了，方淳的脸只能看见个轮廓。宋安往下看，再就是自动快门拍的那张合照。娟姐把围裙藏在身后，有点拘谨地看着镜头，大刚还像是个青春期的大男孩，又好奇又兴奋。然后是方淳和自己。也许是那个时候就有第六感了吧，宋安像是个强取豪夺的劫寨大王，粗暴强势地搂着方淳，但她只是表面上的强势，实际上只能被动接受他心里的决定。

再是一张手书，写意的笔体字字句句，工工整整。

是方淳的字。

安，原谅我不辞而别。是的，我已经决定了，不管你会有多生气。只想你知道即使我在，这也不是一件容易的事。但现在分别，总好过日后的彼此憎恨。我还有太多不堪是你不为所知的，但你的好，我都已经看在眼里，这对你是全然没有道理的。木已成舟，我们的故事已经被写就，但和你在一起的每一瞬间我都记得，不会忘记的。虽然会遗憾我们不能拥有更多的时间，但唯其如此，我才能拥有完成这封手书必要的理智。就这样潦草地再见了，愿你好。

那天晚上，宋安不知道骑了多少里路，只记得到救援队的时候，车子已经没电了。队里的人都认识宋安，一个个停下手里的活儿，看着宋安面色惨淡地走进陈慷的办公室里。陈慷见是宋安，也不问来意，只是给宋安泡了杯茶。

"电视里的新闻我都看了。我要先代表队里，谢谢宋记者的慷慨相助。"

宋安坐在陈慷对面，望着面前杯子里的水汽，摇摇头："我来找方淳，他在哪儿？"

宋安嗓子像是枯了似的。

陈慷点点头，像是猜到宋安会这么问："首先，我不知道他现在在哪儿。关于这点我们的确没沟通过。但你失踪之后，是我让淳子去找的你，从某种意义上说，今天这样的结局是可以想到的，站在我自己的立场上，我还是希望你不要责怪他。"

宋安一愣："陈队，我听不懂你的意思。"

陈慷笑笑，理解地点点头，背着手在房里来回踱步。

"我认识淳子有好些年了。那会儿他因为摄影上的挫折，天天窝在家里头，事业废了，女友跑了，身体更是垮了，我常去瞧他。一路走来，算是知根知底了。即便他自己否认，但客观地说，那段经历对他的影响到今天还是在的。他的勇敢也是他的懦弱，他的坚持就是他的偏执。网上说他不适合干救援，这点倒也是对的，但把他留在自己身边，总是我的私心吧。"

"我不懂，所以就要不辞而别？"

"恐怕只因为是你。"陈慷说着，叹了口气，"之前我和你说过，我和何宽是老同学。从你告诉我你是《新日报》记者的时候，我就明白你为什么来石棉，或者更准确地说去江源。"

宋安后背阵阵发凉，惊得说不出话。

"但你放心，我没有把有关你的任何信息告诉过他，我没有理由这么做。但心细如他，总会在某个瞬间意识到你的来意吧，尤其是新闻报道又提到在江源矿上完成的那组照片。宋记者的职业操守让我敬重，是个我想在未来结识的朋友，而淳子是我的子弟兵，对你们俩，我怀有共同的责任，基于这样的立场，我只能告诉你，远离你，是他能为你做的最好的事情。"

宋安埋头，双手捏合在自己的太阳穴。江源的矿难，采采的死，方淳作为田添在江源拍的照片，只不过零星的几个点，却像是有无数种组合。她忽而明晰，自以为抓住什么线索，忽而又如堕云里。有关江源的矿难，她是不是一直都忽视了什么，还是答案一直都近在咫尺，只是被人隐匿了起来。

"陈队，我需要答案，即使不为了方淳，我也需要知道最后的答案。"

宋安喘着粗气，语气不能自已。

陈慷肃穆地打开抽屉，取出一张纸，颇为慎重地写下几个大字。

他把纸反复对折了几次，终于横下心，推到宋安面前："你该离开这里，回到属于你自己的生活中去了。我不知道方淳现在在哪儿，只要他不想出现，恐怕没人能找到他。这是他市区家里的地址，方淳有一只养了好些年的狗，他舍不得太久不回去照顾它的。我的建议是，给彼此一点时间，等你也准备好的时候，再去找他吧。"

陈慷像是在一瞬间苍老了几岁，说完头也不回地离开办公室。

回到家的日子，宋安不知道过了几天，她全然失去时间的概念。

陈慷只让她准备好了再去找方淳，可没人告诉她什么是准备好，怎样才能算是准备好。她机械般度日，报社没去，报纸也没读，手机倒是有几条短讯，薇薇发来的，她没看，她已经顾不上旁的事了，光是自我建设都快应付不过来了。

闲在家里的时间，宋安都用保洁来打发时间。她坚持要一天擦三遍地板、桌子、窗户上的玻璃，就连书架上的浮尘也都仔仔细细地擦拭清理。只有采采留给她的猫咪男爵，即使笔挺的黑色燕尾服上已经蒙上一层细灰，她也不敢贸然拂去。不，甚至连目光对上都是狼狈的。如果它能说话就好了，那样多少可以传达一些采采的心意吧。

宋安有尝试过去找他，但几次走到半途，就走不下去了，或是一个人没出息地藏在便利店，买一碗关东煮或是杯面，置身事外地盯着往来的行人，看他们的神色、衣着，继而去想象他们的生活、他们的故事。宋安无法自制地用别人的故事填充自己的生活，可也唯其如此，她日子才好过一点。

方淳、陈慷、何宽为什么都要瞒着自己？她想起平日报社里的闲言碎语，总有人揶揄自己是社里主编的唯一嫡系，她起初是不在意的，但现在想来，是不是整个报社只有自己不知道，是不是采采的死最该负起责任的是自己？类似的疑问越来越多，堆叠在心里，几乎将她淹没。

刚下完雨，地上的积水倒映着街面的车水马龙。宋安漫步街头，就像方淳说的那样，雨后让人觉得清醒。她突然发现自己从未好好体味过这座她寄居的城市，这座城市对她来说完全是点状的，仅仅由她的住所、常去的健身房、固定的餐厅、偏爱的书店组成。

宋安等在十字路口，几个交警模样的人在指挥着车流。

汽车鸣笛，骑车的人们一脚赶过一脚地踩在脚踏板上。一个四十多岁的男人，车筐里放着一袋香菇，手机固定在车把手旁，正俯身回消息；另一个看起来三十岁左右的女人，车把手旁挂着一袋切成片的原味吐司，她是单身吗，还是刚结婚替两个人买好了明天的早饭？

一个老太太握着小女孩过马路，因为怕危险，她几乎是拎着她，同时跟她说："你先拿威化饼干垫垫肚子哦。"

而另一个年轻的妈妈在凶一个站得歪歪扭扭的女儿："你觉得这样脸上很有光吗？"

宋安有点好奇，想知道这个小姑娘到底是做了什么，而自己又为什么这些年从没听到过这些声音。是因为一出门就钻到车里所以没听到，又或者，这些声音始终是存在的，只是自己太年轻，除了爱情，除了自己的悲喜，什么都听不到？年轻时谁耐烦听家常故事呢？或许成长只是一瞬吧。人间不再由流行歌曲和告白台词组成，它变得喧哗细碎起来，你什么都听到了。

再见方淳的那天，宋安有特意选在晴天，一身白衬衫，一条旧的泛蓝的牛仔裤，一双帆布鞋，一个双肩包，像是远足郊游似的，走着走着就到了。

按着陈慷给的字条，路上又问了几个人，宋安钻进一个老旧的市民小区。虽然外表破败，但里面收拾得井然有序，有种古朴的气息。难得天气好，老人们结伴在楼下安详地晒着太阳。宋安笑脸盈盈地朝看向自己的老人家打过招呼。瞧准字条上写的门牌号，然后敲了敲门。

咚咚咚。

绛红色的铁皮门发出一阵沉闷的声响。

没人应。

宋安坐在楼梯的台阶上，想着方淳的种种可能。

也许是买菜去了，或者还在午睡，再不就是……宋安想不出来，她从来不知道方淳的生活全貌以及作息。

楼道里常年不进光，台阶也因此阴凉凉的。

宋安转念起身，与其苦等，不如在小区里转转，没准就能碰见呢。

"小姑娘，忘记带家门钥匙啦？"在楼下缠毛线的老奶奶见她又从楼道里退出来好奇地问道。

"不是的，来找朋友的。"

"哈哈，我每次忘记带钥匙，就给我家女婿打电话，他就在马路对面开小卖铺的，回来一趟也方便得很，现在我干脆不带啦，人老啦，记也记不住，干脆就不记咯。"

老人家一脸骄傲地说着，大概没注意到"没带钥匙"和"拜访朋友"本质上的区别。

"哈，那真好啊。"

"小姑娘你别着急，找朋友给你送来就是。天气这么好，晒晒太阳耽误不了啥事的。"

"嗯。"

宋安被老顽童一般的老奶奶给逗乐了，也有样学样，靠在花坛边的躺椅上，微闭着眼。

阳光照在脸上，用它的温度和耀眼提示你，它是真实的。宋安与一群老人家围坐在一起，耳边是鸟笼里的啼叫以及家长里短的俗事。

"要我看哦，你也应该学学我，养只狗狗的，你老伴没了多孤独呢，有个毛茸茸的东西天天陪着你，心里头就热乎多啦。"

"外人也都像你这么讲，可哪是每只狗狗都能像你们家皮皮一样呢。你刚到楼道口，它就会在屋里叫唤迎接你了，我听着也羡慕的呀。"

"哈哈，你说得对，皮皮本事大着呢。它现在还会陪我看电视呢，你晚上来找我玩，我给你瞧瞧皮皮看电视的样子。"

"好哇，等我吃过饭就去。"

"就来我家吃嘞，不就是多双筷子的事呀。"

"你说的哟，那我带瓶女儿送我的好酒，我们一起喝。"

"好哇。"

可能终有一天，我们成长的速度会败给衰老的，之后时光就开始往回走，最后活成一个老顽童，倒也蛮逍遥的呢。她回想起老人的对话，突然，宋安一愣，猛地坐起身。陈慷有说过方淳也有一只狗的。

咚咚咚，还是那个楼道，还是那个绛红色的铁皮门。

但这次宋安敲得更大声。

猫眼里似有东西闪过。

"方淳，我知道你在里面的。"

方淳身子抵在门后，犹豫片刻，门还是开了。

门缝里率先探出一个乌油油的小脑袋，低着头呜咽了两声，伏在宋安脚边，像是在代替方淳向自己承认错误。宋安看得心软，原本的些许愤怒也没了。

"家里来客人了，晚点再带你散步，坚持一下。"

狗狗像是真的听懂了，摇摇尾巴又折回屋里。

"既然来了，就进来坐坐好了。"

方淳上身白色半袖，下身一条米色居家裤，眼窝深陷，脸上的胡楂也有日子没打理了，没有多余的寒暄，只是简单地让开身子，把宋安引进门。

屋里比想象中要简洁，准确地说是简陋。原木色的地板，座椅沙发床，还有些必要的电器。除此之外，只能用空无一物来形容，活脱脱拎包入住的快捷酒店。

"刚旅行回来？"

"哪儿都没去。"

"那是知道我会找你，所以忙着搬家？"

方淳提着水壶在客厅里找水杯。转了一圈，多余的杯子一个也没有，只得折回厨房，从冰箱里掏了瓶矿泉水放在宋安面前。

"一个人用不着那么多东西，多余的都送朋友了。"

宋安点点头，环顾四周："那书架里的书、墙上的照片也都不要了？"

宋安指着墙上残留的照片痕迹和胶带印问。

"嗯，看着心烦。"

宋安眼眶红了，点点头。转身从包里掏出那晚在江源小镇照相馆里洗出来的相片，丢在方淳面前："那这些我也不要了。"

说完起身就走。

方淳垂着头，目光停留在那张他和宋安的合影上，面色僵硬，等到宋安走到门边，又把她叫住："既然来了，我也有东西给你。"

方淳折回卧室，手里抓着一个准备好的牛皮纸口袋："这是你要的答案，也是唯一的一份孤本。你用这些照片做什么，我都不会评价你。从现在起，你是它们唯一的主人。"

"这些都是什么？我没看懂。"

宋安从信封里抽出一沓照片。从头看到尾，不过是工厂车间里的一些沙砾和土堆的快照。

"'epoch&scope'系列里的废片。"

方淳点到为止，不再多说什么，而是站在墙角等待着宋安的提问。

"这就是在江源出事的煤矿厂？"

宋安注意到照片右下角的时间日期，一丝不安划过心头，就是事故前三天的日期。

"是。"

宋安放下手里的照片，摇摇头："可是要用它们来确认事故原因是不可能的，照片里面没有准确的比例尺，现在的地貌特征和原来的也都不一样了。无论从什么角度看，这组照片都没有意义啊。"

方淳望着窗外："你想错了。需要调查的从来不是事故原因，渗水塌方的事故原因除了违反操作规范和过度开采，还能是什么？真正需要调查的是事故责任人。矿上的承包人到底是谁？出了这么大的生产安全事故又为什么可以不被主流媒体注意？"

宋安心头一凛。

确实，如果只盯着事故原因，这件事到今天确实已经无解了。但要是事故责任人的话……她从没有想过方淳的问题。当局者迷，旁观者清。他问得对，为什么这么大的新闻，在当年舆论口里却没什么动静？可能的答案只有一种：当年有人在带风向。而且能吹动这么大的风，绝不是一个普通的编辑的能力范围。宋安心里忽然浮现起可能的人选，但她不敢说出来，她不敢相信，只能埋头在照片里找。

方淳见宋安的举止，就知道宋安也已经想到了。

"你手里的第一张和第三张里。"

宋安照着方淳的提示翻看，刚翻开就看见了。她看见了何编在工厂车间里的侧脸，还有土堆边上的黑色帕萨特，上面是何编的车牌号。

"两张照片的底片在牛皮袋子里，只此一份，多余的我都烧掉了。我说过，怎么用是你的自由，我既没有意见也不会干涉你的自由。"

宋安听得出方淳的意思。他不想让自己有被评价着的感觉。

但此刻她确实陷入了道德上的困境。她用手捏着太阳穴，快不能再思考下去了，心底深处的绝望像一只巨手，将她的心撕扯成两半。采采是因为知道了才选择结束自己生命的吗？何编一路提拔自己也是因为不想让自己去碰采采的案子？报社里的风言风语并不是捕风捉影？

宋安猛然抬起头，惨白的脸上隐约挂着两行泪痕："最后一个问题，你是什么时候知道的？"

方淳垂下头，脸上划过一丝苦涩："恐怕比你想象的要早。最开始在事故之后，何编就去找过陈队，老同学一场，想让队伍借着救援的借口处理好事故现场，但陈队觉得事有蹊跷，就拒绝了。我拍的每张照片，即使是废片我都记得，但直到发现你真正要去的地方是江源，我才把眼前的这些联系在一起。"

宋安听完，把照片丢在一边，脑海里一幕幕的场景在自己眼前闪动。

是的，如果听何编所言，老老实实地做一个财经记者，如果像陈慷说的，停留在自己的生活里，如果没有喜欢过方淳，这一切都不会发生。她的故事、她的起点与终点早已在时光中被提前写就。

　　"或者我陪你把它烧掉，我觉得也很好。"

　　方淳深吸一口气，下定决心，他舍不得宋安在黑暗中沦陷。

　　宋安用两只手抵住自己的身体，勉强站起身："接下来的事，我会好好面对的。"宋安咬着唇。

　　在方淳提前预演过的无数剧本里，这是他最不忍听见的。

Chapter 12

落幕

　　普通的周一，报社前台的电话八点就被打爆了。前台接不过来，既而编辑们桌上的电话开始被轮番轰炸。整个报社陷入一种从未有过的瘫痪状态。

　　很快，报社全体就从惊讶不解转入新的错愕。不断传出来的消息汇总在一块，结论就是主编何宽因多年前滥用职务便利，以权谋私，已经在接受主管部门的核查处理。而揭露他的正是他钦定的下任接班人宋安。

　　有的人信了。宋安那小妮子野心根本藏不住，何编年纪大了，用人不察，栽了个大跟头，就算调查清楚了，也没机会咸鱼翻身了。

　　也有人不信。真实的新闻哪有表面上的那么简单，宋安好好地等着接班不就完了，何必多此一举？一定是她自己也在事件中收了黑钱，眼见事情要败露，翅膀硬了就先把何编搞臭，自己先爬上位置，再有人想拽她下来就没那么容易了。

　　整个办公室完全陷入停摆，上到主任编辑，下到各组组长，都彻底没了主意。

众人开了电视，面对面的既然吵不出一个所以然，不如都消停消停，看看电视上是怎么吵的好了。还有人吵累了，索性叫了外卖，大家坐在工位上边吃边看，像是办公室的特别派对。

直到看着一个身影怀里抱着纸箱，从宋安办公室里出来，大家才陡然收了声。

人群迅速就反应过来，近在眼前的大新闻啊，于是纷纷举起手机，有的拍照，有的直接录了视频，有的直接做起在线主播，一边拍一边解说起来。

宋安专心看着自己脚下，尽量不理会周遭的议论。她心里凄然，在传统媒体日薄西山的时间点入行，最后却没办法看见一个时代的落幕，倒是自己的记者生涯先落幕了。

口袋里的手机急促地响起，是薇薇。

"安安，我真的错了。我不该和你赌气的，你知道的，这些年我情绪一直不太稳定，我也想像你一样有个能施展自己全部能力的平台。但何编那个时候真的眼里只有你，我没办法才……不过石棉的稿子我已经全部撤了，也都打点过，不会再有下文了，真的。"

宋安在电话这头不发一言，电话里的薇薇明显慌了："安安，你就原谅我一次好不好？之前发生的事情都是误会，我也是被何宽当枪，身不由己。我的推荐信是何宽给写的，你也知道，现在何宽台子倒了，这边的新东家怕有麻烦，让我休息一段时间，这意思很明就是让我挪地方了。安安，既然何宽的位置已经被你腾出来了，你能不能让我回来，我就做我原来的职位就行。报社里那些和你不对付的人，我来帮你招呼他们，安安，让我回来，我会帮你站稳脚跟的。真的，安安，求你。"

手机听筒里的收讯伴随着杂音，但掩不住薇薇的惊惶。

宋安一言不发地听完，在沉默里关上手机，丢在怀里的纸箱里。

　　机敏如薇薇也说错了。此刻的她，哪里还谈得上原谅与否。她已经失去了一切原以为存在的立场。此时此刻的她，是一个糟糕而不自知的朋友，是一个名不副实的新闻记者，每当她想起采采莞尔的笑容，只觉得过往的悔恨顺着时间的裂痕剜刻心里。

　　谁能来原谅她呢？

　　人群中一片喧闹。喧闹正好，最好再多点喧闹，才不至于显得她此刻心里的清寂。

　　报社门口毫无例外地被别家媒体的长枪短炮围得结结实实，幸灾乐祸的同行听见消息，早早地把消防通道占得满满当当，只等最后的好戏开场。

　　宋安自顾自地走着，对眼前的一切既不吃惊，也没任何诉诸言辞的欲望。

　　她只是低着头走到门口，用胳膊肘顶开冷冰冰的玻璃大门，努力平衡怀里的箱子。忽而一个熟悉的身影从人群里钻出来，像是早早就注意到她一般，俯下身，弯腰将地上的纸箱一把揽在怀里，另一只手则自然而然地牵起宋安，逆着人群，笃定地向反方向走去。

　　在一旁插科打诨的同行记者，左看右看似乎终于发现眼前这个不起眼的姑娘就是宋安本人，立刻掉转过镜头，话音未落，一片白晃晃的闪光就先招呼上。

　　乌压压的人群迅速地向宋安、方淳的方向包围过来。

　　走在前面的方淳脚步没停下，握着宋安的手也更紧了些。

　　"对你以前的领导有没有什么想说的？"

　　几个钻不到前排来的记者干脆扯开嗓子直接喊了起来。

　　"还有消息说，何宽落马还和早年报社的一位业务骨干离世有关，有相关的评价吗？"

　　"有人质疑你在制造假新闻的过程中获利，有想要澄清的吗？"

见宋安一脸无动于衷，围堵的记者们只能改变思路，争相抓几个特写回去交差。

硕大的镜头一下堵在宋安面前，方淳忍着怒气，回过身，轻车熟路地顺着机身卡口把镜头一把拧了下来，扔在记者堆里，推着宋安就向前走。

两人坐到车上，方淳打着火，摇上车窗，直到车外的嘈杂声渐渐隐去，他缓缓向后视镜里的宋安看去，怅然和安详以某种微妙的比例同时存于她的脸上。

方淳手搭在方向盘上，默然地把车驱向前方。老旧的 LC80 像个忠诚可靠的伙计，在路面上急驰而过。

宋安望着窗外转瞬即逝的行人、树木或是路标，过了半天才小声问道："我们现在去哪儿呢？"

"你想去哪儿呢？"

方淳扭过头，依旧拘谨地咬着嘴唇，像是哄着刚睡醒的孩子。

但这大概是他第一次这样粲然率性地笑。

尾声

　　江源镇的第二家照相馆开了，是大刚和娟姐姐弟俩的店。大刚负责拍摄和冲洗，娟姐负责柜台和销售。店面不大，主要的客源都是附近工地上的工友，按娟姐的话说，出门在外，谁不想往家里多寄点照片呢？

　　店里橱窗上贴的都是大刚慎重挑选过的代表作，是要负责招徕生意的。

　　关于这点，江源镇第一家照相馆的老板可是有点意见。他想不通，就橱窗里的这个水平，怎么能把他的生意都抢没了呢？尤其是那张他百思不得其解的双人合照。客人的脸都给照糊了啊！甚至照片的黄金分割线上还有一个莫名其妙、不知道从哪里乱入的兔子娃娃？？？

　　当然这些都是他的个人牢骚，他也不得不承认，大刚有些照片还是相当惊艳的，一瞬间谋篇布局完全是大师手笔。

　　他想了很久，决定有机会先买顶同款的贝雷帽看看。

（终）

外面下雨了，我很想你。

I miss you the most when it rains.

时光深处的巡礼

Waiting for You at the Heart of Time